suhrkamp taschenbuch 56

Peter Handke, 1942 in Griffen (Kärnten) geboren, lebt heute in Paris. Prosa: *Die Hornissen; Der Hausierer; Begrüßung des Aufsichtsrats; Die Angst des Tormanns beim Elfmeter; Chronik der laufenden Ereignisse* (Filmbuch); *Der kurze Brief zum langen Abschied; Wunschloses Unglück; Falsche Bewegung* (Filmbuch); *Die Stunde der wahren Empfindung; Die linkshändige Frau.* Stücke: *Publikumsbeschimpfung; Weissagung; Selbstbezichtigung; Hilferufe; Kaspar; Das Mündel will Vormund sein; Quodlibet; Wind und Meer* (Hörspiele); *Der Ritt über den Bodensee; Die Unvernünftigen sterben aus.* Gedichte: *Die Innenwelt der Außenwelt der Innenwelt.* Reader: *Prosa, Gedichte, Theaterstücke, Hörspiel, Aufsätze; Ich bin ein Bewohner des Elfenbeinturms; Als das Wünschen noch geholfen hat.*

Der Titel dieses Bandes ebenso wie der Inhalt des gleichnamigen Aufsatzes sind eine ironische Provokation derjenigen Literatur, die sich selbst gern eine realistische nennt. Indem Handke das Verdikt dieser normativen Literaturauffassung auf sich bezieht, verteidigt er engagiert die erkenntniskritische und Wirklichkeit abbildende Funktion der literarischen Methode gegen die Fiktion einer selbstgenügsamen Fabel. – Die gesammelten Aufsätze, die allgemein theoretischen und die Filmkritiken, die Buchbesprechungen und die sich auf die Tagespolitik beziehenden (z. B. »Die Tautologien der Justiz«) enthalten programmatische Äußerungen über die gegenwärtige kulturelle und gesellschaftliche Situation. Und sie sind Ausdruck eines weitgespannten Temperaments.

Peter Handke
Ich bin ein Bewohner
des Elfenbeinturms

Suhrkamp

suhrkamp taschenbuch 56
Fünfte Auflage, 52.–59. Tausend 1978
© Suhrkamp Verlag Frankfurt am Main 1972
Suhrkamp Taschenbuch Verlag
Alle Rechte vorbehalten, insbesondere das des öffentlichen
Vortrags, der Übertragung durch Rundfunk oder Fernsehen
und der Übersetzung, auch einzelner Teile
Druck: Ebner, Ulm · Printed in Germany
Umschlag nach Entwürfen
von Willy Fleckhaus und Rolf Staudt

Inhalt

Vorbemerkung 7

Ein autobiographischer Essay
1957 *11*

Mehr oder weniger Grundsätzliches
Ich bin ein Bewohner des Elfenbeinturms *19*
Zur Tagung der Gruppe 47 in den USA *29*
Die Literatur ist romantisch *35*
Straßentheater und Theatertheater *51*
Für *das* Straßentheater, gegen *die* Straßentheater *56*
Horváth und Brecht *63*
Theater und Film: Das Elend des Vergleichens *65*
Ein Beispiel für Verwendungsweisen grammatischer
Modelle *78*
Probleme werden im Film zu einem Genre *83*
Die Arbeit des Zuschauers *88*

Freundliche Feuilletons
Dressur der Objekte *129*
Vorläufige Bemerkungen zu Landkinos und Heimat-
filmen *146*
Dummheit und Unendlichkeit *153*

Politische Versuche
Bemerkung zu einem Gerichtsurteil *161*
Der Monopol-Sozialismus *163*
Zu Hans Dieter Müller, »Der Springer Konzern« *169*
Die Tautologien der Justiz *176*

In der Rolle des Kritikers
Zu dem Sammelband »Wochenende« *191*
Zu Wolfgang Bauer, »Magic Afternoon« *195*
Zu G. F. Jonke, »Geometrischer Heimatroman« *199*
Marcel Reich-Ranicki und die Natürlichkeit *203*

Beschreibungen
Als ich »Verstörung« von Thomas Bernhard las *211*
Totenstille beim Heurigen *217*

Eine wahre Begebenheit
Anneliese Rothenberger & Karl Valentin *231*

Zeittafel

Vorbemerkung

Das ist kein Aufsatzband, und es springt dabei wahrscheinlich kein referierbares Weltbild heraus; höchstens wäre vielleicht eine im Lauf der Zeit zunehmende Scheu vor den kulturkritischen Theorie-Ritualen zu beobachten, mit denen ich anfangs noch ziemlich ungeniert aufgetrumpft habe. Dafür habe ich dann mehr zu beschreiben versucht und dabei die einzelnen Beobachtungen so angeordnet, daß sie beim Lesen für sich selber sprechen konnten, ohne dem Leser mit dem üblichen Rezensions- und Analysenschema jede eigene Erkenntnismöglichkeit gleich mit dem ersten Satz wegzunehmen. Die Beschreibung von Horváths *Geschichten aus dem Wiener Wald* zum Beispiel ist ja keine Nacherzählung, sondern eine bewußte Auswahl von Sätzen aus dem Stück, die damit das darin formulierte Bewußtsein kommentieren sollten.

Ich hatte immer nur Geschichten geschrieben, und so war mir die Arbeit ü b e r etwas, über ein T h e m a , ziemlich fremd. Angefangen damit habe ich nur, weil ich Geld brauchte. Der Rundfunk zahlte für Feuilletons von 15 Minuten Länge 300 Schilling. Manchmal wäre mir mehr eingefallen, aber ich mußte nach einer bestimmten Zeilenzahl abbrechen: an den Feuilletons über die Zeichentrickfilme und über den Zirkus kann man das ablesen. Über Fußball wußte ich weniger zu schreiben, deswegen schwindelte ich mir die 300 Schilling eher zusammen. Weggelassen habe ich den Text hier dann doch nicht, weil darin auch einige mehr liebevolle Beschreibungen vorkommen. Von allen Texten in diesem Buch habe ich eigentlich nur *Die Tautologien der Justiz* ganz von mir aus geschrieben. FRIENDLY CARTOONS heißt eine amerikanische Zeichenfilmserie: unter diesem Obertitel läßt sich wohl vieles in dieser Sammlung lesen.

Der letzte Text, *Anneliese Rothenberger & Karl Valentin,* war vom *Spiegel* für eine Fernsehkolumne bestellt und wurde gegen ein Ausfallhonorar ungedruckt zu den Akten gelegt. Er zeigt vielleicht am deutlichsten den Unwillen, beim Schreiben eine fremde Rolle, die eines Kritikers, eines Kommentators, eines Wohl- oder Übelmeinenden mithilfe beliebig verfügbarer Begriffe einzunehmen. Es ist auch viel schwieriger, schöne genaue Geschichten zu schreiben, aber es macht auch zufriedener.

Es wäre schön, wenn man möglichst viele dieser Texte als Geschichten lesen könnte.

Juni 1972   P. H.

Ein autobiographischer Essay

1957

Das Betragen:
Ich stand auf, wenn ein Vorgesetzter den Raum betrat. Ich
fehlte nicht unentschuldigt. Wenn ich mich als krank zu
Bett legte, zeigte das Thermometer, daß ich berechtigt im
Bett lag. Als es in Mode kam, sich mit Kreide Hakenkreuze
auf die Handfläche zu zeichnen und damit Nichtsahnen-
den auf die Schulter zu klopfen, war ich meist der Beklopfte.
Die Eisblumen auf den Fenstern im Winter wagte ich nicht
während des Unterrichts anzuhauchen. Manchmal las ich
unter der Bank. Sooft die Lehrer mich anschauten, versuchte
ich EHRLICH und OFFEN zurückzuschauen. Auf Befehl
konnte ich sofort die Hände auf den Tisch legen. Meist
waren meine Schuhbänder so kurz, daß ich sie nicht zu-
binden konnte.

Die Religion:
Ich glaubte manchmal an Gott, den allmächtigen Vater,
Schöpfer Himmels und der Erden. Während der Messe war-
tete ich auf die Bewegungsänderungen, vor dem Evange-
lium auf das Aufstehen, vor der Predigt auf das Sitzen, vor
der Wandlung auf das Knien. Als der Bischof der Diözese
zu Besuch in das Internat kam, trat er im Studiersaal sofort
auf mich zu und erkundigte sich nach meinem Namen. Weil
meine Mutter ein Kind erwartete, gelobte ich vor dem
EWIGEN LICHT, sollte alles gut ausgehen, würde ich
wirklich Priester werden. Ich begann gern zur Beichte zu
gehen und erfand Sünden. Der Kardinal von Ungarn mußte
vor den Kommunisten in der amerikanischen Botschaft ZU-
FLUCHT suchen. Ich lernte die Namen aller Bücher des
Alten Testaments und die Bauart des Tempels Salomons.
Wenn ich die Hostie mit den Zähnen berührte, erschrak ich.
Ein aus China vertriebener Missionar berichtete von den Leiden der Europäer dort und zeigte Lichtbilder. Martin Luther,
so wurde uns erzählt, lebte mit einer dem Kloster entsprun-
genen Nonne zusammen. Ich übersetzte die Passionsge-

schichte aus dem Deutschen ins Lateinische zurück. Allmählich konnte ich mir nicht mehr vorstellen, wie die Hölle beschaffen war. Im Bett, wenn ich mir Bilder von nackten Frauen vorstellte, betete ich unablässig das VaterunserderdubistimHimmel, zu dem mir *keine* Bilder einfielen. Ich schrieb ein Gedicht auf die Muttergottes. Als man uns sagte, daß vor Gott alle Menschen gleich seien, Weiße, Neger, Juden, Chinesen, kam mir der Gedanke, ob dieser Satz nicht eigentlich erst den Gegensatz dieses Satzes möglich mache. Im Jahr neunzehnhundertsiebenundfünfzig hatte ich Angst vor dem Samstagnachmittag, an dem wir in der finsteren Kirche knieten und den Rosenkranz beteten.

Die Geographie:
Ich lernte, daß Winde nach der Richtung benannt werden, aus der sie kommen. Wenig besiedelte Gebiete waren auf den Karten fast weiß eingezeichnet: Dort wollte ich sein. Ich wußte alle Hauptstädte aller Staaten auswendig. In der Erdkruste konnten sich in jedem Augenblick Risse zeigen. Von zu Hause brachte ich eine Karte mit den alten Grenzen Deutschlands in den Unterricht, die für die Kartenkammer eingezogen wurde. Das Tiefblau des Pazifischen Ozeans war das bedrohlichste. In der Nacht hörte ich gern die Züge fahren. Der Vatikan war ein eigener Staat mit eigenen Bürgern. Wenn ich mich verirren sollte, konnte ich mich nach dem Stand der Sonne orientieren. Ich suchte auf den Landkarten Straßenknotenpunkte. Den gestrichelten Weg, den der Captain Scott zum Südpol genommen hatte, sah ich auf der Rückkehr im eingezeichneten Polareis mit einem Kreuz abbrechen. Weil ich alle Flecken und Risse, die es gab, von jetzt an mit Staaten und Flüssen VERGLEICHEN konnte, mußte ich nicht mehr davon träumen.

Die Geschichte:
Die Geschichte war für mich ein UNTERRICHTSFACH. Ich hatte Freude an den Namen der unzähligen Friedensschlüsse. Von den längst vergangenen Ereignissen wurde in der Gegenwart gesprochen. Die Kriege, so wurde gesagt, brachten unsägliches Leid über die Völker. Marc Aurel war

ein Philosoph auf dem Kaiserthron. Die Feldherren waren TAPFER, und die Herrscher waren WEISE. Die Hunnen ritten Fleisch unter den Sätteln weich, hatten grausame Schnurrbärte und wurden mit einem Heuschreckenschwarm verglichen. Im Mittelalter war die Welt noch eine Einheit. Der spätere Papst Pius der Zweite entdeckte als einer der ersten die Vorzüge des Bergsteigens. Zur Veranschaulichung der Geschichte las ich Balladen. In allen Wandelgängen des alten Schlosses, in dem wir uns aufhielten, sollte ich die Spuren der Vergangenheit entdecken. Die Schlacht auf dem Lechfeld jährte sich zum eintausendundzweiten Male. Der heilige Bonifatius schlug mit eigener Hand die DONAReiche um und bekehrte auf diese Weise die letzten Heiden im deutschen Gebiet zum Christentum. Die Römer, wenn sie nicht weiteressen konnten, kitzelten sich mit Federn den Gaumen, um erbrechen und weiteressen zu können. Der Aufstand der Ungarn im Jahr zuvor gehörte noch nicht zur Geschichte.

Die Sprachen:

Die Beschäftigung mit den fremden Grammatiken hielt mich davon ab, mich mit den anderen beschäftigen zu müssen. Ich spielte mit den Abwandlungen von Wörtern. Es wurde mir beigebracht, Sprachen zu verachten und Sprachen zu lieben. Einer Minderheit bei uns, die eine slawische Sprache von Kind auf gelernt hatte, wurde von uns andern geraten, doch in das Land zu gehen, wo die Mehrheit diese Sprache spreche. Weil ich in der griechischen Grammatik allen überlegen war, fühlte ich mich mächtiger als viele.

Die Aufsätze:

Weil ich meine Erfahrungen als Kind inzwischen vergessen hatte, teilte ich in den Aufsätzen die dazugelernten Erfahrungen mit eingelernten Wörtern mit. Sollte ich ein Erlebnis beschreiben, so schrieb ich nicht über das Erlebnis, wie ich es gehabt hatte, sondern das Erlebnis veränderte sich dadurch, daß ich darüber schrieb, oder es entstand oft erst beim Schreiben des Aufsatzes darüber, und zwar durch die Aufsatzform, die man mir eingelernt hatte: Sogar ein eigenes Erlebnis erschien mir anders, wenn ich darüber einen Aufsatz geschrieben hatte. In Aufsätzen über Treue und Gehorsam schrieb ich wie in Aufsätzen über T. und G., in Aufsätzen über einen schönen Sommertag schrieb ich wie in Aufsätzen über einen sch. St., in Aufsätzen etwa über das Sprichwort »Steter Tropfen höhlt den Stein« schrieb ich wie in Aufsätzen über das Sprichwort »St.Tr.h.d.Stn.«, bis ich schließlich an einem schönen Sommertag nicht den schönen Sommertag, sondern den Aufsatz über den schönen Sommertag erlebte.

Der Staat:

Ich sang alle Strophen der Bundeshymne. Ich liebte meine Eltern als die Keimzelle des Staates, ich liebte meinen Heimatort, ich liebte das Bundesland, in dem ich geboren war, ich liebte mein geliebtes Vaterland. Ich lernte Sätze über den Staat. Nicht der Staat, sondern die Worte über den Staat reizten mich zum Gebrauchen. Dadurch, daß es einen Staat gab, gehörten wir alle zusammen. Zwei Jahre davor war verkündet worden, daß wir durch einen Staatsvertrag mit den Besatzungsmächten endlich F R E I seien: Als sich aber bis jetzt nichts geändert hatte, außer daß ein Staatsfeiertag eingeführt worden war, man aber noch immer hörte, daß wir jetzt F R E I seien, hielt ich allmählich die Wörter »frei« und »unfrei« nur für Sprachspiele. Ich sah den Staat in den Wasserzeichen der Zeugnisse. Gerade weil ich mir unter dem Wort »Staat« nichts vorstellen konnte, war ich begeistert für ihn: Ich wollte allem, was ich mir nicht vorstellen konnte, auf die Spur kommen: Ich war für alles begeistert, was be S U N G E N werden konnte.

Das Spielen:

Ich drängte mich zu dem Tischfußballautomaten, der in einem eigens zum Spielen eingerichteten Raum aufgestellt worden war: Dabei schämte ich mich freilich, daß ich NOCH gern spielte. Ich lernte es, vor schweren Medizinbällen, die aus der Nähe gegen mich geworfen wurden, die Angst zu verlieren und die Bälle vor der Brust zu fangen, wenn ich auch zurücktaumeln mußte. Der geistliche Aufseher, der uns einen Nachmittag lang einen Abhang hinauf-

und hinunterjagte, weil wir vor dem Beten im Speisesaal unruhig gewesen waren, bezeichnete auch dies als Spiel. Am Radio regte ich mich über die Wahlergebnisse auf, die wir in unserem Alter schon hören durften: Aus Spiellust trat ich offen für die sozialistische Partei ein, die in dem Internat verpönt war. In den Tagen der geistlichen Exerzitien, in denen wir zum Schweigen verpflichtet waren, konnte ich nicht genug kriegen an Wörtern. Ich löste schwierige Rechenaufgaben mit einer Spannung, mit der ich sonst mörderische Geschichten las.

Der Ernst des Lebens:
Ich schämte mich oft. Kaum aufgewacht, wünschte ich mir, es wäre schon wieder Abend. Ich wollte mich überallhin VERKRIECHEN. Im Bett zog ich mir sofort die Decke über den Kopf. Von einem Foto schnitt ich den Hinterkopf ab, weil er mir peinlich war. Den Stuhl, auf dem ich im Studiersaal saß, zog ich ganz dicht an das Pult heran und schob den Körper möglichst weit unter das Pult. Die Fingernägel waren immer schmutzig. Ich hörte auf, während der Messe mitzusingen, weil ich dabei die eigene Stimme hörte. Ich roch den Wein an den Fingern des Priesters, wenn er mir die Hostie auf die Zunge legte. Viel länger als nötig saß ich auf dem Abort. Ich war froh, daß das Pult einen aufklappbaren Aufbau hatte, in den ich mich in dem großen Saal mit den Augen verkriechen konnte. Mitten in einer Wurfschlacht mit Apfelresten fing ich blöd zu weinen an. Mit dem Weihwasser betupfte ich beim Verlassen der Kirche die Pickel auf der Stirn. Ich bemerkte zum erstenmal, daß ich schwitzte. Von allen Wörtern, die mit schlechten Vorsilben anfingen, fühlte ich mich gemeint. Die Sonne war mir zuwider, aber wenn draußen der Schnee fiel, hatte ich etwas, wo ich hinschauen konnte. Bei schwarzen Schlagzeilen in der Zeitung fiel mir das Wort »Herbst« ein, weil im Herbst davor Israel Ägypten bombardiert hatte: Bomben hatten seitdem für mich die Form von dichten schwarzen Schlagzeilen. Ich fürchtete mich nicht mehr so sehr vor dem Sterben, wie ich es als Kind getan hatte, sondern mehr vor dem Nicht-Sterben und vor dem Gesundsein. Ich erinnerte

15

mich wenig und gebrauchte selten die Vergangenheitsform: Ich dachte meistens *voraus*. Wenn ich mir damals wünschte, anderen etwas SAGEN zu können, so meinte ich damit den Wunsch, anderen etwas BEFEHLEN zu können: Ich fürchtete und bewunderte die, die auf diese Weise etwas zu SAGEN hatten. Die Schuhe der Aufseher KNARRTEN hinter einem. Die scheinbare AUSSENWELT, in der ich lebte, das Internat, war eigentlich INTERN, eine äußerlich angewendete INNENWELT, und das eigene Innere war die einzige Möglichkeit, ein wenig an die AUSSENWELT zu gelangen. Ich getraute mich nicht, beim Spaziergang die vorgeschriebenen Grenzen zu überschreiten: Ich bemerkte nur GRENZEN. Die Angst vor der Kirche war eine Angst vor der Kälte. Obwohl ich noch nie im Ausland gewesen war, war ich doch immer im AUSLAND. Jede meiner Antworten erschien mir als eine Beichte. Die Äpfel, die in den Wiesen rund um das Internat auf dem Boden lagen, STAHL ich. Erst ein Jahr darauf kam es dazu, daß ich, unter dem Vorwand, ich wollte zum Zahnarzt, mit dem Bus in die nahe gelegene Stadt fuhr, wo ich neugierig herumging und neugierig schließlich ein Buch kaufte: Kurz nachdem ich zurück war, wurde es mir weggenommen, aber da hatte ich es schon gelesen.

(1967)

Mehr oder weniger Grundsätzliches

Ich bin ein Bewohner des Elfenbeinturms

Literatur ist für mich lange Zeit das Mittel gewesen, über mich selber, wenn nicht klar, so doch klarer zu werden. Sie hat mir geholfen zu erkennen, daß ich da war, daß ich auf der Welt war. Ich war zwar schon zu Selbstbewußtsein gekommen, bevor ich mich mit der Literatur beschäftigte, aber erst die Literatur zeigte mir, daß dieses Selbstbewußtsein kein Einzelfall, kein Fall, keine Krankheit war. Ohne die Literatur hatte mich dieses Selbstbewußtsein gleichsam befallen, es war etwas Schreckliches, Beschämendes, Obszönes gewesen; der natürliche Vorgang erschien mir als geistige Verwirrung, als eine Schande, als Grund zur Scham, weil ich damit allein schien. Erst die Literatur erzeugte mein Bewußtsein von diesem Selbstbewußtsein, sie klärte mich auf, indem sie zeigte, daß ich kein Einzelfall war, daß es anderen ähnlich erging. Das stupide System der Erziehung, das wie auf jeden von den Beauftragten der jeweiligen Obrigkeit auch auf mich angewendet wurde, konnte mir nicht mehr so viel anhaben. So bin ich eigentlich nie von den offiziellen Erziehern *erzogen* worden, sondern habe mich immer von der Literatur verändern lassen. Von ihr bin ich durchschaut worden, von ihr habe ich mich ertappt gefühlt, von ihr sind mir Sachverhalte gezeigt worden, deren ich nicht bewußt war oder in unbedachter Weise bewußt war. Die Wirklichkeit der Literatur hat mich aufmerksam und kritisch für die wirkliche Wirklichkeit gemacht. Sie hat mich aufgeklärt über mich selber und über das, was um mich vorging.

Seit ich erkannt habe, worum es mir, als Leser wie auch als Autor, in der Literatur geht, bin ich auch gegenüber der Literatur, die ja wohl zur Wirklichkeit gehört, aufmerksam und kritisch geworden. Ich erwarte von einem literarischen Werk eine Neuigkeit für mich, etwas, das mich, wenn auch geringfügig, ändert, etwas, das mir eine noch nicht gedachte, noch nicht bewußte *Möglichkeit* der Wirklichkeit bewußt macht, eine neue Möglichkeit zu sehen, zu sprechen, zu denken, zu existieren. Seitdem ich erkannt habe, daß ich selber mich durch die Literatur habe ändern können, daß mich die Literatur zu einem andern gemacht hat, erwarte ich immer wieder von der Literatur eine neue Möglichkeit, mich zu ändern, weil ich mich nicht für schon endgültig halte. Ich erwarte von der Literatur ein Zerbrechen aller endgültig scheinenden Weltbilder. Und weil ich erkannt habe, daß ich selber mich durch die Literatur ändern konnte, daß ich durch die Literatur erst bewußter *leben* konnte, bin ich auch überzeugt, durch meine Literatur andere ändern zu können. Kleist, Flaubert, Dostojewski, Kafka, Faulkner, Robbe-Grillet haben mein Bewußtsein von der Welt geändert.

Jetzt, als Autor wie als Leser, genügen mir die bekannten Möglichkeiten, die Welt darzustellen, nicht mehr. Eine Möglichkeit besteht für mich jeweils nur einmal. Die Nachahmung dieser Möglichkeit ist dann schon unmöglich. Ein Modell der Darstellung, ein zweites Mal angewendet, ergibt keine Neuigkeit mehr, höchstens eine Variation. Ein Darstellungsmodell, beim ersten Mal auf die Wirklichkeit angewendet, kann realistisch sein, beim zweiten Mal schon ist es eine Manier, ist irreal, auch wenn es sich wieder als realistisch bezeichnen mag.

Eine solche Manier des Realismus gibt es heute etwa in der deutschen Literatur. Weithin wird mißachtet, daß eine einmal gefundene Methode, Wirklichkeit zu zeigen, buchstäblich ›mit der Zeit‹ ihre Wirkung verliert. Die einmal gewonnene Methode wird nicht jedesmal neu überdacht, sondern unbedacht übernommen. Es wird so getan, als sei die Beschreibung dessen, was positiv ist (sichtbar, hörbar, fühlbar . . .) in sprachlich vertrauten, nach der Übereinkunft gebauten *Sätzen* eine *natürliche, nicht* gekünstelte, *nicht* gemachte *Methode*. Die *Methode* wird überhaupt für die *Natur* gehalten. Eine Spielart des Realismus, in diesem Fall die Beschreibung, wird für naturgegeben gehalten. Man bezeichnet diese Art der Literatur dann auch als ›unliterarisch‹, ›unpreziös‹, ›sachlich‹, ›natürlich‹ (der Ausdruck ›dem Leben abgelauscht‹ scheint sich nicht durchgesetzt zu haben). Aber in Wirklichkeit ist diese Art der

Literatur genausowenig natürlich wie alle Arten der Literatur bis jetzt: nur der Gesellschaft, die mit Literatur zu tun hat, ist die Methode vertraut geworden, so daß sie gar nicht mehr spürt, daß die Beschreibung nicht Natur, sondern Methode ist. Diese Methode wird im Augenblick nicht mehr reflektiert, sie ist schon rezipiert worden. Unreflektiert verwendet, steht sie der Gesellschaft nicht mehr kritisch gegenüber, sondern ist einer der Gebrauchsgegenstände der Gesellschaft geworden. Dem Lesenden leistet die Methode keinen Widerstand mehr, er spürt sie gar nicht. Sie ist ihm natürlich geworden, sie ist vergesellschaftet worden. Neuigkeiten allerdings werden auf diese Weise nicht mehr vermittelt. Die Methode ist zur Schablone geworden. Das hat zur Zeit einen sehr trivialen Realismus zur Folge.

Es zeigt sich ja überhaupt, daß eine künstlerische Methode durch die wiederholte Anwendung im Lauf der Zeit immer weiter herabkommt und schließlich in der Trivialkunst, im Kunstgewerbe, im Werbe- und Kommunikationswesen völlig automatisiert wird. Viele Serienromane arbeiten heutzutage mir nichts, dir nichts mit der Methode des inneren Monologs, Heerscharen von Autoren arbeiten mit der Methode des Filmschnitts. Ähnliches ist zur Zeit an der Methode des Beschreibens und Reportierens von äußeren Tatbeständen in Illustriertenromanen zu entdecken. Einiger Methoden der konkreten Poesie hat sich die Werbung bemächtigt. Die Methode der Überbetonung von Nebensächlichkeiten zur Betonung der Hauptsache findet man in manchen unvermuteten Großaufnahmen im Fernsehen, die Methode der Wortspiele verstehen Wochenschau und *Spiegel* oft noch kindischer zu handhaben als mancher Wortspieler. Wenn die Methode so sehr abgebraucht, d. h. *natürlich* geworden ist, daß mit ihr das Trivialste, das allseits Bekannte – nur neu ›formuliert‹ – wieder gesagt werden kann, dann ist sie zur Manier geworden, ja, sie ist sogar dann schon zur Manier geworden, wenn durch sie auch nur *ein* Sachverhalt, der für die Gesellschaft schon eine geklärte (auch ungeklärte) festgesetzte *Bedeutung* hatte, in dieser Bedeutung *wiederholt* wird. Die Methode müßte

21

alles bisher Geklärte wieder in Frage stellen, sie müßte zeigen, daß es *noch* eine Möglichkeit der Darstellung der Wirklichkeit gibt, nein, daß es noch eine Möglichkeit *gab:* denn diese Möglichkeit ist dadurch, daß sie gezeigt wurde, auch schon verbraucht worden. Es geht jetzt nicht darum, diese Möglichkeit nachzuahmen, sondern, mit dieser Möglichkeit bekannt gemacht, als Leser bewußter zu leben und als Autor nach einer anderen Möglichkeit zu suchen. So geht es mir nicht darum, unmethodisch aus dem Leben zu schöpfen, sondern Methoden zu finden. Geschichten schreibt das Leben bekanntlich am besten, nur daß es nicht schreiben kann.

All das ist sehr abstrakt, ich weiß. Keine Beispiele, keine Zahlen, keine Namen. Ich nenne mich als Beispiel, wie mir eine Methode zur Manier geworden ist. Vor einigen Jahren fand ich in einem Strafgesetzbuch das Gesetz über das Standrecht. Darin wurde in der Form von Paragraphen festgesetzt, unter welchen Voraussetzungen das Standrecht über ein Gebiet zu verhängen sei, wie das Gericht sich zusammenzusetzen habe, wie es vorzugehen habe, welche Rechtsmittel dem Angeklagten zustünden, welche Strafe im Standrecht verhängt werde (der Tod), was nach der Urteilsverkündung zu geschehen habe (zwei Stunden nach Urteilsverkündung ist das Urteil zu vollstrecken, auf besonderes Bitten des Verurteilten ist diesem noch eine dritte Stunde zu seiner Vorbereitung auf den Tod zu gewähren), wie das Urteil vollzogen werde, was nach eingetretenem Tod zu geschehen habe. Die abstrahierende Form der Darstellung eines ritualisierten Sterbens nahm mich gefangen. Die Folgerichtigkeit der Sätze, die im Grunde immer *Bedingungs*sätze für eine konkrete zu denkende Wirklichkeit waren, das heißt, anzuwenden, wenn der in ihnen angegebene Tatbestand in der Wirklichkeit zutraf, erschien mir äußerst bedrohlich und beklemmend. Die abstrakten Sätze, die von keinem konkreten Sterben erzählten, zeigten mir trotzdem eine neue Möglichkeit, die Phänomene des Sterbens und des Todes zu sehen. Sie änderten meine früheren Denkgewohnheiten über die literarische Darstellung von Sterben und Tod, sie änderten überhaupt meine Denkge-

22

wohnheiten über Sterben und Tod. Ich schrieb damals einen Text, der die Methode des Gesetzestextes in die Literatur übernahm, ja, der in einigen Sätzen sogar aus dem authentischen Gesetzestext bestand. Später versuchte ich noch einige Male, diese Methode auf die Wirklichkeit anzuwenden. Beim zweiten Mal freilich wurde die Methode zur Manier, es ergab sich keine neue Möglichkeit, der Versuch wurde vom Spiel zu einer bloßen Spielerei, die abstrahierenden Sätze wurden wirklich abstrakt, blieben unwirksam, bestätigten nur, was ohnedies schon bekannt war.

Seit einiger Zeit hat die Literatur, die zur Zeit geschrieben wird, mit mir nichts mehr zu tun. Das liegt wohl daran, daß sie mir nur Bekanntes vermittelt, bekannte Gedanken, bekannte Gefühle, bekannte Methoden, das heißt: bekannte Gedanken und Gefühle, weil die Methoden bekannt sind. Ich kann in der Literatur keine Geschichte mehr vertragen, mag sie noch so farbig und phantasievoll sein, ja jede Geschichte erscheint mir um so unerträglicher, je phantasievoller sie ist. Geschichten höre ich am liebsten *gesprochen,* erzählt, in der Straßenbahn, in einer Gaststätte, meinetwegen am Kamin. Ich kann aber auch keine Geschichten mehr ertragen, in denen scheinbar *nichts ge-schieht:* die Geschichte besteht dann eben darin, daß nichts oder fast nichts geschieht, die Fiktion der Geschichte aber ist immer noch da, unreflektiert, unüberprüft. Dieses Nichtvertragen-Können einer Geschichte ist sicherlich etwas Emotionales, ich bin der Geschichte, der Phantasie einfach überdrüssig geworden. Aber ich habe auch bemerkt, daß es mir in der Literatur eben nicht um die Erfindung und nicht um die Phantasie geht. Die Phantasie scheint mir etwas Beliebiges, Unüberprüfbares, Privates zu sein. Sie lenkt ab, sie unterhält im besten Fall, ja weil sie nur unterhält, unterhält sie mich nicht einmal mehr. Jede Geschichte lenkt mich von meiner wirklichen Geschichte ab, sie läßt mich durch die Fiktion mich selber vergessen, sie läßt mich meine Situation vergessen, sie macht mich weltvergessen. Wenn aber durch eine Geschichte eine Neuigkeit gesagt werden soll, dann scheint mir eben die Methode, dazu eine *Geschichte* zu *erfinden,* unbrauchbar geworden zu sein. Die

23

Methode hat sich überlebt. Die Fiktion, die Erfindung eines Geschehens als Vehikel zu meiner Information über die Welt ist nicht mehr nötig, sie hindert nur. Überhaupt scheint mir der Fortschritt der Literatur in einem allmählichen Entfernen von unnötigen Fiktionen zu bestehen. Immer mehr Vehikel fallen weg, die Geschichte wird unnötig, das Erfinden wird unnötig, es geht mehr um die Mitteilung von Erfahrungen, sprachlichen und nicht sprachlichen, und dazu ist es nicht mehr nötig, eine Geschichte zu erfinden. Mag sein, daß die Literatur so auf den ersten Blick ihre Unterhaltsamkeit einbüßt, weil keine Geschichte mehr die Eselsbrücke zum Leser schlägt: aber ich gehe dabei von mir selber aus, der ich als Leser mich weigere, diese Eselsbrücken überhaupt noch zu betreten. Ich möchte gar nicht erst in die Geschichte ›hineinkommen‹ müssen, ich brauche keine Verkleidung der Sätze mehr, es kommt mir auf jeden einzelnen Satz an.

So scheint mir die Methode des Realismus, wie sie im Augenblick noch immer im Schwang ist, verbraucht zu sein. Eine normative Auffassung von den ›Aufgaben‹ der Literatur verlangt außerdem in recht unbestimmten, unklaren Formeln, daß die Literatur die ›Wirklichkeit‹ zeigen solle, wobei diese Auffassung jedoch als Wirklichkeit die konkrete gesellschaftliche Wirklichkeit jetzt, an diesem Ort, in diesem Staat meint. Sie verlangt: wahrhaftig: *verlangt,* eine Darstellung dieser politischen Wirklichkeit, sie verlangt, daß ›Dinge beim Namen genannt werden‹. Sie verlangt dazu eine Geschichte mit handelnden oder nicht handelnden Personen, deren soziale Bedingungen möglichst vollständig aufgezählt wrden. Sie verlangt konkrete gesellschaftliche Daten, um dem Autor Bewältigung der Wirklichkeit attestieren zu können.

Dieser Auffassung von der Wirklichkeit geht es um eine sehr einfache, aufzählbare, datierbare, pauschale Wirklichkeit. Sie hält es mit der Genauigkeit der Daten, die die Dinge stumpf beim Namen nennen, aber nicht mit der Genauigkeit der subjektiven Reflexe und Reflexionen auf diese Daten. Sie übersieht den Zwiespalt zwischen der subjektiv, willkürlich erfundenen Geschichte, die sie von der

24

Literatur immer noch erwartet, und der dieser erfundenen Geschichte notwendig angepaßten, damit schon verzerrt gezeigten gesellschaftlichen Wirklichkeit. Sie übersieht, daß es in der Literatur nicht darum gehen kann, politisch bedeutungsgeladene Dinge beim Namen zu nennen, sondern vielmehr von ihnen zu abstrahieren. Die Wörter Hitler, Auschwitz, Lübke, Berlin, Johnson, Napalmbomben sind mir schon zu bedeutungsgeladen, zu politisch, als daß ich sie, als Wörter, literarisch noch unbefangen gebrauchen könnte. Wenn ich diese Wörter in einem literarischen Text lese, gleich in welchem Zusammenhang, bleiben sie für mich unwirksam, sind für mich ärgerlich literarisch geworden, lassen mich weder zum Denken kommen noch assoziieren. Jedenfalls erscheinen mir gesellschaftliche oder politische Dinge in der Literatur, naiv beim *Namen* genannt, als Stilbruch, es sei denn, man nimmt die Namen nicht als Bezeichnungen dieser Dinge, sondern als Dinge für sich und zerstört dabei die festgesetzten Bedeutungen dieser Wörter. Es interessiert mich als Autor übrigens gar nicht, die Wirklichkeit zu zeigen oder zu bewältigen, sondern es geht mir darum, *meine* Wirklichkeit zu zeigen (wenn auch nicht zu bewältigen). Das Erforschen und Bewältigen der Wirklichkeit (ich weiß gar nicht, was das ist) überlasse ich den Wissenschaften, die allerdings mir mit ihren Daten und Methoden (soziologischen, medizinischen, psychologischen, juristischen) wieder Material für *meine* Wirklichkeit liefern können. Ich halte nichts von den Floskeln, die etwa sagen, daß ein Gedicht mehr über die Wirklichkeit (oder was weiß ich) aussage als ›so mancher dickleibige wissenschaftliche Wälzer‹. Aus dem Kaspar-Hauser-Gedicht von Georg Trakl habe ich für mich nichts erfahren, aus dem Bericht des Juristen Anselm von Feuerbach sehr viel, auch für meine Wirklichkeit, und nicht nur objektive Daten. Was die Wirklichkeit betrifft, in der ich lebe, so möchte ich ihre Dinge nicht beim Namen nennen, ich möchte sie nur nicht *undenkbar* sein lassen. Ich möchte sie erkennbar werden lassen in der Methode, die ich anwende. Deshalb auch mag ich keine Fiktion, keine Geschichte (auch keine durcheinandergebrachte mehr), weil die Methode der Ge-

schichte, der Phantasie, für mich etwas Behagliches, etwas
Geordnetes, etwas unangebracht Idyllisches hat. Die Methode der Geschichte ist für mich nur noch anwendbar als
reflektierte Verneinung ihrer selbst: eine Geschichte zur Verhöhnung der Geschichte.

Eine normative Literaturauffassung freilich bezeichnet mit
einem schönen Ausdruck jene, die sich weigern, noch Geschichten zu erzählen, die nach neuen Methoden der Welt-
darstellung suchen und diese an der Welt ausprobieren,
als ›Bewohner des Elfenbeinturms‹, als ›Formalisten‹, als
›Ästheten‹. So will ich mich gern als Bewohner des Elfen-
beinturmes bezeichnen lassen, weil ich meine, daß ich nach
Methoden, nach Modellen für eine Literatur suche, die schon
morgen (oder übermorgen) als realistisch bezeichnet werden wird, und zwar dann, wenn auch diese Methoden schon
nicht mehr anwendbar sein werden, weil sie dann eine
Manier sind, die nur scheinbar natürlich ist, wie jetzt die
Fiktion als Mittel der Wirklichkeitsdarstellung in der Literatur noch immer scheinbar natürlich ist. (Es ist nebenbei
zu bemerken, daß die Filmkritik hierzulande schon viel
weiter fortgeschritten ist als die literarische Kritik.)

Schon wieder bin ich sehr abstrakt gewesen, habe es versäumt, die Methoden zu nennen, mit denen *ich* arbeite
(ich kann nur von meinen Methoden reden). Zuallererst
geht es mir um die Methode. Ich habe keine Themen,
über die ich schreiben möchte, ich habe nur ein Thema:
über mich selbst klar, klarer zu werden, mich kennenzulernen oder nicht kennenzulernen, zu lernen, was ich falsch
mache, was ich falsch denke, was ich unbedacht denke,
was ich unbedacht spreche, was ich automatisch spreche,
was auch andere unbedacht tun, denken, sprechen: aufmerksam zu werden und aufmerksam zu machen: sensibler,
empfindlicher, genauer zu machen und zu werden, damit
ich und andere auch genauer und sensibler existieren
können, damit ich mich mit anderen besser verständigen
und mit ihnen besser umgehen kann. Ein engagierter Autor
kann ich nicht sein, weil ich keine politische Alternative
weiß zu dem, was ist, hier und woanders, (höchstens eine
anarchistische). Ich weiß nicht, was sein soll. Ich kenne

nur konkrete Einzelheiten, die ich anders wünsche, ich kann nichts *ganz* anderes, Abstraktes, nennen. Im übrigen interessiert es mich als Autor auch nicht so sehr.

Methoden also. Ich hätte zum Beispiel nie gedacht, daß ich jemals Stücke schreiben würde. Das Theater, wie es war, war für mich ein Relikt aus einer vergangenen Zeit. Auch Beckett und Brecht hatten nichts mit mir zu schaffen. Die Geschichten auf der Bühne gingen mich nichts an, sie waren, statt einfach zu sein, immer nur Vereinfachungen. Die Möglichkeiten der Wirklichkeit waren durch die Unmöglichkeiten der Bühne beschränkt, das Theater täuschte über die Wirklichkeit hinweg. Statt einer neuen Methode merkte ich Dramaturgie. Der fatale Bedeutungsraum (die Bühne bedeutet Welt) blieb unreflektiert und führte für mich zu lächerlich eindeutigen Symbolismen wie etwa die des Beckettschen Pantomimen, der auf die Bühne geworfen wird. Das war für mich keine Neuigkeit, sondern ein Hereinfallen auf die alte Bedeutung der Bühne. Die Brechtsche Desillusionierung, die zum Desillusionieren immer Illusionen nötig hatte, erschien mir ebenso als fauler Zauber, wieder wurde Wirklichkeit vorgetäuscht, wo Fiktion war. Die Methode meiner ersten Stücke ist deswegen eine Beschränkung der theatralischen Handlungen auf Wörter gewesen, deren widersprüchliche Bedeutung eine Handlung und eine individuelle Geschichte verhinderten. Die Methode bestand darin, daß kein *Bild* mehr von der Wirklichkeit gegeben wurde, daß nicht mehr die Wirklichkeit gespielt und vorgespiegelt wurde, sondern daß mit Wörtern und Sätzen der Wirklichkeit gespielt wurde. Die Methode meines ersten Stücks bestand darin, daß alle Methoden bisher verneint wurden. Die Methode des nächsten Stücks wird darin bestehen, daß die bisherigen Methoden durchreflektiert und für das Theater ausgenützt werden. Die Schablone, daß die Bühne Welt bedeutet, wird zu einem neuen ›Welttheater‹-Stück ausgenützt werden. Immerhin habe ich bemerkt, daß die Möglichkeiten auf dem Theater nicht beschränkt sind, sondern daß es immer noch eine Möglichkeit mehr gibt, als ich mir gerade gedacht habe. Auch einen Roman ohne Fiktion zu schreiben, habe ich mir früher weder denken können noch träumen lassen. So starre Normen habe ich heute nicht mehr. Für den Roman, an dem ich jetzt gearbeitet habe, übernahm ich als Vehikel einfach das Schema einer Fiktion. Ich habe keine Geschichte *er*funden, ich habe eine Geschichte *ge*funden. Ich fand einen äußeren Handlungsablauf, der schon fertig war, das Handlungsschema des Kriminalromans, mit seinen Darstellungsklischees des Mordens, des Sterbens, des Schreckens, der Angst, der Verfolgung, der Folterung. In diesen Schemata erkannte ich, als ich über sie nachdachte, Verhaltensweisen, Existenzformen, Erlebnisgewohnheiten von mir selber wieder. Ich erkannte, daß diese Automatismen der Darstellung einmal aus der Wirklichkeit entstanden waren, daß sie einmal eine realistische Methode gewesen waren. Würde ich also nur mir diese Schemata des Sterbens, des Schreckens, des Schmerzes usw. bewußt machen, so könnte ich mit Hilfe der reflektierten Schemata den wirklichen Schrecken, den wirklichen Schmerz zeigen. Dieser Vorgang erschien mir wie die Kreisbewegung über das Bewußtwerden zurück zum Ausgangspunkt in Kleists Aufsatz über das Marionettentheater. So wählte ich die Methode, auf unbewußte literarische Schemata aufmerksam zu machen, damit die Schemata wieder unliterarisch und bewußt würden. Es ging mir nicht darum, Klischees zu ›entlarven‹ (die bemerkt jeder halbwegs sensible Mensch), sondern mit Hilfe der Klischees von der Wirklichkeit zu neuen Ergebnissen über die (meine) Wirklichkeit zu kommen: eine schon automatisch reproduzierbare Methode wieder produktiv zu machen. Bei der nächsten Arbeit freilich wird eine andere Methode nötig sein.

(1967)

Zur Tagung der Gruppe 47 in USA

Ich kenne die Gruppe 47 wenig und kann also nichts Umwerfendes über sie sagen. In Princeton bin ich zum erstenmal dabeigewesen. Ich habe keine Meinung über die Gruppe gehabt und kann mich deshalb als unbefangen bezeichnen. Ich habe mich gefreut, nach Amerika zu kommen, weil ich bis dahin noch nicht in Amerika gewesen war. Ich habe mich gefreut, endlich nach Oxford in Mississippi zu kommen, wo William Faulkner gelebt hat. Ich habe mich gefreut auf die Beatbands, die ich vielleicht dort kennenlernen würde. Ich war neugierig auf die Lesungen in Princeton und noch neugieriger auf die Kritik der Lesungen.

Ich möchte keine Genrebilder von der Tagung geben, sondern nur die Einwände genauer fassen, die ich schon während der Tagung ausgesprochen habe. Man hat mir später gesagt, ich hätte mit einer meiner Äußerungen eine stillschweigende Gruppenregel gebrochen, die verlange, daß nur über den gerade gelesenen Text gesprochen werde. Ich habe von dieser Regel nichts gewußt. Hätte ich davon gewußt, so hätte ich vielleicht nichts gesagt, und der Vorwurf, ich sei »mutig« gewesen, wäre mir erspart geblieben.

Ich habe in meiner Kritik von einer »Beschreibungsimpotenz« gesprochen. Dieses Wort ist ein Schimpfwort, deswegen gebrauche ich es hier nicht mehr. Ich möchte vielmehr das Wort begründen.

Ich habe nichts gegen die Beschreibung, ich sehe vielmehr die Beschreibung als notwendiges Mittel an, um zur Reflexion zu gelangen. Ich bin *für* die Beschreibung, aber nicht für die Art von Beschreibung, wie sie heutzutage in Deutschland als »Neuer Realismus« proklamiert wird. Es wird nämlich verkannt, daß die Literatur mit der Sprache gemacht wird, und nicht mit den Dingen, die mit der Sprache beschrieben werden. In dieser neu aufkommenden Art von Literatur werden die Dinge beschrieben, ohne daß man über die Sprache nachdenkt, es sei denn, in germanistischen Kategorien der Wortwahl usw. Und die Kritik mißt die Wahrheit der Literatur nicht daran, daß die Worte stimmen, mit denen man die Gegenstände beschreibt, sondern daran, ob die Gegenstände »der Wirklichkeit entsprechen«. So werden die Worte für die Gegenstände als die Gegenstände selber genommen. Man denkt über die Gegenstände nach, die man »Wirklichkeit« nennt, aber nicht über die Worte, die doch eigentlich die Wirklichkeit der Literatur sind.

Die Sprache wird nur benützt. Sie wird benützt, um zu beschreiben, ohne daß aber in der Sprache selber sich etwas rührt. Die Sprache bleibt tot, ohne Bewegung, dient nur als Namensschild für die Dinge. Die Dinge werden reportiert, nicht bewegt. Wie es scheint, gilt noch immer der komische Vergleich Jean-Paul Sartres, der die Sprache, mit der Prosa geschrieben werde, mit dem Glas vergleicht: man glaubt also naiv, durch die Sprache auf die Gegenstände durchschauen zu können wie durch das sprichwörtliche Glas. Dabei denkt man aber nicht daran, daß es möglich ist, mit der Sprache buchstäblich jedes Ding zu drehen. Ich brauche ja nicht die Dinge aufzuzählen, die schon mit Hilfe der Sprache gedreht wurden und noch gedreht werden. Es wird vernachlässigt, wie sehr die Sprache manipulierbar ist, für alle gesellschaftlichen und individuellen Zwecke. Es wird vernachlässigt, daß die Welt nicht nur aus den Gegenständen besteht, sondern auch aus der Sprache für diese Gegenstände. Indem man die Sprache nur *benützt* und nicht *in* ihr und *mit* ihr beschreibt, zeigt man nicht auf die Fehlerquellen in der Sprache hin, sondern fällt ihnen selber zum Opfer. Das »Glas der Sprache« sollte endlich zerschlagen werden. Durch die Sprache kann nicht einfach durchgeschaut werden auf die Objekte. Anstatt so zu tun, als könnte man durch die Sprache schauen wie durch eine Fensterscheibe, sollte man die tückische Sprache selber durchschauen und, wenn man sie durchschaut hat, zeigen, wie viele Dinge mit der Sprache gedeht werden können. Diese stilistische Aufgabe wäre durchaus, dadurch, daß sie aufzeigte, auch eine gesellschaftliche.

In Princeton nun mußte ich hören, wie sehr das sogenannte

gesellschaftliche Engagement des Schriftstellers von den Kritikern in der Gruppe 47 an den Objekten gemessen wurde, die er beschreibt, und nicht an der Sprache, mit der er diese Objekte beschreibt. Das ging sehr weit. Eine Geschichte von Wolfgang Maier, in der diverse Flecken auf Badehosen und Schweiß in Achselhöhlen vorkamen, wurde, obwohl perfekt erzählt und am Schluß mit ironischer Reflexion, eben wegen der beschriebenen Objekte von Walter Jens als »Nicht-Literatur« bezeichnet. Hier wurde versucht, materielle Normen, wie etwa Kirchenbesucherordnungen (Besucher in ärmelloser Kleidung werden abgewiesen), auf die Literatur anzuwenden, die doch nur formelle Normen kennen kann. Die sogenannte »Gegenwart« galt dann als behandelt, wenn zum Beispiel in einer Geschichte ein Computer beschrieben wurde, die sogenannte »Vergangenheit« war bewältigt, als ein Lichtbildervortrag beschrieben wurde, der von einer Reise nach Polen handelte, wobei man nur noch zu warten brauchte, an welcher Stelle jetzt, wenn auch noch so beiläufig, der berühmte Ort A. zur Sprache kam. Und der Ort A. kam zur Sprache. Da ist schon das Wort! Und wie beiläufig! Wie wunderbar nebenbei! Wie ganz unaufdringlich! Wie viele Zuhörer werden nun erschrocken sein, in diesem scheinbar so harmlosen Reisebericht plötzlich aus dem Hinterhalt das Pflichtwort zu hören! Diese Kunst des Unauffälligen!

In der Tat, Günter Herburgers Prosa mit der beiläufigen Nennung des Ortes A. wird gut aufgenommen, aber nicht, weil der Ort A. besonders gut zur Sprache gekommen ist, sondern weil »endlich einmal in der Sprache einer Generation unsere deutsche Gegenwart behandelt wird«. Man bewundert auch, wie beiläufig, ja nur in einem Nebensatz, von der Vergangenheit die Rede ist. Es kommt alles, wie ich es mir vorgestellt habe. Diese Prosa gilt nicht etwa deswegen als zeitgemäß, weil sie von irgendwelchem sprachlichen Interesse wäre, sondern weil »deutsche Gegenwart« unbekümmert durch die Sprache hindurch, wenn auch in konventionellem Sprachduktus, wenn auch in naiver Sprachauffassung, frank und frei beschrieben wird.

Die Genauigkeit der vorgelesenen Herburger-Prosa liegt nicht einem vorbedachten Bild von der Welt zugrunde wie etwa bei Robbe-Grillet, sondern wirkt als Manier. Es ergibt sich nichts aus dieser Genauigkeit, es ergibt sich keine Neuigkeit von der Welt für mich etwa aus der Beschreibung einer Glühbirne, die infolge eines Wackelkontakts flackert – denn das Phänomen hat keine Funktion, ist nur eine Beobachtung *mehr:* es wird nicht der Sprache einverleibt, sondern einfach mit Hilfe der Sprache *ab*geschrieben, und wenn es abgeschrieben ist, wird so getan, als wären die Worte nur der Katalysator gewesen und gäben nun den Blick auf das Phänomen frei. Diese Art der Genauigkeit ist nur eine dazuzählende: sie fügt der Summe des schon Zusammengezählten noch einen Posten zum Dazuzählen an und geht weiter und beschreibt schon den nächsten Posten zum Addieren, und so weiter bis ins Unendliche, ohne daß sich eine Spirale oder ein Kreis ergibt wie bei Robbe-Grillet.

Ich glaube, daß es heutzutage nötig ist, die Welt näher anzuschauen und also detaillierter zu erfassen. Aber wenn diese vergrößert betrachtete Welt nur abgeschrieben wird, ohne daß mit der Sprache etwas geschieht, was soll's dann? Warum plagt man sich mühsam um die sogenannten passenden Worte und schreibt dann doch nur ab, in überkommener Form, als wäre man ein Ersatzwissenschaftler? Da wäre es doch viel einfacher zu fotografieren. Wenn vorgegeben wird, daß die Sprache ohnehin nur als Linse, als Glas, benützt wird, dann kann man an die Dinge doch viel besser mit der Kamera herangehen. In dieser Art von Literatur wird die Sprache herabgewürdigt zum Ersatz für die Kamera, zu einer Vorbereitung für eine Fotografie, zu einer gar nicht ironisch gemeinten Regieanweisung für eine Kameraeinstellung, zu einer Hilfswissenschaft. Man hat den Eindruck, daß diese Schriftsteller, wenn sie wohlhabender wären, sich mit der Kamera viel Zeit und Mühe ersparen könnten und dennoch viel bessere Ergebnisse erzielten.

Herburgers Prosa war in dieser Art immerhin noch eine der »gelungenen«, weil sie, wenn auch in Syntax und

Sprachduktus ganz am Boden bleibend, wenigstens frei von Wort- und Satzklischees war. Im Gegensatz dazu wimmelte es in der Prosa Walter Höllerers von ganz grotesken Ergebnissen. Man hörte eine Geschichte, die allein als Geschichte, als erfundene Handlung, völlig unreflektiert erschien. Es ist durchaus möglich, glaube ich, heutzutage Geschichten zu erzählen, aber wenn man eine erzählt, dann sollte man dazu auch ein passables Geschehen erfinden und nicht so ganz sorglos Handlungen aneinanderreihen, die Illustriertenautoren anstehen, »Zwei-unter-Millionen-Geschichten«. Dabei war noch zu beobachten, daß Autoren, die sich sonst vorwiegend mit Lyrik beschäftigen, glauben, in der Prosa könnten sie sich gehenlassen. Warum sollten denn für die Prosa keine rhythmischen Gesetze gelten? Gibt es denn heute überhaupt noch einen Unterschied zwischen Lyrik und Prosa? Wie kann Höllerer, von dem man doch einige gute Gedichte kennt, in der Prosa einfach die Sprache Sprache sein lassen und schreiben wie ein Reporter? Seine Geschichte war sprachlich gar nicht »da«, ganz unrein, alle Worte und Wendungen waren gedankenlos hingeschrieben. Ich erinnere mich an einen Satz, in dem von einem Raum die Rede ist, der als »absolut leer« beschrieben wird. Wie kann man diesen Ausdruck, ohne zu reflektieren, einfach so hinschreiben? Und ähnlich unbekümmert war jeder Satz, jeder. Höllerer hatte vor seiner Lesung einen jungen Lyriker, Mathias Schreiber, vernichtend kritisiert, mit den Worten etwa, diese Art von Lyrik hätte man nun doch schon »ausdiskutiert«. Er wird sich aber wohl eingestehen müssen, daß es in den Gedichten des jungen Lyrikers immerhin einige Zeilen gibt, in denen mehr von unserer heutigen Welt enthalten ist als in seiner, Höllerers, ganzer Geschichte. Die Namensnennung und Beschreibung eines Computers genügt nicht, um auf der Höhe der Zeit zu sein. Für alle diese Dinge gibt es Lexika. Ich meine damit nicht, daß es ein Unding ist, einen Computer zu beschreiben, sondern nur, daß es ein Unding ist, einen Computer zu beschreiben, wenn er auf die gleiche Weise schon im Lexikon beschrieben wird. Die Beschreibung eines Computers, wenn sie schon geschieht, wird in der Syntax der Kompliziertheit eines Computers angepaßt sein müssen und nicht einfach im Stil eines Populärwissenschaftlers die Bestandteile aufzählen können.

Ich muß es noch einmal wiederholen: die auf der Tagung der Gruppe 47 gelesenen Texte wurden auf die Realität der beschriebenen Objekte geprüft, und nicht auf die Realität der Sprache. Sogar der weitaus besten Prosa, dem Romankapitel Ernst Augustins, wurde »mangelnder Widerstand der Realität gegenüber« vorgeworfen, ohne daß bedacht wurde, daß die Sprache eine Realität für sich ist und ihre Realität nicht geprüft werden kann an den Dingen, die sie *beschreibt,* sondern an den Dingen, die sie *bewirkt.* Mir ist während dieser Tagung aufgefallen, daß formale Fragen eigentlich moralische Fragen sind. Wagt es jemand, in einer unreflektierten Form über heiße Dinge zu schreiben, so erkalten diese heißen Dinge und erscheinen harmlos. Den berüchtigten Ort A. in einem Nebensatz zu erwähnen, geht vielleicht an. Ihn aber bedenkenlos in jede Wald- und Wiesengeschichte einzuflechten, in einem unzureichenden Stil, mit untauglichen Mitteln, mit gedankenloser Sprache, das ist unmoralisch. Die Reaktion treibt dann zu dem bekannten Ausspruch, man solle doch endlich aufhören, von Auschwitz . . . und so weiter.

(1966)

Die Literatur ist romantisch

Ist Engagement eine willkürliche Haltung oder ein unwillkürlicher Zustand?

Im Anschluß an die Tagung der Gruppe 47 in Amerika fand eine weitere Tagung statt, auf der einige Redner, durch die Reihe Schriftsteller, sich mit dem Thema »Der Schriftsteller in der Wohlstandsgesellschaft« befaßten. Peter Weiss sprach. Lange Zeit hatte er innerhalb der Tür gelebt, hatte sich nur um sich selber gekümmert, war sich selber genug gewesen, sometimes making love with someone. Dann aber war er vor die Tür getreten und hatte bemerkt, daß es außer ihm noch Menschen gab. Er war nicht allein auf der Welt. While he was making love inside the door, starben draußen Tausende am Krieg, an Unterdrückung, Hunger, Armut: an gesellschaftlichen Verhältnissen. Da erkannte er, daß er etwas ›unternehmen‹ müßte. Er engagierte sich. Und er engagierte sich als Schriftsteller. Im Anschluß an die Rede von Peter Weiss sorgte ein junger amerikanischer Diskussionsteilnehmer für Beifall und Heiterkeit, indem er fragte, welcher Schriftsteller denn nicht ›engagiert‹ sei. Hier müßte man einsetzen.

Welcher Schriftsteller ist denn nicht »engagiert«?

Beide, Peter Weiss und der Diskussionsteilnehmer, hatten unter Engagement einen andern Begriff verstanden: Peter Weiss verstand darunter eine aktive Handlung, eine Entscheidung des Wil-

35

lens, den Willen zu einer Veränderung, und zwar konkret den Willen zu einer Änderung einer Gesellschaftsform; den Willen, eine individualistische, liberalistische, kapitalistische Gesellschaftsform in eine universalistische, sozialistische, totalitäre umzuändern. Weiss hatte das Wort ›sich engagieren‹ gebraucht: aus dem Reflexivum war schon die willkürliche und freie Handlung ersichtlich; er meinte eine freie Handlung; er gebrauchte das Wort im Sinne Jean-Paul Sartres.

Der Diskussionsteilnehmer begriff unter dem Wort ›Engagement‹ einen unwillkürlichen, nicht freiwilligen, passiven Zustand, nicht ein ›Sich-Binden‹, sondern ein ›Gebundensein‹, zu dem man nichts dazu tun kann. Seine Frage lautete auch nicht: Welcher Schriftsteller engagiert sich denn nicht? sondern: Welcher Schriftsteller ist denn nicht engagiert?! Zudem gebrauchte er das Wort nicht im gesellschaftlichen Sinn, sondern im wörtlichen, indem er das Engagement einfach als Bindung auffaßte, ohne sich um das Woran der Bindung zu kümmern, ohne es in dem Wort ›Engagement‹ selbst einzubegreifen, wie es Peter Weiss getan hatte: bei ihm war das Wort ›Engagement‹ auch verwendbar für eine Bindung an individuelle Sachverhalte.

Damit wäre eine Erweiterung des Begriffes geschaffen, die aber zu nichts führen kann: denn wenn man als ›Engagement‹ eben jede Bindung begreift, dann führt das zur Auflösung eines immerhin festumgrenzten Begriffs: dieser

*Der sich
Engagierende
beschäftigt sich
zweckbewußt.*

*Die Bedeutung
eines Wortes
ist »sein
Gebrauch in
der Sprache«.*

*Das
Engagement
ist ein
Handeln.*

wird so erweitert, daß er keine Grenzen
mehr hat und aufhört, ein Begriff zu
sein. Wenn man aufhört, einen Begriff
im allgemein üblichen Sinn zu verwenden, und naiv auf den obskuren ›Wortsinn‹ zurückgreift, so bleibt von diesem
Wortsinn nur das Wort übrig, das sinnlos geworden ist, weil man mit begriffslosen Wörtern nicht operieren kann: das
›Engagement im Wortsinn‹ verlöre jede
Begrifflichkeit und würde ein sinnloses,
nichtssagendes Wort. Wenn man also das
Wort ›Engagement‹ gebraucht, kann man
es nur im festumgrenzten Sinn gebrauchen, wie es Peter Weiss gebraucht hat.

Die Bedeutung eines Wortes ist nicht
der Wortsinn – zu diesem flüchten nur
Philosophen, die sich ein eigenes System
ausdeuten wollen –, sondern, wie Wittgenstein sagt, ›sein Gebrauch in der
Sprache‹. Und in der Sprache wird das
Wort ›Engagement‹ in der Bedeutung
einer willkürlichen, freien, aktiven Haltung zu gesellschaftlichen Zuständen gebraucht, wobei in dem Begriff die Absicht impliziert ist, diese gesellschaftlichen Zustände zu ändern. Das ist die
Bedeutung des Wortes ›Engagement‹ in
der Sprache. Jede Eigendefinition (etwa
wenn Heinrich Böll sagt, jeder Schriftsteller, ob er wolle oder nicht, sei schon
notgedrungen ›engagiert‹ durch die gesellschaftlichen Verhältnisse, in denen er
lebe) trägt nur zur Begriffsverwirrung
bei, verhindert die Diskussion, ist leer,
operiert in einem begriffslosen Feld.

Das Engagement ist kein passiver Zustand, sondern eine Haltung. Das Engagement ist ein Handeln.

37

Was ist die Voraussetzung für das Engagement?

Die Grundvoraussetzung für das Engagement ist die Anerkennung eines bestimmten, noch nicht verwirklichten Weltbildes, in dem alles geordnet erscheint, was jetzt, in dem Augenblick, da man sich dieses Bild von der Welt macht, noch in Unordnung oder in ›falscher‹ Ordnung ist.

Das Weltbild dessen, der sich engagiert, ist ein utopisches.

Das Weltbild ist noch nicht verwirklicht, wirklich ist das andere, das falsche Weltbild. Das Weltbild dessen, der sich engagiert, ist ein utopisches, es ist das Bild von einer künftigen Welt. Der engagierte Schriftsteller, nach Sartre, enthüllt das falsche Weltbild und gibt dadurch die Zeichen für die Veränderung. Da jedes Weltbild aber normativ ist, also aus Werten und Wertzusammenhängen besteht, nicht aus Dingen und Sachverhalten, muß auch die Enthüllung des falschen Weltbildes wertend, normativ sein. (Schon indem man etwas als falsch bezeichnet, wertet man.)

Der sich Engagierende zeigt also keinesfalls die Welt, ›wie sie ist‹ (Sartre), sondern er zeigt sie, wie er meint, daß sie nicht sein soll, und wie er meint, daß sie sein soll: er zeigt also nicht die Welt, sondern sein Bild davon, und zwar das wertsetzende. (Sartre hat den Satz »die Welt zeigen, wie sie ist« groteskerweise nicht einmal ironisch gemeint.)

Das Weltbild dessen, der sich engagiert, ist demnach kein ontologisches, kein Bild von dem, was ist, sondern von dem, was sein soll. Und der sich Engagierende schaut auch keineswegs auf Dinge und Sachverhalte, sondern auf die Sollensvorschriften über diese Dinge und Sachverhalte, die er durch andere Sollensvorschriften ersetzen möchte. Der sich Engagierende beschäftigt sich mit Wertsystemen, mit Ideologien, die er falsch nennt und durch seine Ideologie ersetzen möchte, die er richtig nennt. Der sich Engagierende beschäftigt sich mit der Sollensordnung nicht spielerisch, sondern zweckbewußt. Sein Geschäft ist ernst, eindeutig, politisch, zielbestimmt, zur Not in einem Satz sagbar, finale Handlung, Handeln, um zu.

Der sich Engagierende beschäftigt sich zweckbewußt.

Ist der Begriff ›Engagement‹ auf die Literatur anwendbar?

Sartre hat in seinem Essay *Was ist Literatur?* das Schlagwort von der ›littérature engagée‹ geschaffen. Er meint das ganz präzis: der Schriftsteller habe die Aufgabe, durch das Schreiben die bestehenden Zustände zu enthüllen und dadurch zu verändern. Er verwendet die nichtssagenden Worte: »Der Schriftsteller hat gewählt, die Welt zu enthüllen, insbesondere den Menschen den anderen Menschen, damit diese angesichts des so entblößten Objekts ihre ganze Verantwortung auf sich nehmen.« Dieses Aufsichnehmen der Verantwortung ist ein abstrakter Begriff, kann gleichsam von jedermann auf alles angewendet werden, ist vom jeweiligen normativen Weltbild abhängig. (Was haben wir von

39

abstrakten Aussagen, von abstrakten Wahrheiten, die bei jedem konkreten Zusammenstoß mit einer Unwahrheit von dieser nach Belieben assimiliert werden können? Solche Aussagen sind weder wahr noch falsch, sondern unnütz.) Wie aber kommt Sartre überhaupt dazu, dem Schriftsteller vorzuschreiben, er solle sich, als Schriftsteller, engagieren?

Um zu dieser Forderung überhaupt zu kommen, unterwirft er sich zuerst der Einteilung der Literatur in Dichter und Schriftsteller. Ein Dichter ist für Sartre, wer die Wörter als die Dinge nimmt, wer die Wörter als die Wirklichkeit nimmt. Für den Dichter *bezeichne* die Sprache nicht die Welt, sondern stehe für die Welt. Für den Schriftsteller dagegen seien die Wörter Zeichen. Ihn interessieren die Dinge, die mit den Wörtern bezeichnet werden, und nicht die Wörter selber.

Nun begeht Sartre den entscheidenden Fehler: er teilt dem Schriftsteller die Prosa zu, dem Dichter, wie er ihn versteht, die Poesie, beharrt damit auf einer Einteilung, die dem neunzehnten Jahrhundert angehört. Der Prosaschreiber sei also der ›Schriftsteller‹, das heißt, für ihn seien die Wörter nicht eine Wirklichkeit für sich oder sogar die Wirklichkeit an sich wie für den poesieschreibenden sogenannten ›Dichter‹, sondern nur Namen für die sprachlose Wirklichkeit. Dem Schriftsteller gehe es nicht um die Wörter, sondern um die ›Wirklichkeit‹. Er benütze die Wörter nur, um mit ihnen die Dinge zu beschreiben.

Für den Schriftsteller – hier leiht sich Sartre eine Metapher von Paul Valéry – müsse die Sprache ›wie Glas‹ sein, durch das man ohne Fälschung auf die Dinge schauen könne.

Wie aber schaut nun der Sartresche Schriftsteller, der reine Prosaschreiber, auf die Dinge? Schaut er auf die Dinge, wie sie sind? Schaut er überhaupt auf die Dinge, und läßt er durch das Schreiben überhaupt auf die Dinge schauen? Nein: der Schriftsteller, der sich nach Sartre zu engagieren hat, benennt nicht die Dinge, sondern die normativen Bilder, die er sich im vorhinein von den Dingen gemacht hat. Ohne ein vorgemachtes, vorgefertigtes Weltbild wäre sein Engagement unmöglich. Der engagierte Schriftsteller sieht nicht die Dinge, wie sie sind, und er beschreibt nicht die Dinge, wie sie sind, sondern er beschreibt die Dinge, wie sie sind, *und* setzt sie zugleich in den Wertvergleich mit den Dingen, wie sie nach seiner Meinung sein sollten. Er beschreibt nicht Dinge, sondern Werte, er beschreibt nicht ein Sein, sondern ein Sollen. Seine Arbeit ist normativ, wertsetzend, utopisch. Sie genügt nicht sich selber, will vielmehr der Beginn einer Handlung sein, ja die Wörter des Schriftstellers sollen für sich eine zweckbestimmte Handlung sein. Die Wörter des Schriftstellers dienen so, wenn wir schon bei der unsinnigen Metapher bleiben, beileibe nicht als Glas, geben nicht die Dinge wieder, sondern die Meinung des

Der Schriftsteller benennt nicht die Dinge, sondern die normativen Bilder.

Er beschreibt nicht Dinge, sondern Werte.

41

Beschreibenden, wie die Dinge sein sollten. Und überhaupt beschäftigen sich die Schriftsteller nicht nur mit den greifbaren Dingen, auf die man schauen kann, sondern viel eher mit ›Dingen‹, die nur aus Wörtern bestehen, wie Zuständen des Bewußtseins, wobei der Vergleich mit dem Glas noch unzutreffender wird: die Wörter, mit denen man Wörter (innere Zustände) beschreibt, sollen wie Glas sein! Diese Metapher ist also in jedem Fall ein plumper Betrug, wie ja schon die Verwendung einer Metapher, wenn die Begriffe nicht mehr weiterführen, Argwohn erregen muß. Sartre entbindet nur den Dichter von der Pflicht zur ›littérature engagée‹, der Prosaschreiber ist zum Engagement verpflichtet. Wen aber eigentlich Sartre – das muß man ganz deutlich sehen! – einen Prosaisten nennt, das ist nur jemand, der die Literatur als Fortsetzung des Sprechens mit anderen Mitteln betreibt. Prosa ist für Sartre schriftgewordenes Sprechen, Hilfsmittel des Sprechens zur leichteren Verbreitung der Wörter, rein operativ, reine Aktion, die nur der Reaktion des Zuhörens bedarf, also Handeln mit Hilfe von Wörtern. Littérature engagée können demnach nur reine Manifeste, Theorien, Programme, Aufrufe sein. Littérature engagée muß ohne Fiktion, ohne Geschichte (story), ohne Verkleidung, ohne Parabolik, ohne bestehende *literarische* Form auskommen: sie darf überhaupt keine literarische Form haben, sie muß vollkommen unliterarisch sein, wie Sartre sagt, geschriebenes Sprechen. Also ist eine ›engagierte Literatur‹ keine Literatur oder nur insofern Literatur, wie man das Wort ›Literatur‹ für Quellennachweise benützt.

Eine engagierte Literatur gibt es nicht. Der Begriff ist ein Widerspruch in sich. Es gibt engagierte Menschen, aber keine engagierten Schriftsteller. Der Begriff ›Engagement‹ ist politisch. Er ist höchstens anzuwenden auf politische ›Schriftsteller‹, die aber keine Schriftsteller in dem Sinn sind, wie er uns hier interessiert, sondern Politiker, die schreiben, was sie *sagen* wollen. Wer könnte ein literarisches Werk Sartres nennen, das gemäß seiner eigenen Definition ›littérature engagée‹ wäre? Wer könnte ein Werk Sartres nennen, in dem die Wörter nur Sprechen als Handeln wären und nicht Wille zu einem literarischen Stil? Wer könnte überhaupt ein Werk einer engagierten Kunst nennen? Es wäre absurd.

Es gibt engagierte Menschen, aber keine engagierten Schriftsteller.

Wie verändert sich das Engagement durch die literarische Form?

Kunst hat keine Bedeutung über sich hinaus, sie i s t Bedeutung.

Das Engagement ist also ein unliterarischer Begriff. Die Eindeutigkeit, Zweckbetonung, der Ernst des Engagements widersprechen dem Wesen der Kunst: diese ist weder eindeutig noch mehrdeutig, sie hat in sich nicht zählbare, nicht begrenzbare Bedeutungen, man könnte ebensogut sagen, sie hat überhaupt keine Bedeutung über sich

*Das
Engagement
ist materiell
bestimmt, die
Literatur
formal.*

hinaus, sie *ist* Bedeutung. Jedenfalls kann man die Bedeutung eines Werks der Literatur nicht mit irgendwelchen anderen Worten erklären: hingegen ist das Engagement auch mit anderen Worten mitteilbar, seine Bedeutung wird durch die anderen Worte nicht verändert: das Engagement ist materiell bestimmt, die Literatur hingegen formal: wird ihre Form geändert, so ändert sich auch ihr Wesen.

Das Engagement zielt zweckbetont auf die Veränderung der gesellschaftlichen Wirklichkeit, während ein Zweck für die Kunst ein Unding wäre. Sie ist nicht ernst und nicht direkt, das heißt, auf etwas gerichtet, sondern eine Form und als solche auf nichts *gerichtet,* höchstens ein ernsthaftes Spiel. Aber das sind Selbstverständlichkeiten. Was uns interessiert, sind nun eben die Leute, die sich als ›engagierte Schriftsteller‹ bezeichnen und mit diesem Adjektiv vor der Berufsbezeichnung literarische Formen wie Romane, Erzählungen, Gedichte benützen, in die sie ihr Engagement einbauen. Das heißt, sie bauen es nicht nur ein, sondern ordnen es vielmehr der literarischen Form unter, die sie für ihre Botschaft benützen. So kann das Engagement durch die gewählte literarische Form nicht unverändert bleiben: es muß sich der Form anpassen, wird durch die Form über*spielt:* in der literarischen Form verliert das Engagement in jedem Fall seinen Ernst, seine Direktheit, seine Eindeutigkeit. Der, dem die Botschaft vermittelt werden soll, nimmt nicht in erster Linie

*Die
literarische
Form
verfremdet
das ihr
eingeordnete
Engagement.*

die Botschaft wahr, sondern die Form, die für die Botschaft gewählt worden ist: an einem Roman verfolgt er die Geschichte, an einem Gedicht zum Beispiel den Rhythmus oder die Laute. Die literarische Form, je komplizierter sie ist, verfremdet um so mehr das ihr eingeordnete Engagement. Und je vollkommener die Form durchgehalten ist, um so mehr wird das Engagement abgelenkt, verliert an Wirklichkeit, wird unreal, wird zur Form und hat mit dem Begriff Engagement nichts mehr zu tun. Am stärksten ist diese Ablenkung durch die Form wohl bei der kompliziertesten Literaturform, beim Roman. Dadurch, daß der Roman, zumindest bis zur heutigen Zeit, nicht ohne Fiktion, ohne Geschichte und nicht ohne voneinander unterschiedene Personen auskommt, muß auch die Botschaft des Engagements der Geschichte und dem Auftreten von individuellen Personen angepaßt werden: sie muß zum Beispiel einer Person ›in den Mund gelegt werden‹ und verliert dadurch schon ihre Eindeutigkeit: denn erstens ist diese Person ja eine erfundene Person und kann so nicht direkt, ernst und wirklich genommen werden wie das Bekenntnis des Autors, und zweitens steht das, was dieser Person in den Mund gelegt wird, im Zusammenhang mit der Handlung und ebenso im Zusammenhang mit anderen Personen, kommt also auch auf diese Weise um die Eindeutigkeit, die ein Wesensmerkmal des Engagements ist.

Durch die erfundene Geschichte, wie sie

dem Roman gemäß ist, verliert das Engagement seine eigene Geschichte, die nicht fiktiv und unreal ist, sondern für sich Realität beansprucht, indem sie vorgibt, aus der konkreten Wirklichkeit, ohne fingierende, schaffende Phantasie des Geschichtenschreibers, zu stammen und als Manifest, Utopie für eine erst zu konkretisierende Wirklichkeit zu wirken. Das Engagement wird aus der dynamischen, allgemeinen Geschichte der menschlichen Gesellschaft genommen und in eine statische, besondere Geschichte verkleidet, so daß es als Engagement nicht mehr ernst genommen werden kann.

Aus dem Zwiespalt, Literatur machen zu wollen oder sich zu engagieren, glaubt der Schriftsteller sich zu befreien, indem er sein Engagement der literarischen Form einordnet. Wenn er als Schriftsteller seine Sache versteht, kann er ungeachtet dessen gute literarische Arbeit leisten, seine Botschaft aber wird ihm durch die Form unwirklich und unwirksam gemacht werden. Ja, je bessere literarische Arbeit er leistet, das heißt, je mehr er sich auf die Wörter konzentriert, mit denen er umgeht, desto ironischer wird ihm unter der Hand die Botschaft werden müssen. Freilich heißt das nicht, daß im Gegenteil, wenn er also schlechte literarische Arbeit leistet, die Botschaft ernst und wirksam bleibt: in diesem Fall wird sie nicht ironisiert werden, sondern ungewollt und vielleicht unverdient lächerlich gemacht eben dadurch, daß sie nicht einfach mitgeteilt wird, sondern verbogen in der literarischen Form, die der Verfasser nicht zu handhaben weiß.

Nicht viel anders als mit der Prosa (also der Erzählung und dem Roman) verhält es sich auch mit der sogenannten engagierten Poesie. Auch sie teilt die Botschaft nicht mit, ist niemals schriftgewordenes Sprechen allein, sondern poetisiertes, formalisiertes Sprechen. Es zeigt sich sogar das Paradox, daß auch ein politisches Manifest, nur dadurch, daß es als Gedicht ausgegeben wird, sich im Wesen verändert. Es verliert die Eigenschaft, ein Manifest zu sein. Auf einmal gehört es nicht mehr zur Wirklichkeit, ist nicht mehr verlängertes Sprechen, nicht mehr operativ, nicht mehr zweckbetont. Das Manifest, vom Verfasser Gedicht genannt, wird plötzlich ein ›Gebilde‹, es formt sich, zeigt einen Rhythmus her, zeigt sich nicht mehr als das, was das Manifest seinem Inhalt nach will, zeigt also nicht über sich hinaus, sondern auf sich selber, nicht als ein Manifest, sondern als Poesie. Wie die Dinge durch die Benennung ›ihre Unschuld verlieren‹, so verlieren die Wörter durch die literarische Zitierung ihre Unschuld: sie zeigen überraschend nicht mehr auf die Dinge, sondern auf sich selber: sie zeigen sich selber. Wenn Brecht Arbeitersprechchöre in ihrem Rhythmus analysiert und sie dabei formalisiert, um deren formale Elemente auch auf seine Lyrik anwenden zu können, so verlieren die Sprechchöre, nur dadurch, daß Brecht sie notiert, ihren ›natürlichen Sinn‹, sie verlieren die Dynamik und

erstarren zur Statik für den Leser der
Lyrik, sie werden vom Sprechen als
Handeln zur Literatur.

*Es gibt in
der Literatur
kein
natürliches
Sprechen.*

Es gibt also in der Literatur kein natürliches Sprechen: jedes natürliche Sprechen, das zugleich Handeln ist, muß,
wenn es auch völlig unverändert in die
Literatur übernommen wird, künstlich
und formal werden: das natürliche Sprechen wird dann eben zur Form der
Literatur. Noch deutlicher ist das, wenn
der Verfasser das natürliche Sprechen
schriftlich in Zeilen gliedert oder gar
›unmerklich‹ rhythmisiert. Das rhythmi-
sierte Kommunistische Manifest ist keinesfalls mehr das Kommunistische Manifest, sondern eine literarische Form, die
allein dadurch, daß sie als Poem auftritt, die Aufmerksamkeit auf sich selber
eben als literarische Form richtet. Wäre
das Kommunistische Manifest schon unbeabsichtigt so rhythmisch geschrieben
oder hätte es rhythmische Elemente, so
würde sich niemand darum kümmern,
sondern nur das beachten, was das Manifest als Manifest eben sagen will: so
aber, dadurch, daß Brecht es poetisiert,
verliert es seine Wirklichkeit als Manifest und wird zum Poem. Die Fordern-
den rhythmisieren die Sprechchöre, um
sie besser wirken zu lassen: durch die
Sprechchöre bringen sie ihre Forderungen nicht um die Wirklichkeit, sondern
verdeutlichen diese: der Sprechchor entsteht aus der Wirklichkeit für eine
andere Wirklichkeit, und den Wörtern
wird ihre Unschuld nie genommen, weil

*Die
literarische
Form
verfremdet
das ihr
eingeordnete
Engagement.*

die, die sie gebrauchen, in keinem Augenblick bewußt eine literarische Form gebrauchen. Der Dichter aber schreibt den Sprechchor auf, dichtet ihn, bringt ihn so um seine Wirkung und um seine Wirklichkeit: der Sprechchor wird zu einem statischen, formal zu beurteilenden, geschichtslosen Gebilde. Brecht und andere haben vom Gedicht und wohl überhaupt vom literarischen Werk ›Gebrauchswert‹ gefordert. Was aber soll diese Forderung, ausgedrückt in einer dieser freischwebenden Metaphern, die die marxistische Kunstauffassung der Warenwelt entlehnt hat (Ware ist, was Gebrauchswert hat)? Ein Sprechchor, zu einem Gedicht poetisiert, kann nur von Naiven noch ›gebraucht‹ werden; das Kommunistische Manifest, zu Hexametern verformt, als was kann es noch gebraucht werden? Durch die literarische Formalisierung hebt Brecht die Brauchbarkeit entweder auf oder er verfremdet sie. ›Brauchbar‹ im nicht-metaphorischen Sinn sind nur die normativen Wörter der nichtliterarischen Wirklichkeit, die Parolen, die Forderungen, die Drohungen, die Programme: werden diese Parolen usw. zu Literatur gemacht, so werden sie verwendungsunfähig, und der Gebrauchswert wird zur Metapher, über die man sich herrlich belügen kann.

*Die
literarische
Form*

Jedes Engagement also wird durch literarische Form entwirklicht: in der Geschichte wird es Fiktion, im Gedicht Poesie, oder beides in beiden. Der engagierte Schriftsteller kann sich, als Schriftsteller, nicht engagieren. Die Literatur

*entwirklicht
das
Engagement.*

*Die Literatur
ist unwirklich.*

macht alles Wirkliche, auch das Engagement, zu Stil. Alle Wörter macht sie unbrauchbar und verdirbt sie, mehr oder weniger. Sie überspielt alles; Wörter, die als Handeln gemeint waren, werden zu Spiel: sie macht die Wirklichkeit, die sprachliche, die sie zitiert, und die außersprachliche, die sie benennt, zu Spiel. Die Literatur ist unwirklich, unrealistisch. Auch die sogenannte engagierte Literatur, obwohl gerade sie sich als realistisch bezeichnet, ist unrealistisch, romantisch.

Denn engagieren kann man sich nur mit Handlungen und mit als Handlungen gemeinten Wörtern, aber nicht mit den Wörtern der Literatur. Ein Irrtum in dieser Sache ist recht schwerwiegend: leicht kann ein Mann, der Schriftsteller ist, sein Engagement verspielen, indem er drumherum Gedichte und Geschichten macht, weil er meint, er sei als Schriftsteller zum Engagement verpflichtet, und nicht als Angehöriger einer Gesellschaft. Eine engagierte Literatur, sollte es jemals eine solche geben, müßte jedes spielerische, formale Element aus der Literatur entfernen: sie müßte ohne Fiktion auskommen, ohne Wortspiel, ohne Rhythmus, ohne Stil. Dazu aber wäre erst eine neue Definition der Literatur nötig. Eine solche Literatur wäre eine ernste, eindeutige, zur Wirklichkeit gehörende: und nur für sie wäre das Wort ›realistisch‹ zutreffend.

(1966)

Straßentheater und Theatertheater

Brecht ist ein Schriftsteller, der mir zu denken gegeben hat. Er hat Funktionsmöglichkeiten der Realität, die einem vorher glatt aufgingen, zu einem Denkmodell von Widersprüchen arrangiert. Dadurch hat er es möglich gemacht, daß den Funktionen der Realität, die einem früher oft wie ein glattes Funktionieren erschienen waren, beweiskräftig, mit Brechtschen Widerspruchsmodellen, widersprochen werden konnte. Endlich erschien einem der Zustand der Welt, der vorher wie gegeben und natürlich war, gemacht: und gerade dadurch auch machbar, änderbar: nicht natürlich, nicht geschichtslos, sondern künstlich, veränderungsfähig, veränderungsmöglich, unter Umständen veränderungs*nötig*. Brecht hat geholfen, mich zu erziehen.
Den Kernsatz der Reaktion, des Konservativismus, über Personengruppen, die in un*halt*baren Verhältnissen existieren, diese Leute »wollten es ja gar nicht anders«, hat Brecht in seinen Widerspruchspielen als ungeheure Dummheit und Gemeinheit aufgezeigt: Leute, deren Willen von den gesellschaftlichen Umständen dazu gedrillt ist, die gesellschaftlichen Umstände beim alten zu lassen, die also eine Änderung gar nicht wollen *können,* wollen es natürlich nicht anders; sie wollen es *natürlich* nicht anders? Nein, sie wollen es künstlich nicht anders, die Umstände, mit denen sie leben, sind vorsorglich so *gemacht,* daß sie bewußtlos bleiben und nicht nur nichts *anderes,* sondern überhaupt *nichts* wollen können.
Aus diesen Widersprüchen hat Brecht Spiele gemacht, *Spiele:* in dieser Beziehung ist die Kommune in Berlin mit Fritz Teufel als Oberhelden die einzige Nachfolgerin Brechts, sie ist ein Berliner Ensemble von einer Wirksamkeit, die jener des legitimen Berliner Ensembles entgegengesetzt ist: das legitime Ensemble errichtet Widersprüche nur, um am Schluß ihre mögliche Auflösung zu zeigen, und es zeigt Widersprüche, die in der eigenen Gesellschaftsform zumindest formal nicht mehr bestehen – kann des-

wegen auch zu keinem Widersprechen führen: die Kommune aber hat neu gedacht, hat ihre Widerspruchsspiele von akzeptierten Widerspruchsorten (den Theaterhäusern) auf (noch) nicht akzeptierte Widerspruchsorte verlegt, hat ihre Spiele nicht am Schluß mit einmal gemachten, schon fertigen Rezepten der Neuordnung versehen (addiert), weil die Spiele selbst, die *Form* des Spielens sich schon als Rezept der Neuordnung anboten. Wie man etwa im Fußball Torchancen »herausspielt«, so hat Brecht mit seinen Parabeln Widersprüche »herausgepielt«, freilich sicher an dem falschen soziologischen Ort, mit den falschen soziologischen Mitteln: von der Wirklichkeit, die er ändern wollte, unendlich entfernt, die hierarchische Ordnung des Theaters benutzend, um andere hierarchische Ordnungen hierarchisch zu stören: keinen Ruhigen hat er beunruhigt, Unzähligen freilich ein paar schöne Stunden geschenkt. Zwar hat er die Haltungen von Schauspielern geändert, nicht aber unmittelbar die Haltungen von Zuschauern: und daß durch die Haltung der Schauspieler sich wenigstens mittelbar die Haltung der Zuschauer geändert hat, ist geschichtlich falsch. Brecht war trotz seines revolutionären Willens so sehr von gegebenen Spielkanones des Theaters benommen und befangen, daß sein revolutionärer Wille doch immer in den Grenzen des Geschmacks blieb, indem er es für geschmackvoll hielt, daß die Zuschauer, indem sie Zuschauer blieben, sich unbehelligt unterhalten (lassen) sollten: geradezu besorgt war sein jeweilig letzter Wille zu einem Stück, es sollte »unterhaltsam« sein. Andere würden diese Haltung vielleicht als »List der Vernunft« bezeichnen: das schiene mir aber doch die List einer recht eigennützigen Vernunft zu sein.

Dazu kommt noch, daß Brecht sich nicht mit dem Arrangement von Widersprüchen begnügt, sondern daß schließlich als Vorschlag zur Lösung, zur Auflösung, das marxistische Zukunftsmodell ins Spiel kommt: ich sage, ins *Spiel* kommt: der Zuschauer, der durch Spiel unsicher gemacht worden ist, soll nun versichert werden: es wird ihm im Spiel das marxistische Modell einer möglichen Lösung genannt oder zumindest vorgeschlagen. Was mich beunruhigt, ist nicht, daß das marxistische Modell als Lösung genannt wird, sondern, daß es im *Spiel* als Lösung genannt wird (ich selber würde jederzeit den Marxismus als einzige Lösungsmöglichkeit der herrschenden – in jeder Hinsicht »herrschenden« Widersprüche unterstützen: nur nicht seine Verkündung im Spiel, im Theater: das ist so ähnlich falsch und unwahr wie Sprechchöre für die Freiheit Vietnams oder gegen die Anwesenheit der Amerikaner in Vietnam, wenn diese Sprechchöre auf dem *Theater* vor sich gehen; oder wenn, wie kürzlich in Oberhausen, im *Theater* »echte« Kumpels auftreten und dort ein Protestlied anstimmen: das Theater als Bedeutungsraum ist dermaßen bestimmt, daß alles, was außerhalb des Theaters Ernsthaftigkeit, Anliegen, Eindeutigkeit, Finalität ist, *Spiel* wird – daß also Eindeutigkeit, Engagement etc. auf dem Theater eben durch den fatalen Spiel- und Bedeutungsraum rettungslos verspielt werden – wann wird man es endlich merken? Wann wird man die Verlogenheit, die ekelhafte Unwahrheit von Ernsthaftigkeiten in Spielräumen endlich erkennen?? Das ist nicht eine ästhetische Frage, sondern eine Wahrheitsfrage, also doch eine ästhetische Frage?). Das ist es also, was mich doch aufregt an den Brechtschen Spielen: die Eindeutigkeit und Widerspruchslosigkeit, in die am Ende alles aufgeht (auch wenn Brecht so tut, als seien alle Widersprüche offen), erscheint, da sie auf dem Theater in einem *Spiel-* und *Bedeutungs*raum vor sich geht, als reine Formsache, als Spiel. Jede Art von Botschaft oder sagen wir einfacher: jeder Lösungsvorschlag für vorher aufgezeigte Widersprüche wird im Spielraum der Bühne *formalisiert*. Ein Sprechchor, der nicht auf der Straße, sondern auf dem Theater *wirken* will, ist Kitsch und Manier. Das Theater als gesellschaftliche Einrichtung scheint mir unbrauchbar für eine Änderung gesellschaftlicher Einrichtungen. Das Theater formalisiert jede Bewegung, jede Bedeutungslosigkeit, jedes Wort, jedes Schweigen: es taugt nichts zu Lösungsvorschlägen, höchstens für ein Spiel mit Widersprüchen.

Das engagierte Theater findet heute nicht in Theaterräumen statt (nicht in diesen verfälschenden, alle Wörter und

Bewegungen entleerenden Kunsträumen), sondern zum Beispiel in Hörsälen, wenn einem Professor das Mikrofon weggenommen wird, wenn Professoren durch eingeschlagene Türen blinzeln, wenn von Galerien Flugblätter auf Versammelte flattern, wenn Revolutionäre ihre kleinen Kinder mit zum Rednerpult nehmen, wenn die Kommune die Wirklichkeit, indem sie sie »terrorisiert«, theatralisiert und sicherlich zu Recht lächerlich macht, und sie nicht nur lächerlich macht, sondern in den Reaktionen in ihrer möglichen Gefährlichkeit, in ihrer Bewußtlosigkeit und falschen Natur, falschen Idyllik, in ihrem Terror erkennbar macht. Auf diese Weise wird Theater unmittelbar wirksam. Es gibt jetzt das Straßentheater, das Hörsaaltheater, das Kirchentheater (wirksamer als 1000 Messen), das Kaufhaustheater, etc.: es gibt nur nicht mehr das Theatertheater – jedenfalls nicht als Mittel zur unmittelbaren Änderung von Zuständen: es ist selber ein Zustand. Wozu es taugen könnte (wozu es bisher auch getaugt hat): als ein Spielraum zur Schaffung bisher unentdeckter innerer Spielräume des Zuschauers, als ein Mittel, durch das das Bewußtsein des einzelnen nicht *weiter,* aber *genauer* wird, als ein Mittel zum Empfindlichmachen: zum Reizbarmachen: zum Reagieren: als ein Mittel, auf die Welt zu kommen.

Das Theater bildet dann nicht die Welt ab, die Welt zeigt sich als Nachbild des Theaters. Ich weiß, das ist eine kontemplative Haltung: aber ich würde mir nicht sagen lassen, daß die Alternative zu Kontemplation Aktion ist. Ob sich freilich aus dem genaueren Bewußtsein des Zuschauers oder Zuhörers schon der Impetus ergibt, die Zustände im marxistischen Sinn (der auch der meine wäre), zu ändern, daran zweifle ich, obwohl ich es hoffe, das heißt, ich bezweifle es, je mehr ich es hoffe: das Theater im Theater schafft wohl nur die Voraussetzungen, die Voraus-Sätze für die neuen Denkmöglichkeiten, es zeigt nicht, da es ein Spiel ist, unmittelbar und eindeutig den *Satz,* die neue Denkmöglichkeit, die die Lösung bedeutet. Brecht freilich nimmt in das Spiel den *Satz,* die Lösung auf, und bringt ihn um seine Wirkung, um seine Wirklichkeit. Die Kommune in Berlin aber, sicher vom Theater beeinflußt, sicher aber nicht von Brecht beeinflußt (mag sie ihn auch, ich weiß es nicht, verehren), spielt, man könnte sagen, den Satz mitten in der Wirklichkeit. Sie wird ihn (hoffentlich) so lange spielen, bis auch die Wirklichkeit ein einziger Spielraum geworden ist. Das wäre schön.

(1968)

Für *das* Straßentheater
gegen *die* Straßentheater

Das Straßentheater ist daran, ein Freilufttheater zu werden;
das Straßentheater ist daran, ein Freilufttheater zu sein.
Daß das Regendach von Bad Hersfeld fehlt, tut nichts zur
Sache: die Mystik der STRASSE ist ein metaphorisches Regendach. Es zeigt sich zwar, daß die Straße theaterfähig ist,
aber es zeigt sich auch, daß das Theater noch nicht straßen-
fähig geworden ist: die Methoden des Straßentheaters sind
zu Bastardmethoden des »anderen« Theaters herabge-
kommen.
Es sind wahrhaftig Straßentheater gegründet worden, mit
einem Ensemble und den bekannten Zielsetzungen, während doch die List eines Theaters, das in der Öffentlichkeit
agiert, sich darin zeigt, daß es sich nicht als Theater
deklariert oder gar gründet. Vorweg einen Vorgang auf
der Straße als Theater zu bezeichnen, muß jeden unbefangenen Teilnehmer oder Zuschauer befangen machen:
diese Bezeichnung allein schon erzeugt die Aura des Ritu-
ellen: schon das Heben von Armen etwa, die ein Plakat
oder ein Spruchband mit ernstgemeinten Parolen zeigen, erstarrt zu einer Zeremonie, zu einer Feierlichkeit, zu einer
Feier: das Heben der Arme feiert das Heben der Arme,
und was auf dem Spruchband steht, ist keine Parole auf
einem Spruchband, sondern eine Parole auf einem Requisit,
ja, die Parole selber, ob auf das Spruchband geschrieben
oder in Sprechchören verlautbart, ist zu einem Requisit
geworden; jede mögliche Agitation vergegenständlicht sich
dadurch, daß sie sich als Darbietung kenntlich macht, zu
einem theaterähnlichen, das heißt, nicht so gemeinten –
nicht so, sondern anders gemeinten –, nicht wirklich gemeinten Requisit.
Das alte Theater feiert auf der Straße, im Aufstand eben
gegen das alte Theater, seine Auferstehung. Statt lebendige
Bilder, die die mechanisch gewohnten Bilder der Leute vom
Funktionieren des Laufs der Dinge erschrecken, zu produ-

zieren und damit auch zu provozieren, bietet das Straßentheater, wie es sich seit kurzem richtig gebildet hat, dadurch, daß es sich deklariert und die alte Theaterdramaturgie blindlings verwendet (nur eben im Freien), nichts anderes als die alten lebenden Bilder vom Lauf der Dinge (daß auch Transparente und Sätze, die ihrem Sinn nach gegen den Lauf der Dinge sind, gerade zum Funktionieren dieses Laufs der Dinge »immanent« notwendig sind, das ist ja ein Leitbild dieser Demokratie) – diese Straßentheater, das sich als Institut begreift, als Einrichtung, als Status, als Teil der Bewegung, aber nicht als Bewegung selber und nicht selber als Bewegung, das sich in alten theatralischen Floskeln spreizt, geziert und wichtigtuerisch, mag es auch auf alten Lastwagen umherfahren und sich so ein bißchen bewegen, dieses Straßentheater bietet lebende Bilder, die tot sind. Es scheint eher aus einer kleinlichen Unzufriedenheit nur mit den bequemlichen Sitzen in den Theaterräumen entstanden zu sein als aus methodischem Nachdenken über neue Methoden, oder aus kabarettistischen Spötteleien über die Krawatten, die man sich fürs Theater umbinden muß (weil man wohl anders nicht kann und schief angeschaut wird). Diese gegründeten Straßentheater sind, zumindest in diesem Staat, rechte reaktionäre Krawattentheater.

Wie lächerlich ist es etwa, anzusehen und vor allem anzuhören, wie der Reihe nach Leute vor ein Mikrofon treten, von denen dann jeder ein Brechtaperçu (ja, man kann wahrhaftig dieses Wort verwenden) in einem möglichst gepflegten Ton nicht nur wie, sondern auch als Bibelzitat von sich gibt, und wie deprimierend ist es, Kabarettisten zuzuhören, die die Witznotwendigkeiten ihrer Darbietungen, nur weil sie diese in der frischen Luft darbieten, zu Straßentheater erklären. Die Methoden etwa, mit denen hier und dort die Republikanischen Klubs ihre Straßenensembles führen, sind, kurz gesagt, infantil; sie zeigen die Beschränktheit vieler Revolutionäre, die gerade, weil sie ästhetische Fragen für belanglos halten, in nichts als ästhetische Fallen gehen. So ist es nicht verwunderlich, aber trotzdem ärgerlich, daß die Internationale oder die Revolutionslieder, wahrscheinlich gesungen von Ernst Busch, nichts als retrospektive Schnulzen geworden sind. Das Elend dieses Straßentheaters ist es, daß es kurzentschlossen, kurzgeschlossen, einfach das Material des alten Agitprop übernommen hat. Was aber ist aus diesem Material geworden? Es hat sich formalisiert zu einem Stil, ist in den Aktionen der meisten Straßentheaterensembles zu einem elend selbstgefälligen Jugendstil geworden. Was für eine Wollust ist es doch, Revolutionär zu sein! hörte ich jemanden sagen. Ja, warum nicht? Warum sollte es nicht Wollust machen, Revolution zu machen? Aber wenn daraus nicht Wollust an der *Woll*ust, an der Lust etwas *anderes,* eine andere Gesellschaft zu wollen, sondern nur dieses Vor-sich-hin-Lüsteln der Straßentheaterensembles an alten Wollustreizen vergangener Revolutionsformen wird, dann sollte man diese Ensembles ganz schnell auflösen; denn: sie agieren metaphorisch und auch wirklich in der Provinz und sind (es ist schön, so ein Wort einmal zu gebrauchen) konterrevolutionär. Es scheint, die Straßentheaterensembles haben sich weniger aus Wollust an einer anderen Gesellschaftsordnung gebildet als aus der selbstgenügsamen Wollust, sich öffentlich auszudrücken und, wenigstens mit den Worten anderer (Lenins, Trotzkis, Maos, Brechts), zitierend zu Wort zu kommen. Daran wäre freilich nichts Arges, würde nicht dadurch an die Stelle revolutionären Tuns revolutionäres Getue als Ersatzhandlung treten.

Revolutionäres Getue? Ich meine damit folgendes: die gegründeten Straßentheater verlassen sich in ihren Methoden auf Vertrautes, auf die *Bedeutungen* dieser Methoden. Bedeutungen? Ich meine damit folgendes: sie verlassen sich auf Bedeutungen, die durch Spiele vorher, in einer zwar ähnlichen gesellschaftlichen Lage, aber eben vorher, im Publikum geschaffen worden sind. Das Agitprop damals hat nicht alte Bedeutungen benutzt, es hat Bedeutungen erzeugt: das heißt: das Wesen ihrer Methode war die Überraschung, die Überrumpelung; erst nachdem das Spiel, in der Wiederholung, die Öffentlichkeit gewonnen hatte, stellte diese Öffentlichkeit Bedeutungsbezüge auf: aber da war die Öffentlichkeit eben schon gewonnen: und mit ihr das Spiel! Nicht nur seiner Botschaft nach war das Agitprop Utopie, sondern, was das wichtige an ihm ist, in seinen Methoden: es benutzte nicht alte Spielformen, die das Publikum sofort zu alten, harmlosen *Bedeutungen* ablenken muß, sondern es zeigt spielend neue Spielmöglichkeiten für das Publikum, und nicht etwa (und darauf kommt es an) nur für die *Vorspielenden*. Und dieser Möglichkeitssinn vor allem ist es, der den Straßentheaterensembles abgeht: sie spielen nach, statt vor, und äffen nach, statt den Leuten etwas vorzuäffen. Ihr Sinn ist rührend, ohne jemanden zu rühren, auf Vergangenes gerichtet: dieses Vertrauen in Bedeutungen beim Publikum, möchte ich sagen, ist ein schlimmer Vergangenheitssinn: Bedeutungen revozieren Vertrautes, utopische Methoden aber würden Unvertrautes, das aber plötzlich möglich wäre, provozieren. Indem die Straßentheaterensembles nur in alten Bedeutungen spielen, weil ja wohl die Wiederholung von einstigen Errungenschaften das bequemste ist, und indem sie in der Folge das Publikum nur mit Vergangenem und also nicht *mehr* Möglichem vergleichen lassen, bringen sie sich selber sowohl um den Sinn als auch um die Sinnfälligkeit ihren Darbietungen. Man kann sagen: je *sinnfälliger* eine Methode ist, desto weniger braucht sie auf das Vergangene, auf *Bedeutungen* auszuweichen: je sinnfälliger das Spiel, desto bedeutungsloser wird es, zum Glück, sein: ein sinnfälliges Spiel zeigt die Utopie und kriegt dadurch seinen Sinn. Ein Spiel ohne Sinnfälligkeit muß sich zu Bedeutungen entleeren, das Publikum muß sich auf die Bedeutungen zurückziehen, das Spiel wird sinnlos und ist sinnlos: die Straßentheater, wie sie jetzt agieren, agieren sinnlos.

Und man kann sagen: weil die Bedeutung einer Institution ihr bisheriger, geschichtlicher Gebrauch in der Gesellschaft ist, so ist auch ein Straßentheater, das sich gegründet hat und sich auch als Theater bezeichnet, mag es sich auch als dynamisches Mittel der Revolution ansehen, gerade dadurch, daß es sich gründet und als Theater bezeichnet, der Bedeutung in der Gesellschaft nach nichts anderes als das, als was eben diese Gesellschaft bis jetzt immer das Theater gebraucht hat: als Institution, als etwas durchaus Statisches, als statisches Objekt, nicht als Subjekt eben dieser Gesellschaft. Es muß vor allem einmal gefragt werden, nicht nur, ob danach geforscht werden muß, neue Methoden zu finden für ein Theater, das die bestehende Ordnung ersetzt, sondern: ob denn nicht das Theater selber eine *Methode* sei, und dann: ob das Theater eine geeignete Methode sei, diese Ordnung zu ersetzen. Sicher ist es nett, wenn etwa in Hamburg Straßentheater dergestalt vor sich geht, daß, am Tage nach einer Schlägerei mit der Polizei, ein regelrechtes Ensemble an die Tatorte zieht und dort diese Schlägereien nachahmt und mit Kreide gar die liegenden Geschlagenen auf das Pflaster zeichnet – aber: hat, trotz allen Vorteils noch etwa gegen das nur Sprüche sprechende Straßentheater, diese Vorgangsweise nicht etwas geradezu unanständig Künstlerisches, aufdringlich Subtiles an sich? Ist es nicht so, daß dieses Nach-Machen ein ähnlich peinlicher Realismus ist wie etwa ein Sterben auf der Bühne? Warum muß sich eine Empörung sofort in ein selbstgefälliges künstlerisches Anliegen verwandeln?

Es wird, zur Rettung des Straßentheaters (nicht: *der* Straßentheater, die ich für rettungslos halte) um folgendes gehen:

Zuerst in der Negation:

1. Es sollten sich keine Straßentheaterensembles *gründen*.

2. Es sollte sich keine Gruppe als Straßentheater *bezeichnen*.

3. Es sollte keine Gruppe als *Theater* dem Publikum *erkennbar* sein: denn schon dadurch stellen sich Bedeutungen und damit Verharmlosungen ein.

Positiv ist zu sagen:

1. Am Straßentheater (nicht: an *den* Straßentheatern) sollte jede Person der Bewegung mitarbeiten.

2. Das Straßentheater sollte Bewegung sein, nicht Institution.

3. Das Straßentheater sollte als Bewegung auch eine der Methoden der Bewegung sein.

4. Das Straßentheater sollte für die Phantasie der Bewegung, für Bewegung der Phantasie, und für Phantasie *für*

die Bewegung sorgen. (Sartre in seinem Gespräch mit Cohn-Bendit.)

5. Das Straßentheater sollte seine Phantasie äußern in etwa folgenden Formen (die Aufzählung ist ganz unvollständig):

a) in Wandzeitungen,

b) in vorher erarbeiteten Zwischenrufen auf mechanische, automatisierte Sprechstrukturen öffentl. Personen,

c) im Text und auch in der Art der Entfaltung von Spruchbändern bei exakt vorhersehbaren und vorherhörbaren öffentlichen Ereignissen,

d) in der Produktion von Sprechchören (hier gibt es schon beachtliche Ergebnisse, über die sich Majakowski sicher gefreut hätte),

e) in der listigen Sentimentalisierung der revolutionären Vorgänge nach Art etwa der Regenbogenpresse (das erwähnte Mitnehmen der Kinder zum Rednerpult, das Marschieren von möglichst schönen, recht unschuldigen Frauen in den ersten Reihen, das Vortäuschen von Verwundungen und Vergewaltigungen – einige, nicht zu viele, sollten auf Krücken gehen, dazu Rollstühle etc.), die das Mitgefühl, nicht das Mitleid der Öffentlichkeit bewirkt,

f) vor allem in der Vereinfachung der Sprechweisen, der Diskussionssprache, im Aufbrechen der Redeautomatismen der Revolutionäre, damit fürs erste wenigstens eine Verständigung mit der Öffentlichkeit – und damit eine Veröffentlichung der Ansichten – erreicht wird: Sätze erzeugen so theatralisch, daß sie über*redend* wirken, ohne gleich über*zeugen* zu müssen: das ist wohl die wichtigste Methode des Straßentheaters,

g) usw.

Auf diese Weise kann das Straßentheater sich eine Öffentlichkeit schaffen. Straßentheater als Institution, nominiert, in der Mehrzahl, als eine Zahl von Ensembles, ist unsinnig, es sei denn, das gesamte Ensemble der Revolution arbeite auch mit den Methoden des Straßentheaters. So aber, wie die Straßentheater sich jetzt geben, scheint es, als würden ihre Mitglieder später, wenn sie in ordentlichen Behausungen künstlerisch tätig sein werden, sich an ihre Straßentheaterzeit gerade so erinnern, wie sich interviewte Schauspieler in der Regel an ihre Anfänge erinnern, als sie, etwa nach dem Krieg, noch bei Kerzenlicht in Gasthöfen auf Bohlen spielen mußten, die man auf Weinfässer gelegt hatte: mit Wehmut. »Trotz allem, es war eine schöne Zeit.«

(1968)

Horváth und Brecht

Brecht ist, verglichen mit Autoren seiner Zeit, etwa William Faulkner und Samuel Beckett, sicherlich ein Trivialautor. Ich konnte ihn nie leiden, weder seine früheren genialischen Kraftmeiereien noch seine vorsichtigen, gehemmten Lehrstückchen der mittleren Periode, noch seine späteren aufgeklärten Weltproblemstücke noch seine letzten abgeklärten chinoiden Teekannensprüche. Seine Denkmodelle scheinen mir, wenn ich an die Kompliziertheit meines eigenen Bewußtseins denke, allzu vereinfacht und widerspruchslos: alle gegebenen Widersprüche werden beseitigt von dem einzigen großen Widerspruch, den es für Brecht gibt: den zwischen den Zuständen, wie sie sind und wie sie nach seiner Meinung sein sollten: in dieses glatte Widerspruchsmodell gehen alle Widersprüche des Bewußtseins auf und bleiben nicht geordnet-ungeordnet wie bei Beckett, der kein so einfaches Denkmodell wie das marxistische kennt. Deswegen ist Brecht so einfach, vereinfacht: er zeigt zwar die Widersprüche, aber er zeigt auch die einfache Lösung dafür. Diese Lösung ist aber für mich nichts als ein Bonmot oder ein Aphorismus, in dem eine mögliche Ordnung der Welt behauptet wird, die man an die Stelle der Widersprüche setzen könnte. So geht alles bei ihm auf wie in einem Denkspiel, einfach und manchmal auch spannend, ergreifend (so sagt man), manchmal auch so *schön,* daß es gar nicht mehr wahr ist. Seine Arbeiten sind Idyllen. Meine Wirklichkeit verhöhnt sie in jedem Augenblick. Meine Welt ist nicht mehr in satzweisen Weisheiten klarstellbar, nicht mehr in Slogans von der Freundlichkeit, nicht mehr in der Lüge seiner Stücke, die Illusionen immer wieder nötig haben, um Desillusionen zu ermöglichen, und die diese Desillusionen als die große Illusion benützen: die Desillusion ist eine einzige Illusion, und gefährlicher noch als die naive Illusion! Als reine Formspiele kann ich die Stücke Brechts noch ertragen, als unwirkliche, aber doch ergreifende Weihnachtsmärchen, weil sie mir eine Einfachheit und eine Ordnung

63

zeigen, die es nicht gibt. Ich ziehe Ödön von Horváth und seine Unordnung und unstilisierte Sentimentalität vor. Die verwirrten Sätze seiner Personen erschrecken mich, die Modelle der Bösartigkeit, der Hilflosigkeit, der Verwirrung in einer bestimmten Gesellschaft werden bei Horváth viel deutlicher. Und ich mag diese IRREN Sätze bei ihm, die die Sprünge und Widersprüche des Bewußtseins zeigen, wie man das sonst nur bei Tschechow oder Shakespeare findet. Jemand träumt, daß er ermordet wird: »Ich war schon lang wieder wach und dachte noch immer, ich wäre tot.« – Eine Sterbende schlägt mit der Hand in die Luft: »Na. Da fliegen lauter so schwarze Würmer herum . . .« Horváth wäre auch bald 70 geworden.

(1968)

Theater und Film: Das Elend des Vergleichens

Pascal sagte ungefähr: das ganze Elend kommt da her, daß man immerfort glaubt, sich mit Unendlichem vergleichen zu müssen. Und ein anderes Elend – das sagte nicht Pascal – kommt da her, daß man glaubt, *überhaupt* vergleichen zu müssen.

Während ich das schreibe, sehe ich draußen auf der Straße zwei Straßenkehrer mit großen Besen den Gehsteig kehren. Beide haben einen orange-weiß gestreiften Dress *wie Radrennfahrer,* beide haben weite, verknüllte Hosen *wie Landstreicher* oder *wie Figuren in einem Beckett-Stück,* beide haben Gesichter *wie Südländer,* beide tragen Mützen *wie auf Kriegsgefangenenbildern aus dem Ersten Weltkrieg,* beide gehen mit steifen Knien und platten Füßen *wie Tippelbrüder,* alle drei – jetzt kommt ein dritter, ein vierter dazu – tragen schwarze Fäustlinge *wie die Schneeräumtrupps im Winter,* alle fünf gleichen mit ihren riesigen Besen und Schaufeln, die sie recht klein aussehen lassen, *Figuren auf einem Bild von Breughel.*

Aber: der eine Straßenkehrer hat *schneller* gekehrt *als* der andre, und der andre Straßenkehrer hatte die Mütze *tiefer* im Gesicht *als* der eine, und der andre andre Straßenkehrer hatte gar ein *deutscheres* Gesicht *als* der andre Straßenkehrer, und der andre andre andre Straßenkehrer schien seine Arbeit *unwilliger* zu verrichten *als* der andre andre Straßenkehrer, und schließlich – inzwischen sind die Männer aus meinem Blick – kam mir der letzte Straßenkehrer, weil er den Besen schon geschultert hatte, *mächtiger* vor *als* die andern.

Wie kommt es zu dieser Sucht, vergleichen zu müssen? (Und ich nenne das eine Sucht.) – Kommt es vorweg dazu nicht wegen der Unfähigkeit, erst einmal Einzelheiten zu unterscheiden? Und wie kommt es dazu, daß man, indem man vergleicht, zugleich auch jedesmal bewerten will? Ist es nicht so, daß man deswegen bewertet, weil man unfähig ist, den durch den Vergleich *ab*gewerteten Gegenstand überhaupt erst wahrzunehmen? – weil man ihn, kurz gesagt, mit öder Vergleichslust blind anschaut und aus lauter Hilflosigkeit, wenn man ihn so nicht wahrnehmen kann, sofort ausrutscht ins Vergleichen? Die Gegenstände scheinen so nur dazusein, damit sie gegeneinander *ausgespielt* werden können: sie werden abstrahiert zu Vergleichsmöglichkeiten: dem Klarwerden über sie wird von vornherein ausgewichen ins stupide Messen mit anderen Gegenständen. So entsteht mechanisch eine Hierarchie der Gegenstände im Bewußtsein, welches die Gegenstände als Kauflustiger, als Kunde aufnimmt: der erste Gedanke beim Anblick des Gegenstandes ist kein erster Gedanke, sondern der Vergleichsreflex – gleich dem des Käufers in einem Warenhaus, dem weniger eine Welt von Waren als eine Warenwelt von Vergleichsmöglichkeiten vorgeführt wird – und auch ich habe mir gerade nicht anders helfen können als zu vergleichen: ja, Vergleiche *helfen*.

Und die Vergleichsmodelle, auf die sich alle Vergleiche und Abwertungen reduzieren lassen, sind folgende: »Ich möchte lieber das haben als jenes.« Und: »Ich möchte lieber das sein als jenes.« Und schließlich, für alle Gegenstände, Lagen und Vorgänge brauchbar: »Mir sind Neger lieber als Chinesen.« »Mir ist das flache Land lieber als das Gebirge.« »Mir ist die Musik lieber als die Malerei.« »Mir ist die Demokratie lieber als die Revolution.« »Mir ist eine feste Anstellung lieber als eine unsichere Existenz.« »Mir ist meine Frau lieber als jeder Filmstar.« »Mir ist der Patriarch von Konstantinopel lieber als der Papst in Rom.« »Mir ist eine straffe Ordnung, in der jeder seine Beschäftigung hat und sich satt essen kann, lieber als eine Freiheit, die . . .« – man kann sich die Sätze allmählich selber ergänzen. Es zeigt sich also, daß Vergleiche vor allem dazu dienen, den verglichenen Gegenstand mit einem Satz wegzureden: jede weitere Beschäftigung mit ihm erübrigt sich: er existiert nur noch als Vergleichsgegenstand: als Wertgegenstand: als Gefühlsgegenstand: der Gegenstand verwandelt sich – er wird zu einer Aversion. Und das Elend und die Größe dieser Art des Vergleichs ist es, daß mit seiner Hilfe, indem jeder Gegenstand im Bewußtsein zu einem Gefühls- und Wertgegenstand formalisiert wird, jeder Gegenstand der Welt mit jedem andern Gegenstand der Welt verglichen werden kann: alles ist über- und untergeordnet in der Gefühlshierarchie – nichts mehr ist vergleichsunmöglich – nichts mehr bleibt außerhalb des Bewußtseins, nur weil es unverständlich, fremdartig, schwierig ist: gerade weil es unverständlich, fremdartig, schwierig ist, bleibt nichts anderes übrig, als zu vergleichen: das Vergleichen schützt vor der Beschäftigung mit dem Gegenstand: der unverständliche Gegenstand wird ein Gefühlsgegenstand: weil er unverständlich ist, sind einem andere Gegenstände lieber, zum Beispiel die eigene Haut, die man kennt: alles läßt sich mit der eigenen Haut vergleichen und durch den Vergleich auch schon unverdient vertraut machen – das gesunde Empfinden feiert seine Triumphe – man kann es nachprüfen – im großen Elend des Vergleichens.

Diese ziemlich lange Vorrede sollte eigentlich nur mißtrauisch machen und Reaktionsmechanismen klarmachen in einem einzigen, sehr trivialen, sehr anspruchslosen Satz. Und das ist der Satz, dessen Modell ich langwierig immer näher kommen wollte: er heißt einfach: »Ich gehe lieber ins Kino als ins Theater.« (Ich hätte den Satz auch umkehren können, aber er wird wohl häufiger verwendet in der zitierten Folge.) Was für ein Aufwand um so einen harmlosen Satz! »Ich gehe lieber ins Kino als ins Theater.« Ich erinnere mich, den Satz auch selber schon öfters gebraucht zu haben. Ich sage »erinnern«, weil ich den Satz schon seit einiger Zeit nicht mehr gebrauche. Soll das heißen, daß ich jetzt lieber ins Theater gehe als ins Kino? Nein, es soll nur heißen, daß ich den Satz nicht mehr gebrauche: daß ich mich vor dem Gebrauch eines Satzes geniere. Ich gehe noch immer weit lieber ins Kino als ins Theater. So, jetzt habe ich diesen Satz gebraucht, aber je öfter ich ihn gebrauche, um so mehr ödet er mich an. Mir scheint, so wie man nur einmal durch denselben Fluß gehen kann, so kann man nur einmal denselben Satz verwenden, beim zweitenmal ist es schon ein Irrtum, beim nächsten Mal schon eine Schande, schließlich nur noch

Idiotie. Und so wie es bei Kierkegaard die Weisheit gibt, daß man nicht einmal *ein*mal durch denselben Fluß gehen könne, so gibt es vielleicht die Weisheit, daß es gewisse Sätze gibt, die man nicht einmal einmal verwenden kann, ohne daß sie zugleich Irrtümer, eine Schande und eine Idiotie sind. Und das sind alle die Sätze, deren Modelle Fließbanderzeugnisse des Bewußtseins sind. Das ist auch der Satz über Theater und Kino, der verständlich ist vielleicht als Ausruf wie ein ›Au!‹ oder ein ›Aha!‹ oder ein ›Oh!‹ oder ein ›O Gott!‹ – als *Satz* mir aber nichts mehr sagen kann: ich kann ihn wohl *sagen*, aber nicht mehr *hören*.

Übrigens ist der Satz auch so etwas wie ein erster und letzter Schrei geworden. Mit ihm ist über Theater und Film alles gesagt, anfangend und abschließend: ein Modellsatz, ein Modesatz junger Schriftsteller, junger Filmer, auch junger Dramatiker, oder wie man das nennen soll. Das Theater ist nun in der Lage, daß es sich *verteidigen* sollte, ist aber nicht in der Lage dazu, sich zu verteidigen. Was heißt aber: *das* Theater? Das Theater, welches die Verächter des Theaters meinen, ist nichts als ein leerlaufendes, allmählich auch auslaufendes Zeremoniell. Die Gefechte, die auf ihm in der Form von Dialogen, Konflikten, Bühnengelächter, bebenden Stimmen, lastendem Schweigen und wirklichen Gefechten ausgetragen werden, sind – das ist das Paradox – in *Wirklichkeit Schein*gefechte, und selbst die leisesten, *verhaltensten* Kammerspiele sind als Material nichts als angeberische Haupt- und Staatsaktionen, Haupt- und Staatsreaktionen in Ost und West. Genug der Metaphern, genug des Schimpfens, das ist langweilig wie dieses Theater selber. Vor kurzem haben die Pariser Studenten mit der selbstgenügsamen Metaphorik aufgeräumt und das Théatre Odéon besetzt. Allerdings zeigen die Fotos davon, daß der Theaterraum immer noch so übermächtig ist in seiner Spielraumeigenschaft, daß die Diskutierenden darin romantische Ornamente sind: wie leicht kann ihnen da das Reden zu den alten Metaphern verdreht werden. Aber, wie gesagt, ich habe wenig Lust, altbekannte Sätze gegen diese Leierkastentheater zu leiern. Viel mehr bemerkenswert erscheint mir die Verhätschelung des Films, zu einem Zeitpunkt, da gerade die fortschrittlichen Filme auf das große Dilemma des Films aufmerksam machen: daß er, der lange Zeit vorgab, ohne den Umweg über die Beschreibung – wie das die Literatur nötig hat – einfach Bilder zu zeigen, gerade durch das vielfältige Zeigen von Bildern allmählich – durch jeden neuen Film mehr – zu einer Ordnung von Bildern gelangt ist, die man als Filmsyntax bezeichnen kann. Ein Filmbild ist kein unschuldiges *Bild* mehr, es ist, durch die Geschichte aller Filmbilder vor diesem Bild, eine *Einstellung* geworden: das heißt, es zeigt die bewußte oder unbewußte Einstellung des Filmenden zu dem zu filmenden Gegenstand, der auf diese Weise der Gegenstand des Filmenden wird: gefilmt, wird der Gegenstand durch die Einstellung aufgehoben, entmaterialisiert: die Einstellung von dem Gegenstand dient als *Ausdruck* des Filmenden: die Einstellung, dadurch, daß vor ihr schon eine Reihe von gleichen Einstellungen von dem Gegenstand produziert worden sind, die alle das gleiche *bedeuten,* wird, das kann man sagen, zu einem filmischen *Satz,* der nach dem Modell bereits vorhandener filmischer Sätze gebildet worden ist. Die Einstellung, der Filmsatz, steht nun wieder in bereits fest kanonisierten Beziehungen zu Einstellungen, Filmsätzen, vorher und nachher. Die Geschichte der laufenden Bilder, das ist wichtig zu sagen, erweist sich immer mehr als die Geschichte der Bildung einer genormten (und auch normativen!) filmischen Syntax. Am Anfang konnte man vielleicht noch behaupten, ein Film hätte es nicht nötig zu beschreiben: inzwischen aber hat auch der Film seine Geschichte, und die Bilder von den Gegenständen, die Einstellungen von den Gegenständen erweisen sich dem geübten Filmbetrachter als *Beschreibungen* der Gegenstände! Besonders gut kann man das an den Filmen bemerken, die innerhalb eines Spielgenres sich im großen und ganzen an die Spielregeln dieses Genres halten, also etwa an Kriminalfilmen, Agentenfilmen, Western, Horrorfilmen und so weiter. Jedes Bild in diesen Filmen ist ein Bildsatz, der sich streng an die inzwischen erarbeitete Syntax hält. Ich denke etwa an jene Einstellungen in Horrorfilmen, in denen eine Person zu sehen ist, die geradewegs auf die Kamera zugeht, wobei man, je größer das Gesicht der Person gezeigt wird, immer mehr befürchtet, daß der Person plötzlich, einen Zoll vor der Kamera, das Gräßliche zustößt: und in der Tat ist es die Regel (ich sage: die Regel!), daß das große verzerrte Gesicht gerade jetzt die Augen aufreißt und einen entsetzlichen Schrei ausstößt oder jedenfalls ausstoßen will, worauf sich sofort eine vielleicht behandschuhte Hand groß auf das Gesicht legt. Hingegen ist es so, daß diese Einstellung eine andre *Bedeutung* erhält, wenn die Person einige Meter vor der Kamera nach links oder nach rechts abbiegt und aus dem Bild verschwindet: dieser bildliche Satz beruhigt uns, der Person wird nichts geschehen. An die Befürchtung, die man in Genrefilmen hat, wenn eine Person, die ohne sichtbare Gesellschaft ist, von hinten gezeigt wird, brauche ich nicht ausführlich zu erinnern, ebenso nicht an die Angst, die man in Wildwestfilmen um den Helden hat, wenn er an einem Felsen entlangreitend gezeigt wird und der Felsrand oben (noch) leer ist. Erwähnen möchte ich aber doch eine filmgrammatikalische Floskel, die wohl von Hitchcock in die Filmsprache eingeführt worden ist: nicht nur Nahaufnahmen von schönen Frauen wie etwa von Grace Kelly oder Kim Novak zeigt er »verschwommen«, sondern auch besonders bedrohliche Einstellungen sind sichtbar »hinter einem Schleier«, »milchig«, ungenau. Ich erwähne das vor allem deswegen, weil ich vor einiger Zeit hörte, vor lauter *Angst* in einer besonders gefährlichen Lage gehe es mit dem Bedrohten dermaßen zu, *daß er kurzsichtig werde.* Hitchcock hat hier also *psychische* Vorgänge zu einem *Bildsatz* gemacht.

Man kann sagen, daß bei den genannten Genrefilmen sich die Bildsprache schon früh gebildet habe und auch schon früh zu einem festen Kanon erstarrt sei, der nicht änderbar, sondern höchstens variierbar sei. Es zeigt sich aber immer mehr – und darum geht es mir hier –, daß auch die sogenannten unbefangenen Filme (man nennt sie wohl Problemfilme oder gar künstlerische Filme), die gerade unbefangene Bilder zu zeigen vorgeben, die also vorgeben, *nicht*

zu beschreiben, keine Normsprache zu haben, ziemlich schlimm in sterilen Einstellungen, die sie mechanisch wiederholen, befangen sind. Die künstlerischen Filme tun, als gäben sie mit Bildern die Außenwelt der abgefilmten Gegenstände wieder, geben aber doch nur die Innenwelt, die verfestigte Grammatik der Filmformen her. So bekannte Filmer wie Ingmar Bergman gehören dazu, auch Alain Resnais, der mit seinen letzten Filmen *Der Krieg ist vorbei* und jetzt mit *Je t'aime, je t'aime* sich nicht einmal selber wiederholen konnte, was nach »Hiroshima mon amour« schon schlimm genug gewesen wäre: die einmal fertiggestellte Grammatik dieser Filme erweist sich für die schlimmsten, das heißt: *einfachsten* Bedeutungen: das heißt: für den hemmungslosen Kitsch noch brauchbar. Auch Godards Filmgrammatik hat sich, so könnte man sagen, »gesetzt«: die Abfolge von Einstellungen, die er sich erarbeitet hat, ist so fertig verwendbar, daß man mit ihrer Hilfe wieder einen Genrefilm herstellen kann: keinen Kriminalfilm, keinen Western, keinen Horrorfilm: – einen Godardfilm. Das Dilemma des Films ist es, daß seine Syntax sich immer mehr verhärtet – der Ausweg des Films aus diesem Dilemma scheint es zu sein, daß diese Syntax bedacht wird, daß sie mit dem Film bewußt gemacht wird, daß sie hergezeigt wird, ja daß die Syntax des Films dermaßen abstrahiert erscheint, daß sie selber *als* der Film gezeigt wird. Hier kann man einige Versuche erwähnen.
Ein ziemlich harmloser scheint mir François Truffauts *Die Braut trug Schwarz* zu sein. Der Filmablauf ist vorweg klar: die Geschichte ist nicht *er*funden, sie ist *ge*funden: das heißt: sie ist dem Zuschauer aus Filmen bekannt, hier wird sie ihm nur *vor*geführt als *Film*geschichte: die formalen Abläufe sind dermaßen verdeutlicht, daß nicht einmal eine Variation möglich erscheint. Als sie dann doch einmal möglich wird, und zwar in der Einstellung, in der der eigentliche Mörder des Bräutigams, kurz bevor ihn die Braut erschießen kann, von der Polizei verhaftet wird, ist man enttäuscht, weil man diesen Vorgang für einen Rückfall ins Erfinden hält: später kriegt freilich doch noch alles *seinen* Filmlauf. Was hat mich an Truffauts Film verwirrt?

Der Regisseur schien mir, obwohl er schärfer sah als viele, noch immer zu kurz zu sehen: die Filmdramaturgie war keineswegs abstrahiert, sondern vielmehr einfach (oder nicht einfach) *benutzt:* auf diese Weise wurde aus dem Film, sicher wider den Willen des Autors, fast eine Parodie, und oft hat mich der Widerspruch (oder: der Gegen*satz*) zwischen der Idyllik der jeweiligen Einstellung und der Bedrohlichkeit der Gesamteinstellung des Films nur an die alten *Ladykillers* erinnert: die Idyllik war nur komisch, ein wenig enervierend vielleicht, mit der Kicheratmosphäre der englischen Kriminalkomödie: auch eine Komödie macht Dramaturgie deutlich, macht aber die durchschaute Dramaturgie leider nicht zur Komödie: nicht viel weniger harmlos als die Komödie ist Truffauts Film – es fehlt ihm der genaue Ernst Hitchcocks: sogar die Szene, in der Jeanne Moreau die Tür der Stiegenkammer, in die sie eins ihrer Opfer eingesperrt hat, mit Klebestreifen luftdicht abschließt, ist auf eine ärgerliche Weise komisch, ohne komisch (ohne überhaupt) zu wirken, und zwar dadurch, daß die Einstellungen *vorher* in diesem Film auch diese Einstellung märchenhaft wirken lassen.

Andre Versuche, den Film bis auf seine Syntax zu abstrahieren und dann, nach der Reduktion, Bilder als *Beispiele für* die Syntax zu zeigen, so daß also die Einstellungen jeweils zugleich mit dem Bild auch die Künstlichkeit des Bildes deutlich machen, sind radikaler: mit Jean-Marie Straubs *Chronik der Anna Magdalena Bach* hat sich die erstaunliche Möglichkeit des Films gezeigt, genaueste und strengste Kalkulation der Einstellungen mit genauester und strengster Anmut zu verbinden, oder, besser gesagt: dieser Film hat bewiesen, daß die genaueste Künstlichkeit zu strengster Anmut führt. Ähnliche Ergebnisse hat auch Klaus Lemke mit seinem ersten Spielfilm *48 Stunden bis Acapulco* erreicht; sein zweiter Film freilich, *Negresco,* ging schief, weil auch die Bilder schief, ich meine, *über*bildert und die Reden ver*plappert* waren.

Beispiele für das Zeigen der Syntax des Film als Film selber scheint es noch vor allem im amerikanischen Undergroundkino zu geben. *The Illiac Passion* von Gregory

Markopoulos ist dergestalt gemacht, daß eine Serie von Einstellungen gegeben ist, Dias ähnlich in einem Lichtbildervortrag: diese Einstellungen werden nun aber nicht eine nach der andern und so weiter auf die Leinwand geworfen, sondern jeweils einzeln rhythmisch wiederholt und durch die Wiederholung zu einer Sequenz von Einstellungen formalisiert: sobald nur die Sequenz in ihrem Rhythmus klargemacht, *sichtbar* gemacht ist, wird in die Sequenz hinein ein Fremdbild als Fremdkörper der Sequenz neu eingeschossen: dieses Fremdbild dient nun als das Bild, das in der nächsten Einstellung rhythmisch wiederholt wird, worauf auch in dieser Serie von Einstellungen ein neues Bild auftaucht, das dann in der nächsten rhythmischen Filmeinheit wiederholt wird, worauf der Zuschauer, der nun die Syntax sieht und erfaßt hat, mit Spannung auf das Fremdbild jetzt *dieser* Sequenz wartet, und so weiter. Die ungeheure *Gemachtheit* dieses Films erzeugt eine Vorstellung, die sich auch der Zuschauer *macht* und die ihn diesen Film richtig *mit*sehen läßt. Eine ähnliche Sehspannung bewirkt der in Knokke ausgezeichnete Film *Wavelength* von Michael Snow, in dem die Kamera 45 Minuten lang nichts als ein karg eingerichtetes Zimmer zeigt: dieser Film zeigt sich als *gemacht,* indem er nicht Personen und Gegenstände agieren läßt, sondern mit den Materialien des Films, des Filmens selber, vorgeht: rhythmisch ändert sich die Belichtung, die Farben ändern sich, so daß man einmal die vorbeifahrenden Busse *draußen* auf der Straße sieht oder die Hausaufschriften *draußen* auf der anderen Straßenseite, dann aber wieder die Fenster für die Außenwelt gleichsam blind werden und nur das Innere des Raums sichtbar werden lassen: dazu wird ein grauenhafter Pfeifton erzeugt, der im Lauf des Films schließlich bis zur Erträglichkeitsgrenze von Phon ansteigt. Kurz vor dem Ende des Films, nachdem sich die Kamera langsam auf ein Bild an der Wand zubewegt hat, bricht der Ton ab: das Bild an der Wand ist jetzt genau das Filmbild: ein Foto vom Meer, das der Zuschauer einige Minuten lang anschaut: die Leinwand knistert, so still ist es jetzt.

Die Fortschritte des Films gehen freilich, betrachtet man

sie politisch, ziemlich asozial vor sich, asozialer als die Fortschritte des Theaters, von denen noch zu reden sein wird. Und nicht anders als im Theater gelten im Kino auch die großen Problemfilme, die sich mit leider recht ewigen Fragen beschäftigen, als die Kunstfilme: es trifft jedenfalls nicht mehr zu, daß der Film, wie Walter Benjamin meinte, infolge seiner technischen Reproduzierbarkeit nichts von ritueller Kunstaura hat – das mochte um 1930 noch zutreffen: heute aber scheint es so, daß gerade die technische Reproduzierbarkeit des Films beim Publikum eine Illusionierbarkeit zweiten Grades erreicht hat, die die erste, naive Illusion des Theaters heutzutage gar nicht mehr erreicht. Wie oft kann man zum Beispiel hören, daß Leute, die, wie sie behaupten, den langweiligen Kunstanspruch des Theaters durchschaut haben, »lieber ins Kino gehen, freilich nur dann, wenn ein wirklich künstlerischer, sehenswerter Film läuft«: *Blow up,* die Bergman-Filme, die Filme Fellinis, auch die Filme Godards ersetzen den Leuten die Hamlet-Aura, die sie, man versteht, es, nicht mehr vertragen. In diesen Filmen, gerade weil sie reproduzierbar und zweidimensional sind, werden für das Publikum noch immer die großen Fragen des Seins gestellt – dreidimensional: es scheint, daß die formale Dreidimensionalität des üblichen Theaters sich mit der geforderten Dreidimensionalität der Thematik schlägt: die Künstlichkeit der flächigen Leinwand aber distanziert und läßt den *Raum* übrig für alle großen Fragen. In den Problemfilmen finden wir das alte Theater wieder – aber gerade die Problemfilme sind die unehrlichsten Genrefilme, weil sie, im Gegensatz zu Kriminalfilmen und so weiter, so entsetzlich wirklich und natürlich tun, weil sie Spielregeln einfach verwenden, statt sie kenntlich zu machen, weil sie übersehen und übersehen lassen, daß materiale Probleme, gefilmt, erst einmal Bildphrasen sind: ein Film über die Liebe, ein Film über den Schmerz, ein Film über den Tod ist ein Genrefilm, der Tod hat, wenn er verfilmt wird, Spielregeln: das zeigen die meisten dieser Filme nicht. Auch sie sind Bildungsgüter geworden, sogar der Eintrittspreis gleicht sich immer mehr dem des Theaters an.

Was nun die Produktionsbedingungen betrifft, so weiß ich nicht, wo sie übler sind, beim Theater oder beim Film. Schon die Produktionskosten führen dazu, daß der Produzent, will er überhaupt weiterproduzieren, jede formale Radikalität, jedes Weiterdenken, *ab*schneiden muß mit seinem ökonomischen Denken. Es gibt viel eher den asozial existierenden sozialen Film, den Undergroundfilm, als das asozial existierende soziale Theater: das Theater kann es sich, im wirtschaftlichen Sinn, *leisten,* ein wenig asozial zu existieren: das ist für kleine Theater sogar der Stellenwert in der Gesellschaft, die es zuläßt – die Undergroundfilme aber sind dadurch behindert, daß sie sich noch nicht einmal einen Stellenwert in der Gesellschaft geschaffen haben: nicht nur sie selber bestehen unter Ausschluß der Öffentlichkeit, sondern es besteht auch ein Ausschluß von Veröffentlichungen *über* sie, während selbst radikale Theater oder, und das ist wichtig: *gerade* radikale Theater, auf weltweite Veröffentlichungen, wenn nicht sogar schon auf Öffentlichkeit, rechnen können. Der radikale Film, leider, hat sich noch kein öffentliches Interesse schaffen können. Straubs Film etwa wird wohl nur in Sonntagsmatineen vor entsetzten Bachliebhabern gezeigt werden können.

Das Theater dagegen hat Öffentlichkeit. Das Gesellschaftssystem hat bewirkt, daß das, was auf dem Theater geschieht, jedenfalls diskutiert wird: zumindest werden die Theaterereignisse veröffentlicht. Das Theater hat einen Publikationsanspruch aus Tradition. Durch ein Gewohnheitsrecht ist das Theater ein mittelbares Massenkommunikationsmittel geworden und geblieben. Durch seine reaktionäre Methodik der Kommunikation hätte es freilich diesen Anspruch längst verwirkt, würde die Menschenverwaltung, die sich wichtigtuerisch Staat nennt, nicht den sogenannten Pluralismus der Meinungen brauchen. Auf diese Weise hat das Theater ein unverdientes Öffentlichkeitsrecht, das aber seine Förderer verdienen. Wir wollen das ausnutzen. Die Verwalter sollen dieses Öffentlichkeitsrecht verdienen! Das Theater ist eine gute Möglichkeit, sich auszudrücken, wie es auch als Institution verächtlich sein mag:

das Theater kann listig verwendet werden – damit man sich selber vom nur *privaten* Ausdrücken enteignen kann: man *veröffentlicht* sich. Freilich ist ein blindes Sich-Ver-öffentlichen in akzeptierter Dramaturgie belanglos, und peinlicher als die gleiche Blindheit im Film. Aber es gibt Beispiele für die Möglichkeit des Theaters (unmittelbar, nicht reproduziert, jetzt) Bewegungen, Wörter, Handlungen vorzuzeigen, die nur deswegen wirken, weil sie gerade jetzt, nicht reproduziert, vor sich gehen: die, wenn sie gefilmt wären, auf eine schon *natürliche, gewohnte* Weise künstlich wären, während sie – gerade jetzt, unmittelbar, räumlich – *künstlich* künstlich, das heißt, sich soeben *machend* wirken, nicht *gemacht* sind. In Paris habe ich kürzlich das »Bread and Puppet Theatre« aus New York gesehen, das mich von den Möglichkeiten nicht des Theaters, aber des unmittelbaren Vorführens von Handlungen überzeugt hat. Die herkömmliche Theaterdramaturgie, die nur Handlungen und Wörter kennt, die einer Geschichte *dienen,* wird reduziert auf Handlungen und Wörter, Geräusche und Klänge selber: sie werden Vorgänge, die nichts anderes zeigen, sondern sich selber vorzeigen als theatralische Vorgänge: Handlungen handeln von sich selber, und Wörter reden von sich selber: der Zuschauer, der im Theater die *Finalität* jedes Wortes und jeder Handlung auf einen thematischen Sinn, auf eine Geschichte *zu* erwartet, wird mit der Handlung allein gelassen. Das Heben der Hand ist eine Geschichte. Das Summen ist eine Geschichte. Sitzen, Liegen, Stehen sind Geschichten. Eine sehr spannende Geschichte ist das Schlagen eines Hammers auf Eisen. Jedes Wort, jeder Laut, jede Bewegung ist eine Geschichte: sie führen zu nichts, sie bleiben für sich allein sichtbar. So wird jede Natur auf der Bühne aufgehoben: jede Äußerung wird gerade *gemacht,* keine Handlung ergibt sich natürlich aus der vorhergehenden Handlung, keine Äußerung bedeutet etwas anderes außer sich selber, sie *deutet sich selber.* Eine unerhörte Gleichzeitigkeit entsteht, des Sehens, des Atmens, des Unterscheidens. Der Raum bildet eine theatralische Einheit, in der man immer aufmerksamer, immer gespannter wird, bis etwa das Reißen eines Klebebandes, mit dem sich eine Person die Kleider überspannt, nicht mehr nur sichtbar außen, sondern mitten *im* Bewußtsein des Zuschauers vor sich geht.

Diese angestrengte Künstlichkeit etwa würde im Kino durch die technische Künstlichkeit wieder beseitigt: hier hat das Theater, das unmittelbare Vorführen, eine Möglichkeit *mehr*. Das Theater hat die Möglichkeit, künstlicher zu werden, damit es endlich wieder ungewohnt, unvertraut wird: es kann den Mechanismus des Zuschauens ausnützen, um ihn durcheinanderzubringen. Bis es soweit ist, gehe ich freilich noch lieber ins Kino. Aber ein Drehbuch schreibe ich weniger gern als ein Stück. Das Elend des Vergleichens.

(1968)

Ein Beispiel für Verwendungsweisen
grammatischer Modelle

Zur Rechtfertigung des Ausschlusses des Films »Besonders wertvoll« aus dem Wettbewerbsprogramm der Kurzfilmtage in Oberhausen hörte man eine beachtliche Anzahl der handelsüblichen Rechtfertigungsfloskeln. Den meisten gemeinsam war jedenfalls das vielseitig brauchbare grammatische Modell des *Ja-aber:* wobei das *Ja,* die Bejahung, jeweils aus dem Bekräftigen eines allgemeinen und auch, weil allgemein, allgemein unverbindlichen Grundsatzes bestand, worauf dann im *Aber* die entkräftende Verneinung dieses allgemeinen, bejahten Grundsatzes durch die Aufzählung der besonderen, für diesen Fall verbindlichen Grundsätze folgte. Auf das äußerste abstrahiert, aufs äußerste automatisiert – deswegen auch am leichtesten verwendbar und auch in diesem Fall am häufigsten verwendet – gab sich der Rechtfertigungssatz in der Regel dergestalt: Ich bin *ja* (wirklich, grundsätzlich, im allgemeinen) gegen die (jede) Zensur, *aber* – und hier folgten nun die in diesem Fall besonderen Grundsätze, die einer Macht, die ja immer auch das Recht, d. h. recht hat (sonst würde man sie wohl nicht als Macht, sondern als Gewalt bezeichnen), das Recht zum Eingreifen gaben, d. h. recht gaben. Im einzelnen lauteten die Rechtfertigungsautomatismen in dem *Aber*-Satz ungefähr folgendermaßen:

1.

(Ich bin ja gegen jede Zensur), aber dieser Film ist gemacht mit der Absicht der Beleidigung, und in diesem Fall gilt der Paragraph 184 des Strafgesetzbuchs.

2.

(Ich bin ja gegen jede Zensur), aber dieser Film ist schlecht gemacht, auch technisch schlecht, nicht gut belichtet, außerdem langweilig, »ästhetisch unerheblich«, kurz gesagt: »nicht so wichtig«.

3.

(Ich bin ja etc.), aber die Filmjournalisten N. und K. wollten mit ihren Artikeln in der Zeitschrift »...« und in der Zeitschrift »...« die Zensur ja provozieren, und das ist ihnen geglückt: was solls also?

4.

(...), aber der Filmkritiker N. ist mit der Produzentin des Films verheiratet: *also* herrscht Interessenkollision: also ist es unfair, wenn er in der Auswahlkommission für diesen Film gestimmt hat; also gilt seine Stimme nicht: also war der Film von Anfang an gar nicht im Wettbewerb.

5.

(...), aber die Kurzfilmtage von Oberhausen bestehen nun schon seit vierzehn Jahren und können dieses Bestehen nicht durch *einen* Film, und noch dazu durch einen solchen Film, gefährden lassen.

6.

(...), aber die Kurzfilmtage von Oberhausen haben doch in den vergangenen Jahren schon genug Freizügigkeit und Liberalität bewiesen.

7.

(...), aber ich bin hierher gekommen, um Filme zu sehen, und nicht, um mich von internen Streitereien behelligen zu lassen.

8.

(...), aber wo bleibt die Gastfreundlichkeit gegenüber unseren ausländischen Gästen? Das ist doch ein internationales Festival.

9.

(...), aber dieser Film schadet nur denen, die in ernsthafter Weise gegen das Filmförderungsgesetz sind, und stößt diejenigen ab, die sich mit den ernsthaften Leuten sonst solidarisch erklären würden.

10.

(...), aber während hier um einen unwichtigen Penis gestritten wird, drohen der Bundesrepublik die Notstandsgesetze: wir wollen lieber über die Notstandsgesetze diskutieren. (Ein Tatbestand wurde also beim Namen genannt und beschrieben, um ihn gegen den Film auszuspielen, der diesen Tatbestand nicht beim Namen nannte oder beschrieb: das ist ähnlich, wie wenn der Schriftsteller Her-

burger Filmern »Ästhetizismus« vorwirft, wenn ihre Filme
in Acapulco spielen, wobei er selber dagegen noch einmal
die allseits bekannten Vorgänge in Berlin stumpfsinnig und
abstumpfend repetiert: diese benennende oder, im Fall
Herburgers, nacherzählende, unanalytisch aufzählende Beschreibung des Bekannten, die nur auf das sentimental bestehende Einverständnis, nicht auf Sinneswechsel, zählen
kann, erscheint mir als eine hoffnungslos nachstellende
Geste: die *Beschreibung* der Wirklichkeit, die *Nennung* der
Wirklichkeit beim »Namen« ist gerade die vielzitierte
»Flucht aus der Wirklichkeit« – das ist mir in Oberhausen
ganz deutlich geworden.)
11.
(. . .), aber wenn das Festival sich nicht selbst zensuriert
hätte, hätte auf jeden Fall die Staatsgewalt eingegriffen.
12.
Aber dieser Film ist ja nicht einmal erotisch.

Mehr ist nicht zu sagen über diese automatischen Modelle
der Rechtfertigung. Das *Ja-aber* zeigt sich als der Reflex
des schlechten Gewissens in der Grammatik. Ich will nicht
einmal sagen: des schlechten Gewissens: ich will nicht einmal sagen: des Gewissens; denn in den meisten Äußerungen zu dem Ausschluß des Films und zu dem Zurückziehen der meisten anderen deutschen Filme zeigte sich
gar nur noch der *Aber*-Satz, in der Regel sogar schon ohne
das *Aber:* auf diese Weise wurde aus der Rechtfertigung
eine Beschuldigung: die Zensurierten sind selber schuld: sie
wollten ja zensuriert werden: sie haben sich selber zensuriert: der Film hat sich selber zensuriert, indem er Grenzen überschritt: es gibt einfach gewisse Grenzen (N. N.):
die Zensurierten sind *schuld*. – Auf diese Weise wird aus
der Selbstrechtfertigung die wieder selbstbewußte Anschul-
digung eines andern.
Im gleichen Festivalprogramm lief der amerikanische Film
The Bed. Unter blauem Himmel stand ein Jugendstilbett
auf einer Wiese und erlebte farbige Szenen mit wechseln-
dem Personal. Das Motto zu dem Film hätte etwa lauten
können: *Was auf, in, unter und neben einem Bett alles*

geschehen kann. In diesem Film gab es, nicht ganz un-
erwartet, einige erotische Szenen (die freilich nie ins ge-
schmacklos Sexuelle ausarteten) zwischen Mann und Frau,
alt und jung, weiß und schwarz, Mann und Mann. Ein
zünftiger Filmschreiber würde dazu vielleicht folgend formulieren: »Die Pikanterie einiger Szenen wurde vor dem
Abgleiten ins rein Pornographische dadurch bewahrt, daß
sie mit Ironie und Humor, mit einem kleinen Augenzwin-
kern, gezeigt wurden.« Wenn es also brenzlig wurde, wurde
der Film notgedrungen lustig. Die Beleidigung, die solche
Szenen wohl für den Zuschauer bedeuten und die auch
jene seltsam befangene Stille im Zuschauerraum bewirkt,
wird aufgehoben durch die Selbstironie der Szene (es muß
jedenfalls *Selbst*ironie sein!) – der Zuschauer kann befreit
auflachen, und das Lachen, in diesem Fall hört sich in
der Regel betont befreit an, ausdrücklich befreit. Der Film
The Bed profitierte, obwohl doch in seiner klischierten
Zeichentrickfilmmentalität ganz ärgerlich und wirklich beleidigend, von dem befreiten Lachen der Zuschauer, die
durch ihr Lachen auch von der Möglichkeit, diesen Film
ernst zu nehmen, das heißt, ihn überhaupt erst anzuschauen, befreit wurden.
Das männliche Glied ist im Verlauf der Filmgeschichte
in mannigfaltigen Funktionen als Abbild akzeptiert worden: arrangiert mit einem Kruzifix, mit Blumengirlanden,
mit Schnecken, mit allen möglichen Symbolgegenständen,
die es selber etwa zum Gegenstand eines akzeptierten Sur-
realismus machen – wenn es nun aber in einer seiner wirklichen Funktionen gezeigt wird, arrangiert mit einer Hand,
die kein Symbolgegenstand bleibt, muß man ohne das be-
freiende Lachen oder den befreienden Kunstgenuß des Sur-
realismus beklommen und befangen zuschauen. »Besonders
wertvoll« ist eben nicht auf nette Erotik aus, kann deswegen auch nicht mit Filmen wie *Scorpio Rising* von
Kenneth Anger verglichen werden, der, wie ein Filmkritiker
schrieb, in Oberhausen schon gelaufen sei, »als die jüngsten
Jungfilmer noch gar nicht wußten, wozu das ›Wesen‹ gut
ist« – und damit ein ähnlich argloses Argument verbrauchte
wie ein Veteran, der einem Jüngeren vorhält: »Ich habe

schon meinen Mann gestanden, als du noch die Windeln
naß gemacht hast!« »Besonders wertvoll« verzichtet auf bekannte erotische Arrangements, verzichtet auf versöhnen-
den Humor, ist ein unversöhnlicher Film: weil er, zum
Glück, »in keine Form gebracht ist«, wirkt er beleidigend:
aber *daß* er beleidigend wirkt (und darauf kommt es an!),
das ist seine Form: die Beleidigung ist die Methode des
Films und nicht der Zweck des Films. Wer das erkennt
(wer erkennt, daß die Beleidigung sich formalisiert hat,
daß sie ein »Kunst«mittel geworden ist), für den kann der
Film keine Beleidigung mehr sein, sondern ein *Film:* und
kein *Film* ist eine Beleidigung, das ist Unsinn; wohl aber
kann, wie »Besonders wertvoll« zeigt, alles, was in der
Wirklichkeit materiell eine Beleidigung bedeutet (eine Beleidigung des Auges?), überhaupt alles Material der Wirklichkeit, in einem Film zu einer Methode formalisiert
werden.
Jemanden hörte ich den wirklich bemerkenswerten Satz
sprechen: »Ja, wenn der Film wenigstens ironisch überhöht
gewesen wäre!«
Wittgenstein sagte: »Es gibt keine Grenzen, aber man kann
welche ziehen.« Die meisten Leute scheinen damit beschäftigt zu sein, ihre einmal (gar nicht von sich selber)
gezogenen Grenzen immer wieder nachzuziehen. Und sie
sind noch stolz darauf.

(1968)

Probleme werden im Film zu einem Genre

Vor einigen Jahren bin ich einmal im Kino ziemlich erschrocken. Das kam daher, daß ein Bild allen Bildern vorher in dem Film ganz plötzlich widersprach. Es handelte sich um den Film *Tom Jones* von Tony Richardson, und das Bild, bei dem ich erschrak, oder richtiger, das mich erschreckte, handelte davon, daß der Held des Films, der auf dem Gerüst eines Galgens stand, den bekannten Strick um den Hals, plötzlich den Boden unter den Füßen verlor und wahrhaftig *baumelte*. Freilich hatte ich schon vorher öfter in Filmen Leute baumeln sehen, und das hatte mich befriedigt oder auch nicht, aber diesmal hat mich der Vorgang zum ersten Mal erschreckt: freilich nicht für sich allein, sondern in Anbetracht der anderen Filmvorgänge vorher. Diese nämlich, und mit ihnen der Film, waren eindeutig auf das Modell einer Filmkomödie angelegt, die nach den zwar bekannten, wenn auch nicht bewußten *Naturgesetzen* einer Filmkomödie von Anfang bis zum Ende abzulaufen schien. Dem Helden des Films konnte nichts Ernsthaftes geschehen, nicht etwa deswegen, weil er nie ernsthaft in Gefahr gewesen wäre, sondern deswegen, weil das formale Modell des Films es nicht zuließ, daß dem Helden, mochte er auch ernsthafte Gefahren bestehen, etwas Ernsthaftes geschah, von der Art, daß das Modell des Films von dieser Ernsthaftigkeit zerstört würde. Das Baumeln des Helden war im Vergleich zu den anderen Bildern des Films unvergleichlich. Es erschreckte, weil es dem gewohnten Modell des Films, auf das man sich zuschauend eingerichtet und eingelassen hatte, auf einen Schlag widersprach. Es war nicht eine überraschende Wendung der Handlung, sondern eine überraschende Verwandlung des Films in einen anderen Film. Man konnte die ganze Zeit, während der Körper da hing, es nicht *fassen*, daß er da hing: das konnte, in *diesem* Film, einfach nicht *sein*. Es spricht nun gegen den Film, daß es, wie sich gleich darauf zeigte, in diesem Film wirklich nicht sein und nicht wirklich sein konnte, daß der Held am Galgen umkam: denn sogleich wurde das Bild mit dem Zappelnden angehalten, und es folgte ein Kommentar, der mit läppischer Ironie den Zuschauer beschwichtigte, indem er ihm von Spielregeln usw. sprach und gleich darauf, in dem wieder bewegten Bild, einen Deus aus der Filmmachina folgen ließ, mit dem Ende, daß leider der Held mit einem Schwert, wenn ich mich richtig erinnere, von dem Strick getrennt wurde, so daß der Film in seinem Modell wieder bestätigt wurde und weiter ablief, wie er eben nach diesem Modell ablaufen mußte. Ja, alles andere wäre eben ein *Stilbruch* gewesen.

Bei diesem Film damals, weil in ihm an einer Stelle scheinbar das Modell unterbrochen und aufgehoben worden war, bin ich erst aufmerksam geworden darauf, daß ein Film, dadurch, daß er eine Geschichte verwendet, dadurch, daß er erzählt, notgedrungen auch Modelle verwendet, die schon fertig da sind und in denen die Wirklichkeit, die der Filmmacher abbilden will, schon notgedrungen *modelliert* ist: daß ein Film also, der Geschichten zeigt, sich auf jeden Fall mit fertigen Modellen *für* diese Geschichte abgeben muß: daß er diese also einfach akzeptiert und sie verwendet, übernimmt, oder: daß er sie zwar einfach akzeptiert, sie aber nicht mehr *einfach* verwendet, oder: daß er die Geschichte als Modell gar nicht erst akzeptiert, sondern nur formale Bildabläufe montiert (sicherlich sind das die wichtigsten Filmer, die für den Fortschritt des Bildersehens sorgen) und schließlich, daß ein Film schon im Sprachgebrauch als Modell bekannt ist, wobei jeder Zuschauer akzeptiert und sogar normativ erwartet, daß alles Abgebildete in dem Film modelliert ist: also im Genrefilm: im Western, im Horrorfilm, im Agentenfilm, in den amerikanischen Salonkomödien nicht nur mit Doris Day . . .

Mit Ausnahme jener Filmart, die keine Geschichte braucht als Modell, keine Finalität von Anfang und Ende, keinen inhaltlichen Zusammenhang von Bildern, bedienen sich alle Filme jener Strukturen, die die Literatur für sie vorgemacht hat. Sie wären weder denkbar noch ansehbar ohne die Vorarbeit der Literatur, welche die Struktur für diese Filme geschaffen hat. Das heißt freilich nicht, daß diese Filme allesamt literarisch sind: die Literatur ist nur jeweils verantworlich für das Strukturmodell, und nur (nur!) im Strukturmodell kann man die geschichtenerzählenden Filme mit der Literatur vergleichen (oder mit den Dramaturgien des Theaters). »Literarisch« sind wohl nur jene Filme, die die literarische und theatralische Dramaturgie blind und naiv benutzen und übernehmen und gar nicht bewußt sind und bewußt machen, daß das, was sie zeigen, dadurch, *wie* sie es zeigen, schon zu bekannten Bedeutungen beim Zuschauer modelliert ist: daß die Zuschauer also nicht das *Bild* sehen, sondern sogleich und anstatt des Bildes die *vor*gesehene *Bedeutung* dieses Bildes, daß die Zuschauer also nur noch in Bedeutungsbildern sehen müssen: da handelt es sich um die sogenannten Problemfilme, die ich nur deswegen nicht mehr *sehen* kann, weil man sie noch immer nicht als Genrefilm deklariert hat wie etwa einen Kriminalfilm oder eine Gaunerkomödie.

Die Rettung der »Problemfilme« wäre es, sie zu Genrebildern zu formalisieren: das inhaltliche Problem würde auf diese Weise zum Formmodell, das jeder erwartet und fordert wie etwa den Showdown im Western; der Schmerz würde zu einem Genre; auch das Leben zu zweit, und die bekannten Probleme dabei würden zu einem Genre: die zwischenmenschlichen Beziehungen in einem Film zu sehen wäre wieder möglich in einem Genrefilm, und die zwischenmenschlichen Beziehungen würden endlich aufhören, in einem Film etwas zu bedeuten, und wären zu einem Genre geworden. Inhaltliches, Probleme, erscheint mir nur noch sichtbar in Genrefilmen: nur wenn in einem Horrorfilm oder Kriminalfilm jemand Angst hat, kann ich seine Angst *sehen* und also mit ihm Angst haben; nur im Western zum Beispiel kann ich sehen, daß jemand und wie jemand gefoltert wird; nur im Agentenfilm zum Beispiel kann ich sehen, wie jemand liebt oder geliebt wird; nur im Western zum Beispiel kann ich sehen, wie am Schluß des Films zwei Männer sehr lange voneinander Abschied nehmen, und bin nur im Western davon gerührt; und nur im Western, im Science-fiction-Film kann ich noch die Natur-

85

aufnahmen poetisch finden (gerade habe ich in einem wunderbaren Horrorfilm der Hammer Productions ungeheuer schöne hohe Farne gesehen): in einem Problemfilm aber, wie ich diese Filme grob nenne, würde mir das alles nicht in die Augen stechen, sondern auf den Magen schlagen.

Es spricht für den Mut eines Regisseurs, Sehmodelle, die sich beim Zuschauer schon richtig eingefressen haben, durch jähe Finten loszueisen. Das Ergebnis ist dann, wie erwähnt, etwas, was man als formalen Schock bezeichnen könnte.
Wie ein Regisseur den Mut wenigstens halbwegs durchhielt, die vermeintliche Sehtäuschung des Zuschauers in eine wirkliche Sehenttäuschung zu verwandeln, erlebte ich in einem sonst nicht sonderlich erwähnenswerten Film, einem Musketier- und Fecht- und Lüster-Genrefilm: *Die schwarze Tulpe* von Christian-Jaque. In diesem Film sollte gegen-Schluß der Haupthheld von der Obrigkeit auf einem großen Markplatz gehenkt werden, da er sich mit dieser Obrigkeit, indem er ihr Geld raubte und ihre Frauen stahl, eingelassen hatte. Weil er aber doch viele Freunde unter den Bürgern und auch einen ihm ergebenen Bruder hatte, war es klar, daß er im letzten Augenblick vom Galgen geschnitten würde. In dem Film aber ging der letzte Augenblick immer weiter: der Gehenkte baumelte und blieb hängen, und das Bild zeigte ihn, bis er still war. Das war ein ungeheurer Schock durch den Bruch mit dem Filmmodell. Fast hätte man die Metapher vom »Sich-die-Augen-Reiben« anwenden können. Es *konnte* einfach nicht wahr und wirklich sein: vielleicht stellte sich das Bild wenigstens nachher als Filmtraum heraus – das wäre man gewohnt gewesen. Die Zuschauer murrten erstaunt und empört, ließen sich dann aber doch ein wenig versöhnen und zum Weiterschauen bewegen dadurch, daß der überlebende Bruder des Helden ins Bild kam, der dem Gehenkten »wie aus dem Gesicht geschnitten« war: Alain Delon in einer Doppelrolle.
Es ist ein Film denkbar, ein vom Publikum als künstlich akzeptierter Genrefilm, dessen Methode gerade darin besteht, dem genrehaften Schauen der Leute ein Schnippchen

zu schlagen. Das wäre auch bei Dokumentarfilmen möglich, die sich scheinbar als Dokumentarfilme ausgeben, zum Beispiel also eine Blume beim Aufblühen zeigen wollen, während in dem Film aber die Blume zu bleibt (das ist ein banales Beispiel), oder einen Streik zu zeigen vorgeben, bei dem aber alle arbeiten, wie sich erst nach und nach herausstellt, auch das ein banales Beispiel. Mir ist diese Möglichkeit aufgefallen, als ich im Fernsehen einen Lehrfilm über die Gefahren des Wattenmeeres sah. Als Beispielpersonen für eine scheinbare Spielhandlung wurde da eine Familie gezeigt, die von der Flut überrascht wurde und immer mehr im Wasser ... Dazu wurden Belehrungen erteilt über die Aufgaben und Möglichkeiten der Küstenwache sowie über deren Tätigkeit. Der Film endete schließlich damit, daß die Beispielsfamilie, die schon ziemlich hilflos im Wasser trieb, selbstverständlich und wie erwartet von der Rettungsmannschaft aus dem Meer gefischt wurde, »in letzter Minute«. Es gehörte nicht viel dazu, sich statt dessen einen andern Film vorzustellen, der genauso in der Struktur als Lehrfilm über die Gefahren des Wattenmeeres ablief, nur damit endete, daß die Familie, die man, zuschauend einem Lehrfilm, schon als Beispielsfamilie angeschaut hatte, schließlich unterging. Plötzlich wäre so aus dem Modell eines Lehrfilms das Modell eines Spielfilms geworden.

Freilich ist es auch möglich, daß sich gerade durch die Übererfüllung des Modell-Solls eines Films Sehwirkungen erzielen lassen, wenn auch harmlosere. In einer der erwähnten amerikanischen Salonkomödien zum Beispiel läutete der Direktor des Unternehmens der Sekretärin, die im Vorraum saß. Ich erwartete nun folgendes Bild: die Sekretärin kommt herein, auf hohen Absätzen, mit vorgeschobenen Lippen, und vor der Brust hält sie den Stenografierblock und davor zwischen den Fingern senkrecht den Bleistift. Und sie ist ins Bild gekommen, wie vorhergesehen, auf hohen Absätzen, mit vorgeschobenen Lippen, vor der Brust den Stenografierblock und vor dem Stenografierblock erblickte ich senkrecht nicht nur einen Bleistift, sondern zwei. Das zu sehen, hat mich gefreut.   (1968)

Die Arbeit des Zuschauers

I Beobachtungen bei den Aufführungen des Berliner Theatertreffens

Die letzte Aufführung des Theatertreffens, *Zicke-Zacke* (Buch: Terson, Regie: Neuenfels), mußte von vornherein unsichtbar bleiben, so sehr war man gezwungen, bei jedem Bild zuerst das zu sehen, was einem vorher durch die Medien von diesem Bild vermittelt war. Es war äußerst anstrengend, unbefangen hinzuschauen, man sah keine Bilder, sondern die Wirkungen, die sich nach den Berichten über die Inszenierung einstellen sollten. So reagierten die Zuschauer nicht auf das, was sie sahen, sondern auf Reaktionen, von denen sie gehört und gelesen hatten. Mit genormtem Blick schaute man zu. Wenn es aber gelang, ungenormt hinzuschauen, war der Blick eine Zeitlang nicht unangenehm, es gab viele Leute auf der Bühne, man konnte ihnen zuschauen, wenn sie gerade nichts zu tun hatten. Wenn sie freilich wieder agierten, wurden sie alle unsichtbar, ununterscheidbar. Auch wenn man mit unbefangenem Blick hinschaute, wurde es nicht besser. Woran lag das? Der Regisseur hatte versucht, die Personen künstlich zu machen, die Bühnengeschichte der agierenden Personen mitzureflektieren. Obrigkeitliche Personen sind erst einmal Bühnenfiguren; Mütter, Onkel, Vereinsvorsitzender, Jugendfürsorger, Arbeitsvermittler entsprechen bekannten Bühnenfiguren, sind auf der Bühne erst einmal Typen, Popanze, haben ein bekanntes Bewegungs- und Sprechritual. Davon ist der Regisseur ausgegangen, dabei ist er leider stehengeblieben. Er hat das formalisierte Sprechen und die formalisierten Bewegungen nicht Wort für Wort, Bewegung für Bewegung an der außertheatralischen Wirklichkeit überprüft, er hat nur faul Bühnenrituale reproduziert. Seine Künstlichkeit ist also ungenau, weil sie das Bühnengeschehen nicht in Spannung setzt zu der Geschichte außerhalb der Bühne, zu den realen Popanzen. Die ungenaue Künstlichkeit führt zur Parodie. Und die Parodie ist etwas bloß Reflexhaftes, ist parasitär.

Was ist zu wünschen? Daß sich der Regisseur Neuenfels mit einem Stück beschäftigt, bei dem die Figuren, anders als in *Zicke-Zacke,* statt nur ihre eigene Theatergeschichte zu repetieren, zugleich auch die Widerstände der Außenwelt zeigen und so den Regisseur zur Reflexion jeder Geste und jedes Wort nach beiden Seiten bringen. Und dabei sollten die Zuschauer sich nicht den Blick verstellen lassen, sondern ruhig seine Arbeit nachprüfen können.

Ab und zu liest man davon, daß in einem Film so grausame Sachen gezeigt werden, daß einige Zuschauer, meist Männer, das Kino verlassen. In *Arthur Aronymus und seine Väter* (Else Lasker-Schüler/Hans Bauer) kamen mir die Vorgänge so entsetzlich vor, daß ich in der Pause weggegangen bin. Dieses Stück, 1932 geschrieben, führt eine jüdische Großfamilie am Ende des vergangenen Jahrhunderts vor. Das Stück besteht weniger aus Vorgängen als aus Zuständen, Reden, Kaffeetrinken, Beten, Lustwandeln, Schlafen unterstützen nicht atmosphärisch die Geschichte, sondern sind schon die Geschichte selber. Das Stück ist auf eine rücksichtslose Weise poetisch. Alles ist dramatisch, nichts ist dramatischer als das andre. Poetisch ist das Stück, weil Lasker-Schüler die Welt mit ihrem Willen, mit Eigenwillen sieht und sie so mit jeder Einzelheit zu ihrer Welt macht; rücksichtslos poetisch ist das Stück, weil noch die entsetzlichsten Tatsachen (Pogrome) verzaubert von dem Eigenwillen der Poetin erscheinen. Für Else Lasker-Schüler muß das Dichten ein so selbstverständlicher Vorgang wie Zähneputzen und Spaziergehen gewesen sein. Alles, was sie sieht und hört, ist verwendbar.

In einer Szene spielt sich ein Weihnachtsmärchen ab; das jüdische Kind wird vom Kaplan zur Bescherung eingeladen, ganz ausführlich dürfen die Kinder sich freuen, es ist gar nicht kitschig, daß ihre Augen glänzen, es ist nur entsetzlich, so entsetzlich, daß man fast erleichtert ist, wenn jemand hereinschreit: »Judenpfarrer!« Und das alles ist nicht plakativ, sondern geschieht ganz selbstverständlich, die Bescherung konnte gar nicht anders ausgehen. Dieses Weihnachtsmärchen war nicht lächerlich, machte nur die Zuschauer lächerlich, die hinter dem Weihnachtsmärchen nichts als andere harmlose Weihnachtsmärchen sahen. Gerade daß es sich um ein Märchen handelte, brachte einen dazu, dieses Märchen auf das zu beziehen, was dann 1933 wirklich kam. Ein realistisches Stück hätte dem Zuschauer die Arbeit, Bezüge und Vergleiche herzustellen, schon dramaturgisch abgenommen. So sorgten gerade die Widersprüche zwischen theatralischer Methode und Historie, zwischen Dramaturgie und Tatsachen, für die notwendige Befremdung des Zuschauers, für Furcht und Schrecken.

Was lehrte dieses Stück? Daß jeder Vorgang in der Außenwelt seine Dramaturgien hat, daß es aber gerade, wenn man das drinnen im Theater deutlich machen möchte, darauf ankommt, diesen Vorgang von »seiner« Dramaturgie zu trennen und mit einer widersprüchlichen Dramaturgie zu versehen. Grob gesagt: Else Lasker-Schüler macht dem Zuschauer die Dramaturgie des Massenmordes deutlich, indem sie für seine Darstellung die Dramaturgie des Weihnachtsmärchens verwendet.

Die Räuber sind ein sehr dummes Stück. Sie sind nicht nur ein dummes Stück, sondern ein gefährliches dazu. Und wenn man hört, wie der Pastor Moser die einzig erträgliche Figur in dem Stück, Franz Moor, zur Todesangst überredet, indem er Franz, wie in jener üblen Anekdote über den Tod Voltaires, von den Atheisten vorschwärmt, die immer in ihrer letzten Stunde zu Gott winseln, als ob das ein Naturgesetz sei, und wenn man dann hört, wie die Zuschauer diesem gefährlichen Unsinn des Pastors Beifall klatschen, dann möchte man nicht länger zuhören müssen. Anders als bei Shakespeare richtet sich die Dramaturgie Schillers nicht nach den Personen, sondern die Personen richten sich nach den fertigen Dramaturgien. Und diese Dramaturgien bestehen aus simplen Gegensatzpaaren wie arm/reich, frei/unfrei, alt/jung, fromm/unfromm usw. Manchmal überkreuzen sich diese Gegensatzpaare, aber das ist auch schon alles. Die Personen sind nichts als Figuren, die nach ihrer vorgegebenen Dramaturgie zappeln.

Die Aufführung erschien mir als »ein Ausdruck der Verzweiflung der Schrift gegenüber, die selber unverständlich ist« (Franz Kafka). Anstatt, was vielleicht möglich gewesen wäre, den bösartigen Mechanismus der Schillerschen Dramatik vorzuführen, der Personen zu Sachen macht, reproduzierte der Regisseur Hans Lietzau, man muß wohl sagen, verzweifelt diese Dramaturgie, und mehr oder minder verzweifelt, wie mit vor Schreck geschlossenem Bewußtsein, zogen auch die Schauspieler die Schillerschen Worte und die sich daraus ergebenden Gesten nach. Die sich daraus ergebenden Gesten? Schon da wäre vielleicht eine Möglichkeit gewesen, der Dramaturgie zu entkommen. Etwa: Franz, so will es der Mechanismus, ist ein Bösewicht. Ein Bösewicht nun ist unaufrichtig. Ein Unaufrichtiger spricht dem Partner freundlich ins Gesicht, aber wenn er vom Partner abgewendet steht, zucken seine Gesichtsmuskeln »tückisch«. Genau das war wahrzunehmen in einer Szene mit Franz Moor. Der Zuschauer erwartet dieses Zucken in dem Augenblick, da Franz Moor sich abwendet, natürlich. Natürlich? Gerade diese Natürlichkeit als falsch, als Dramaturgie den Zuschauer sehen zu lassen, wäre die einzige Möglichkeit, die Situation als Theatermechanismus durchschauen zu lassen, damit auch ähnliche Situationen in der Außenwelt. Der Regisseur Lietzau übertreibt den Theatermechanismus nur. Nur? Vielleicht könnte gerade das Übertreiben den Mechanismus klarmachen? Das ist richtig, nur muß man eben dann einwenden, daß in diesem Fall noch viel zu wenig übertrieben wurde. Die Tücke des Franz Moor, die männlichen Leiden des Karl Moor waren viel zu echt: sie wollten ernst genommen werden, waren zu echt, um wahr zu sein. Gesten paßten zu Worten, und umgekehrt, und Gesten und Worte paßten widerspruchslos zur Dramaturgie des Stücks.

Auch die Personen in *Arthur Aronymus* hatten ganz echt agiert, aber gerade die Echtheit und der Realismus ihrer Aktionen stand in schrecklichem Widerspruch zur Märchendramaturgie. Bei den *Räubern* folgt eins dem anderen, da geht alles glatt auf. Karl Moor rast vor Schmerz, als Bewegung folgt daraus ein Hin- und Hergehen auf der Bühne, als Geste ein Ballen der Fäuste, ein In-den-Nacken-Legen des Kopfes, als Sprechen ein Stöhnen. Eins folgt dem andern

91

und umgekehrt. Nichts überrascht. Den Zuschauern kommt das alles bekannt vor. Es ist ihnen auf dem Theater natürlich, es wird ihnen auch draußen natürlich sein, daß der Schutzmann pfeift und sie sofort stehenbleiben. Beide Male aber wird Dramaturgie als Natur ausgegeben. Das zu sehen, dieses verzweifelte, heftige, intensive Nachziehen des Schillerschen Idealismus, war deprimierend. Wieviel Arbeit wurde da aufgewendet, nur um die Blicke der Zuschauer Vertrautes wiedererkennen zu lassen! Als ob die Blicke der Zuschauer Naturgesetzen gehorchten.

Das Stück *Philoktet* von Heiner Müller ist kein dummes Stück, es ist nur schlecht. Es hat etwas von jenen Zeichentrickfilmen an sich, die vor einigen Jahren (oder auch heute noch) in den Ostblockstaaten produziert worden sind: Ein Strichmännchen befindet sich in einer Modellsituation, und diese Modellsituation, in der Regel das Verhältnis zwischen dem einzelnen und der Staatsgewalt, dem einzelnen und der Masse, dem einzelnen und der Technik, dem einzelnen und dem Krieg usw. wird beim Zuschauer als bekannt vorausgesetzt, damit er auch die Abenteuer des Strichmännchens mechanisch auf diese Modellsituationen beziehen kann. Der Zuschauer weiß immer gleich, was dieses und dieses Bild zu bedeuten hat, er sieht nicht das Bild, sondern die Bedeutung dieses Bildes, und die Bedeutung läßt sich in der Regel eben in einem Trivialaphorismus über Staat und einzelnen (»Der Staat ist...«, »Der Krieg macht...«) ausdrücken. Diese Filme sind undialektische Trivialaphorismen, verdonnern den Zuschauer, statt ihn frei sehen zu lassen, zu genormtem Bedeutungssehen. *Philoktet* gehört zu der Serie von Strichmännchen, die Abenteuer nach dem Satz »Der Krieg ist...« erleben. Viele der erwähnten Zeichentrickfilme sind gut gezeichnet, aber man weiß auch, daß, wenn einmal das Modell da ist, die Zeichnungen fast mechanisch machbar sind.

Ebenso ist es im *Philoktet.* Das Modell (ein Ausgesetzter auf einer Insel, der von der Gesellschaft, als er und seine Waffe gebraucht werden, zurückgeholt werden soll) sorgt mechanisch, weil die Personen schon von Anfang an fertig sind, für einen Vers nach dem andern. Der Vorgang ist auch vergleichbar mit einer Pantomime, etwa mit dem Titel »Der Jäger und der Vogel«: wenn die Konstellation da ist, geht alles von selber. Der Vogel fliegt, dann kommt der Jäger daher, na, und so weiter. Philoktet liegt mit faulendem Fuß auf Lemnos, Odysseus und Neoptolemos betreten die Bühne, na, und so weiter. Die Verse, die gesprochen werden, reden von Bekanntem: Philoktet beklagt sein Los, beschimpft die Griechen, die ihn aussetzten, Neoptolemos ist unschuldig, naiv; Odysseus, der Listenreiche, überredet ihn . . . Die Figuren sprechen das ganze Stück durch nichts anderes als das, was man von ihnen erwartet. Sie sind Produkte des Kriegsaphorismus, der ihnen als Dramaturgie unterlegt ist, eindimensional wie, der Vergleich ist angebracht, Zeichentrickfiguren. Wären sie widersprüchlich, würde man sie nicht verstehen, ebenso, wie man die Pantomime nicht verstehen würde, wenn sie vom Mechanismus »Der Vogel fliegt, dann kommt der Jäger daher . . .« abweichen würde: jede andere Geste des Pantomimen würde die Zuschauer fragen lassen: Was bedeutet das? In *Philoktet* sind eben alle Bedeutungen vorausgesetzt, der Zuschauer braucht sich um keine mehr zu bemühen: obwohl er die Verse nicht versteht, versteht er doch die Bedeutung der Verse. Eine einzige Dialogspannung ergibt sich in dem Stück: als Odysseus dem Neoptolemos sagt, später, in Troja, werde er ihm erklären, welche Lüge Neoptolemos verwenden könnte, wenn er ihn, Odysseus, umgebracht hätte. Aber später, in Troja, ist das Stück schon aus. Heiner Müller erspart es sich, Sprechen als Drama zu zeigen, seine Figuren explizieren sich nur immer, rezitieren Verse, indem sie Bekanntes bekanntgeben.

So ist es verständlich, daß die Inszenierung Lietzaus die Arbeit von den uninteressanten Sprechvorgängen auf mögliche gestische Vorgänge verlegte. Und hier sind auch Ansätze zu einer Körpersprache zu finden, die zum Glück die faulen Verse Müllers ersetzen kann. Es ergibt sich ein Drama aus Bewegungen, die so hart und so überraschend gesetzt wurden, daß Pantomimenharmlosigkeit ausbleibt. Den Neoptolemos sah man, nur auf kleine Bewegungen des Philoktet, unverhältnismäßig stark zusammenzucken, wie einen

93

Säugling. Aus starren Bildern folgten jähe Bewegungen, die wieder den Zuschauer erschrecken ließen. Der Philoktet formulierte den Schmerz, theatralisch fallend, hüpfend, springend, mit dem Körper ungleich eindrucksvoller als mit den stumpfen Versen. Die Körpersprache der drei Akteure war im Gegensatz zu den *Räubern* Geräusch für Geräusch, Bewegung für Bewegung genau verfolgbar, als künstlich, als theatralisch. Das Fallgeräusch der Körper auf dem Holz war so streng formalisiert, daß man es als Sprache wahrnahm, nicht mehr als zufälliges Nebengeräusch. Hier wurde der Blick des Zuschauers endlich befremdet, und er nahm klar die Dramaturgien wahr und ihre Anwendungen, nichts mehr war zufällig. Aber im ganzen war die Zeichentricksprache doch so diktatorisch, machte einen beim Zuhören so unfrei, daß sich die Spannungen jeweils immer nur in den Ruhemomenten nach einer langen Explikation ergaben. Und auch in diesem Momenten war man deprimiert, weil man wußte, daß das Sprechen gleich wieder losgehen würde. Kaum einmal konnte man aufatmen und wahrnehmen.

Was konnte man lernen aus der Inszenierung *Antigone* (Übersetzung und Bearbeitung von Claus Bremer/Regie Kai Braak)? Die Akteure gingen sich zwischendurch was zum Trinken holen, kehrten dann mit Bier- und Limonadeflaschen auf die Bühne zurück. Dann machten sie sich, bis auf einen, alle wieder ans Spielen. Eine der Flaschen war mit dem Etikett zum Publikum stehengeblieben. Nach einiger Zeit ging auch der Akteur, der sich beiseite aufgehalten hatte, zu den Spielenden zurück. Im Vorbeigehen drehte er ganz schnell die Flasche um, die mit dem Etikett zum Publikum stand.

Vorher sah man *Kasimir und Karoline* von Ödön von Horváth in der Inszenierung von Hans Hollmann. Hier war erkennbar jene Wort für Wort und Geste für Geste erarbeitete Künstlichkeit, die mit jedem Bild auch die Dramaturgie dieses Bildes sichtbar macht. Das ging so weit, daß die Zuschauer bewußt, wie beim Tennis, den Kopf von einer

Szene zur andern hin und her wendeten. Diese Künstlichkeit ist auch erkennbar in der Szeneneinteilung Horváths. Am Ende der 18. Szene sagt:

»KASIMIR Nein. Ich geh jetzt nach Haus und leg mich ins Bett. Ab.

19. Szene:

DER MERKEL FRANZ *ruft ihm nach:* Gute Nacht!

Dunkel«

Es folgt die 20. Szene.

Schon im Text wird sichtbar, daß es sich bei den Stücken Horváths um ganz künstliche Gebilde, um *Szenen* handelt. »Selbstverständlich müssen die Stücke stilisiert werden«, sagt Horváth. »Naturalismus und Realismus bringen sie um –, denn dann werden es Milljöhbilder und keine Bilder, die den Kampf des Bewußtseins gegen das Unterbewußtsein zeigen.«

»KAROLINE Vielleicht sind wir zu schwer füreinander (. . .)

KASIMIR Wie meinst du das jetzt?

(. . .)

KAROLINE Habens denn keine Geschwister?

SCHÜRZINGER Nein. Ich bin der einzige Sohn.

KAROLINE Jetzt kann ich aber kein Eis mehr essen.

Ab mit dem Schürzinger.«

Die Personen sprechen Sätze, als ob es sich um Naturgesetze handelt. Die Geschichte von Kasimir und Karoline wirkt als Hohn auf die Sätze, die Kasimir und Karoline sprechen, freilich nicht als Verhöhnung von Kasimir und Karoline selber. Horváth macht seine Personen deutlich als Produkte von verkommenen Dramaturgien, und er macht das deutlich mit Künstlichkeit, mit Dramaturgie.

»KAROLINE Sie haben doch vorhin gesagt, daß wenn der Mann arbeitslos wird, daß dann hernach auch die Liebe von seiner Frau zu ihm hin nachläßt – und zwar automatisch.

SCHÜRZINGER Das liegt in unserer Natur. Leider.«

Mit einem einzigen Dialog zeigt Horváth, daß diese Sätze eben nicht in unserer Natur liegen.

Wie hart und genau der Regisseur an dem Stück gearbeitet

95

hat, wird klar gerade an den ein, zwei Stellen, an denen die Künstlichkeit ungenau wird und parodistisch wirkt, etwa, wenn er eine Person einen Fertigsatz sprechen, dabei aber wie andächtig ins Leere schauen läßt: da wird die Trauer des Zuschauers über die Person, der Impuls, ihr beizustehen und die Lage zu verändern, zur harmlosen Heiterkeit über Phrasen, um die es doch gar nicht geht.

Kasimir und Karoline reden im Briefdeutsch (»Das wünscht dir jetzt dein Kasimir«), und je mehr sie so reden, desto mehr entfernen sie sich voneinander, als ob sie wirklich von ganz weit weg einander Briefe schreiben. In diesem Stück des überragenden deutschen Dramatikers im 20. Jahrhundert verletzt jeder Satz, schlägt jeder Satz »das gefrorene Meer in uns« auf. (Kafka)

In dem Stück *Toller* (Buch: Dorst/Regie: Palitzsch) kommen »große« und »kleine« Leute vor, offizielle Personen und inoffizielle Personen. Offizielle Personen: das sind die bekannten historischen Personen in München 1919: Toller, Landauer, Leviné, Mühsam . . . Deren Sprechweisen in dem Stück nimmt der Autor ernst, er läßt sie sich selber dokumentieren, während er die Sprechweisen der »kleinen« Leute karikiert. Die großen Leute verstehen einander, da gehen die Dialoge ganz selbstverständlich vor sich, die kleinen Leute aber haben Verständigungsschwierigkeiten, etwa in jener Szene zwischen dem Dienstmädchen Resl und Walter, »einem etwas schwindsüchtig aussehenden jungen Arbeiter«.

»WALTER Deine Stellung in diesem Hause ist für einen modernen Menschen unwürdig, Resl.

RESL Die Reichen sind auch nicht alles Verbrecher.

WALTER Ausnahmen gibt's überall.

RESL Hier verkehren viele Herrschaften, auch Engländer.

WALTER Müssen weg.

RESL Die Zigaretten sind auch von denen.«

Die kleinen Leute zeigen also ihre Sprechweisen als fremde Sprechweisen vor, die Dialoge der offiziellen Personen werden aber nicht als Dialoge klar, sondern gebärden sich als eigen, als echt, Natur –

»OLGA Man darf nicht das eine denken und das andre tun.

Von Sozialismus reden ja heute viele – auch meine Familie in Wuppertal übrigens. Die ganz besonders! Mein Onkel hat sogar Kinderheime gegründet, für Arbeiterkinder! ›Damit sie aus dem proletarischen Milieu herauskommen.‹ Dann kann er sie später ausbeuten, und sie sind dann sogar noch dankbar dafür.

TOLLER Und ich, der Vorsitzende des Zentralrats der Sowjetrepublik Bayern, Ernst Toller, bin bloß so ›hui‹!

OLGA *zärtlich* Du bist einfach schrecklich!

(...)

TOLLER Du glaubst einfach! Mit deiner Arbeiterbluse!

OLGA Marxismus ist keine Religion, sondern eine wissenschaftliche Entdeckung!

TOLLER *küßt sie* Hui!«

Wie widerwärtig das ist, die Sprache der kleinen Leute entfremdet zu nehmen, das Sprechen der großen Leute aber als selbstverständlich von der kapitalistischen Dramaturgie zu übernehmen, zeigt auch, daß die kleinen Leute in dem Stück kaum gemeinsam und in Spannung zu den großen auftreten. Sie dienen dann, wenn alle gemeinsam auf der Bühne sind, immer als Volk, als Arbeiter (»Die Bühne ist jetzt ganz voll mit Arbeitern«), die den Reden der Offiziellen Volksgemurmel folgen lassen müssen (»Erregung unter den Arbeitern«) oder singen dürfen oder als Hintergrundfiguren vorbeiflanieren dürfen, während vorn die Offiziellen ihre erbärmlichen, aber nicht als erbärmlich klargemachten Dialoge heruntersprechen, von denen schon die Regieanweisungen wie »spöttisch zu Olga«, »pikiert«, »mit der Speisekarte, leise«, »andächtig«, »ironisch, prononciert«, »will abwehren«, »nickt«, ein verkommenes Realismusmodell bewußt nachvollziehen. Die kleinen Leute aber werden dazu benutzt, schwarzen Humor zu produzieren, wie jener Hausmeister, den der Autor genüßlich von Leichen und Zigaretten reden läßt. Nichts ist ausbeuterischer, als mit den Zuständen den verkommenen »schwarzen Humor« zu machen.

In einer einzigen Szene treten Kleine und Große dialogisch gleichwertig auf: als Olga Plakate mit der Aufschrift SOLIDARITÄT anklebt und dabei mit Arbeitern ins Gespräch kommen will, aber nicht kann. Aber auch diese Szene ist so plakativ, ihre Bedeutung ist dem Zuschauer von vornherein so klar (die Studenten können sich mit den Arbeitern nicht verständigen), der Dialog ist dann so sehr zeichentrickhaft, daß man ihn wieder gar nicht als solchen erkennen kann. Man nimmt die Bedeutung des Dialogs wahr, erkennt aber nicht den Dialogmechanismus, der doch als ein Produkt der kapitalistischen Gesellschaft sichtbar gemacht werden müßte. Das Plakat SOLIDARITÄT wirkt als eine aufdringliche, den Zuschauer unfrei machende Pointe.

Dieser unreflektierten Struktur des Stücks entspricht auch die Inszenierung: sie subtilisiert noch seine Natur, und gerade hier wirkt die Subtilisierung ganz und gar verlogen. Wenn man hinsieht, wie der Regisseur etwa in der Ansprache Levinés an Arbeiter das Volksgemurmel nachmacht, packt einen das Entsetzen über soviel falsch subtile Mimikry, die man sonst nur aus ganz schlechten Gerichtssaalfilmen kennt, wenn vorn was Aufregendes gesagt wird und die Zuschauer auf Kommando hinten im Saal heftig zu murmeln anfangen. Oder: Toller sitzt auf einer Parkbank und unterhält sich, und im Hintergrund gehen Statisten vorbei, mit Schirmen und so weiter, die als Atmosphäre dienen. Eine neue Dramaturgie würde nun diese Statisten vorzeigen als gleichberechtigt, würde zeigen, daß ihr Vorbeigehen immer im Hintergrund zur Dramaturgie des Kapitalismus gehört. Wie sehr befremdet kann man zum Beispiel in einem Film einer Fahrt im Lift zuschauen, bei der neben dem Helden noch einige Statisten mitfahren, die man aber, wenn der Held aus dem Lift steigt, nie mehr sehen wird! Welche Gesichter haben sie? Wie sind sie angezogen? Wie verhalten sie sich zueinander? Darauf könnte eine neue Dramaturgie aufmerksam machen. Oder: In der Bettszene zwischen Olga und Toller geht das Licht an, man sieht sie beiden auf dem Bett, und was tut jetzt Olga? Sie setzt sich auf und knöpft sich den untersten Knopf der Bluse zu! Welcher Trivialfilm darf sich das heute noch erlauben? Oder: Landauer hält eine Vorlesung, wird von den Studenten als Jude beschimpft, einer der Studenten schleicht sich hinter ihn und heftet ihm ein Plakat an den Rücken.

Nun steht aber Landauer so, daß die Zuschauer das Plakat auf dem Rücken nicht lesen können. Was tut der Regisseur? Er läßt den Landauer vor Schrecken rückwärts gehen, so daß alle die Aufschrift »Reservechristus« lesen können.

Hier müßte dem Zuschauer ganz klar werden, wie sehr eine Dramaturgie, die so was als natürlich ausgibt, nur die in der Wirklichkeit herrschende Dramaturgie nachzieht. Wie ist ein Arbeiter auf einer Gesellschaft von feinen Leuten angezogen? Er hat einen zu engen Anzug mit zu kurzer Jacke und klobige Schuhe. Was macht ein Dichter bei einer Dichterlesung? Er tätschelt sich ab und zu vorsichtig auf dem Hinterkopf. Was macht eine burschikose Frau aus dem Volk? Sie steht breitbeinig da. Was macht die Liebende, wenn der Geliebte spricht? Sie streicht ihm die Haare aus der Stirn. Wie steht der wahre Revolutionär da, wenn er zum unpolitischen Revolutionär spricht? Er schwingt ein Bein über die Stuhllehne und stellt es auf den Stuhl. Alles Geschichtslügen. Das ist unwichtig? Gerade das ist wichtig. Hier sind die Indizien für die Verkommenheit des Systems Wort für Wort, Geste für Geste nachprüfbar, man muß sie nur sehen. Und was gibt's in den Revueszenen? Schattenrisse, Singen im Chor und Kanon, Sprechchöre, Fahnenschwingen, Massierung statt Vereinzelung, Schau statt Sichtbarmachen, versunkenes Theater einer leider noch nicht versunkenen Welt.

Die Zuschauer müßten lernen, Natur als Dramaturgie zu durchschauen, als Dramaturgie des herrschenden Systems, nicht nur im Theater, auch sonst. Aber im Theater sollten sie das lernen, sollten sie mit dem fremden Blick *anfangen*. Hier auch wäre die einzig nachprüfbare Arbeit der revolutionären Studenten. Indem sie sich gegen die alte Ästhetik wenden, die sie als »die« Ästhetik bezeichnen, fallen sie doch nur auf Dramaturgien herein. Dabei ist Beschäftigung mit Ästhetik wichtiger denn je. Nur die Ästhetik kann den Wahrnehmungsapparat so genau machen, daß die Natur in dieser Gesellschaft als gemacht, als manipuliert erkennbar wird, nur eine neue Ästhetik kann auch Beweise und Argumente liefern.

Was freilich die Studenten unter Ästhetik verstehen, ist

gerade das, was das System ihnen beigebracht hat, eine triviale Oberlehrerästhetik. »Die großstadtlichter drücken nicht die wünsche und leidenschaften der stadtbewohner aus, sondern die von osram, siemens und aeg« heißt es in dem Kursbogen des Essayisten Peter Schneider. Nur in den Moewig-Romanen drücken die Großstadtlichter noch die Wünsche und Leidenschaften der Stadtbewohner aus. Die Ästhetik der Groschenhefte und die Ästhetik der SDS-Kulturgruppen entsprechen einander. Siehe auch die Einteilung der Schriftsteller in Realisten und Avantgardisten, die einem auf der Oberschule beigebracht worden ist! Die neue Ästhetik aber hat mit so etwas wie Kunst gar nichts mehr zu tun; sie ist damit beschäftigt, in der falschen Natur der gesellschaftlichen Zustände die Manipulationen zu finden und sich eigene Manipulationen zu erarbeiten, um das den andern zu zeigen.

In einer Fernsehsendung über den Theaterzuschauer kam auch eine Gruppe zu Wort, die sich zu Unrecht als »sozialistisch« bezeichnete. Wie verhielt sie sich? Es wurde erklärt, sie wollten die Rolle, die in dieser Sendung ihnen zugedacht sei, nicht mitspielen, und dann verlas man mit verteilten Rollen einen Text mit den üblichen Fertigsätzen. Haben sie denn nicht erkannt, daß sie gerade so ein Opfer von Dramaturgien wurden, daß es gerade zu ihrer Rolle gehörte, zu erklären, sie wollten die ihnen zugedachten Rollen nicht spielen, daß es gerade zu ihrer Rolle gehörte, daß sie ihren Text mit verteilten Stimmen lasen?

Und die Zeitschrift *konkret*, die nur zufällig links ist, veröffentlichte nach der Intervention der Berliner Genossen in der Wohnung des Herausgebers Photos, die die zerstörten Habseligkeiten des Herausgebers zeigten. Von welcher Dramaturgie handelten diese lächerlichen Photos? Es war die Dramaturgie der Polizei, die Photos hatten die Funktion von Tatort-Photos!

Und in der letzten Fernsehsendung »Aktenzeichen XY – ungelöst« wurde ein Spielfilm verwendet, um Aggressionen gegen eine Betrügerin auszulösen: zuerst wurde diese Betrügerin in den Haushalten von reichen Leuten gezeigt, wie sie, angeblich, um ihren kranken Mann besuchen zu können, als Haushaltsgehilfin Vorschuß nahm. Das wurde in der Totale gezeigt, so daß die Übergabe des Geldes ein neutraler Vorgang war. Am Schluß aber wurde in einem Beispiel gezeigt, wie diese Frau auch arme Leute, Rentner, um ihre Groschen betrog: Man sah sie in einer Dachkammer vor dem Rentnerehepaar sitzen, und als es nun an die Geldübergabe ging, fuhr die Kamera näher, so daß man die Münzen und die Finger der Betrügerin, die danach griff, in Großaufnahme sah. Wichtig war auch, daß es sich nicht um Scheine handelte, wie bei den Reichen, sondern um Münzen, »die letzten Groschen«. Aber gerade die Großaufnahme machte schrecklich klar die Hetzdramaturgie dieses Spielfilms, deren Gegenstand doch keine fingierte, sondern eine reale Person war.

Das zu zeigen, Indizien zu sammeln gegen den Faschismus, und nicht immer abstumpfend von Faschismus zu reden, wird eine Aufgabe der neuen Ästhetik sein. Nur so kann überhaupt noch im Theater politische Arbeit geleistet werden. Es muß gezeigt werden, daß schon der erste Blick des Zuschauers gelenkt ist.

II Die »experimenta 3« der Deutschen Akademie
der darstellenden Künste

An einem Sonntagmorgen – die Sonne scheint – tritt man
aus einem Haus in Frankfurt und geht die Straße hinunter.
Man kommt an einen Taxistand, steigt ein und fährt zum
Hauptbahnhof. Dort kauft man die *Welt am Sonntag* und
liest, daß der 1. FC Nürnberg und Kickers Offenbach aus
der Bundesliga absteigen. Man geht zur Südseite des Haupt-
bahnhofs und steigt in den Bus, der zum Flughafen fährt.
Im Flughafen steigt man in einen andern Bus und fährt
zum Flugzeug hinaus. Man steigt aus dem Bus, betritt das
Flugzeug, schnallt sich an und fliegt weg. In Berlin angekommen, steigt man aus, geht zum Ausgang und steigt in
ein Taxi, mit dem man zu seiner Wohnung fährt. Man
betritt die Wohnung, begrüßt Frau und Kind und setzt sich
an den Schreibtisch, um über die *experimenta* in Frankfurt
zu schreiben.

Es hatte nicht so angenehm angefangen. An einem Werktag
hatte man abfliegen wollen, aber weil es geregnet hatte
und zudem gerade die Büro- und Bankzeiten zu Ende waren, war man vergeblich von Taxistand zu Taxistand gegangen und hatte schließlich das Flugzeug versäumt. Man
hatte sich auf die Warteliste für das nächste Flugzeug setzen lassen und inzwischen in einer Zeitschrift die letzten
Worte Maxim Gorkijs gelesen. »Die Gegenstände werden
schwer. Die Bücher. Der Bleistift. Das Glas. Alles scheint
immer kleiner zu werden.« »Sie haben vergessen, mir ein
Messer zu geben, damit ich meinen Bleistift spitzen kann.«
»Das Scheusal vom Hotel steht dort und weist uns ab.«
»Die Revolution braucht dich. Die Revolution braucht dich.«

Einige Minuten vor dem Abflug hatte man mit vielen Reisenden am Schalter gestanden und gewartet, ob man mit-
fliegen könnte. Es wurde gedrängt, aber, wie es an Flug-
häfen üblich ist, vorsichtiger als an anderen Orten. Zuerst
kamen offizielle Personen dran, Mitglieder von öffentlichen

Körperschaften, Gewerkschaften. Alle Reisenden hielten ihre Tickets der Angestellten entgegen. Schließlich war der eigene Name als letzter aufgerufen worden, und man hatte sich die Bordkarte geben lassen. In Frankfurt war man sofort mit dem Taxi zum »Theater am Turm« gefahren, wo man gerade noch rechtzeitig den Zuschauerraum betrat, um den Vorhang aufgehen und ein weißes Pferd im Hintergrund der Bühne stehen zu sehen.

Joseph Beuys trat von der Seite auf, mit einem Pelz, den er gleich ablegte. Er trug Blue jeans, seinen Hut und über dem hellen Hemd eine kurze ärmellose Jacke. Er sprach, noch im Halbdunkel, Verse, dann wurde es hell, und er ging auf der Bühne hin und her, während der Schimmel hinten Heu fraß. Durch die Lautsprecher hörte man mit ruhigen, angenehmen Stimmen Claus Peymann und Wolfgang Wiens sprechen. Verse aus *Titus Andronicus* von William Shakespeare und Goethes *Iphigenie,* eine Montage, die die Sprecher selber hergestellt hatten.

Joseph Beuys ging ab und zu vorn ans Mikrophon und sprach die Verse nach, dann ging er wieder weg, machte mit den Armen Flugbewegungen, ging auf der Bühne herum, gab dem Pferd Zucker, tätschelte es, ging weg, hockte sich nieder, maß mit beiden Händen seinen Kopf ab, ging ans Mikrophon, erzeugte dort einige Kehlkopflaute, spuckte Margarine aus, während die Stimmen aus den Lautsprechern ruhig »Tod« und »Sterben« rezitierten. Dann ging er wieder auf der Bühne herum, ab und zu hörte man das Pferd schnauben, das Geräusch wurde durch die Lautsprecher verstärkt. Nach einiger Zeit sah man, daß sich nicht mehr ereignen würde: Beuys ging wieder auf der Bühne herum, ging im Hintergrund vorbei, wiederholte, was er schon vorher getan hatte, wandte die rituelle Gestik ein zweites und drittes Mal an.

Man ertappte sich dabei, daß man unwillig wurde, weil die Aktionen sich wiederholten. Aber dieser Unwille blieb ganz unergiebig, man wußte auch, daß es jetzt auf einen selber ankam: wollte man stumpfsinnig den ganzen Abend unwillig sein? Man mußte sich jedenfalls entschließen, man mußte Arbeit leisten. Die Zuschauer aber blieben stumpf in sich hocken und ließen es bei ihrer selbstverschuldeten Lähmung bewenden. Statt zu arbeiten, versuchten es einige mit dem reaktionären Zwischenrufrepertoire. Als die Textstelle kam: »Hängt ihn auf!«, wurde geklatscht. Kaum jemand unter den Zuschauern wußte etwas mit sich anzufangen.

Man kam nicht darauf, daß es an jedem einzelnen Zuschauer selber lag, statt unproduktiv und faul sich zu langweilen, sich zu einer Arbeit zu entschließen. Aus der Langeweile aber ergab sich jener erbärmliche, fahrige Aktionismus, das Gebrüll und Geflegel, welches einige mit der erstrebten Beteiligung des Zuschauers verwechseln, während es in Wahrheit nichts als ein Reflex ist; denn indem man fordert, daß der Zuschauer im Theater zwischenrufen und auf die Bühne gehen und mitmachen sollte, möchte man ihn nur darüber hinwegtrösten, daß er draußen, in den Produktionszwängen seiner hierarchisch bestimmten Existenz, eben von Zwischenrufen und vor allem vom »Mitmachen« brutal abgehalten wird.

Insofern ist die Forderung nach der Aktivität des Zuschauers im Theater heuchlerisch und infam, wenn als Aktivität nicht die ruhige, klare Reflexion beim distanzierten, angestrengten Zuschauen, sondern der mechanische Aktivismus der bloß körperlichen, bewußtlosen Reflexe verstanden wird. Es muß klargemacht werden: je distanzierter und hermetischer die Ereignisse auf der Bühne vorgeführt werden, desto klarer und vernünftiger kann der Zuschauer diese Abstrakta auf seine eigene Situation draußen konkretisieren. Wenn ihm aber alles schon fertig, konkret, als Inhalt vorgeführt wird, wird ihm die wichtige Arbeit der Konkretisierung weggenommen, und er buht. So ein Theater macht den Zuschauer verächtlich, läßt ihn nur reagieren, sieht ihn als fertig, als Solidaritätskaspar an.

Ein abstrahierendes Theater könnte folgendes zeigen: Zuerst würde es etwa das Vietkongbanner schwenken lassen. Beifall. Dann würde das Sternenbanner geschwenkt. Protest. Dann würde ein neutrales Banner geschwenkt, dessen Bedeutung niemand kennt. Wie würde jetzt der Zuschauer reagieren? Er müßte sich mit seinen eigenen Reflexen vorher beschäftigen, er müßte Arbeit leisten.

Die hermetischen Ereignisse in der Produktion von Beuys waren wie keine andere Veranstaltung der *experimenta* dazu geeignet, ihm diesen Gedanken aufzudrängen, wenn auch freilich die Methode der Montage allzu wenig von der Geschichte der Iphigenie und des Titus Andronicus abstrahierte, so daß die Sätze oft, statt für sich sinnlich zu sein, immer noch sinnig auf die alten Geschichten zurückwiesen; und auch Beuys, statt sich ganz hermetisch und entfernt zu gebärden, reagierte ab und zu trivial auf das Publikum, indem er etwa, als das Pferd seichte und das Publikum klatschte, diesem zurückklatschte. Sein Herumgehen, sein Hocken, sein schön dilettantisches Nachsprechen der Verse hätten viel strenger, viel verzweifelter illusionär sein müsse, und ebenso hätten die Sprecher nicht beiseite über grammatikalische Probleme witzeln sollen, die das Publikum falsch ablenkten und desillusionierten.

Je länger aber das Ereignis sich entfernt, desto unwichtiger werden diese Abweichungen und desto stärker werden das Pferd und der Mann, der auf der Bühne herumgeht, und die Stimmen aus den Lautsprechern zu einem Bild, das man ein Wunschbild nennen könnte. In der Erinnerung scheint es einem eingebrannt in das eigene Leben, ein Bild, das in einem Nostalgie bewirkt und auch den Willen, an solchen Bildern selber zu arbeiten: denn erst als Nachbild fängt es auch in einem selber zu arbeiten an. Und eine aufgeregte Ruhe überkommt einen, wenn man daran denkt: es aktiviert einen, es ist so schmerzlich schön, daß es utopisch, und das heißt: politisch, wird.

Von Beuys konnte man lernen; noch im Theater, noch während man zuschaute, mußte man, wollte man nicht steril unwillig bleiben, sich verändern. Was man sah, bestätigte einen nicht, sondern stellte einen in Frage, brachte einen dazu, sein Untertanenzuschauen zu überdenken. Am nächsten Tag, bei Bazon Brocks *Unterstzuoberst,* konnte man das Gelernte schon anwenden. Es wurde gezeigt, daß die Weltanschauungen eigentlich nichts als Kinoeinstellungen sind und daß, umgekehrt, Kinoeinstellungen zu Weltanschauungen führen. Warum das aber im Theater vorführen?

Gerade im Theater Filme zu sehen, das zeigte sich, ist befremdend schön und schön befremdend, und es sollte, nach *Unterstzuoberst,* allen Theatern zur Gewohnheit werden, in Stücken und neben den Stücken regelmäßig auch Filme vorzuführen, denn erst dann wird sichtbar werden, wie angenehm Theaterräume fürs Zuschauen eigentlich sein können.

Trotzdem muß man fragen, warum Brock sich nicht strenger mit Einstellungen befaßt hat, die in der Theater- und Filmdramaturgie gleichermaßen verwendet werden, das heißt, mit Einstellungen, für die die Schauspieler mit ihren Gesten und Sprechweisen sorgen und nicht der jeweilige Standpunkt der Kamera: mit Einstellungen also, die durch das andre Medium, den Film, in ihrer Bedeutung nicht verändert werden. Nur in einer Szene wurde das vorgeführt: wenn nacheinander weibliche Personen auf die Bühne kommen, mitten auf der Bühne stocken, einen Schreckenslaut ausstoßen und in der jeweils gleichen Beinhaltung dastehen und erst die dritte Person die seltsame Beinhaltung nicht als Reflex oder Begleiterscheinung des Schreckenslauts zeigt, sondern als Bedingung: »Eine Laufmasche!« Man nimmt etwas wahr, erschrickt, bleibt stehen und schaut an sich hinunter; oder: man bleibt stehen, schaut an sich hinunter, nimmt etwas wahr und erschrickt – das gewohnte Ursache-Wirkung-Sehen, das klar hierarchisch-politisch bestimmt ist, erscheint plötzlich umkehrbar und damit aufhebbar. Hier kann man von Brock lernen.

Viele andere Einstellungen aber, die er vorführen läßt, nehmen dem Zuschauer viel zuviel Arbeit ab, indem sie zu banal didaktisch sind. Man muß Brock in manchem eine Fahrlässigkeit gegenüber seinen eigenen radikalen Denkansätzen vorwerfen. Er strengt sich, nachdem er einmal angefangen hat, nicht weiter an und formuliert nicht mehr streng aus, sondern ermüdet in faulem *Et cetera et cetera.* Zum Beispiel: Es werden bunte Dias projiziert, ein Wald, eine Meeresküste, ein Straßenverkehrsbild: dazu hört man die »richtigen« Geräusche, zum Wald die Vogelstimmen, zum Meer das Rauschen, zum Straßenverkehr das Hupen. Das ist schön und lehrreich. Nun aber, wie leider erwartet, werden die Geräuschbänder vertauscht, und man hört zum Wald das Hupen et cetera et cetera. Hätte Brock dem Zuschauer Denkarbeit zugetraut, hätte er es bei der ersten Vorführung der Dias und der zugehörigen Geräusche belassen, denn schon das starre Dia sorgt dafür, daß der Zuschauer das zugehörige Geräusch als dazugemacht, als machbar und also manipulierbar erkennt. Mit der Vertauschung macht sich Brock nur über den Zuschauer lustig, der Aha-Effekt tritt ein, der den Vorgang wieder harmonisiert und abschließt als Kunstvorgang, der nicht anwendbar ist.

Und doch, hätte Brock den Zuschauer »seinen« Teil denken lassen, hätte dieser vielleicht in den nächsten Tagen beim Fernsehen und Kinogehen einiges erkennen können: daß etwa in der Sendung über »Attentate« (Giordano) man die vorhandenen Originaldokumentarfilme mit Geräuschen unterlegt hatte, die aus *Spiel*filmen stammten, also gar nicht zu den Filmen gehörten, also manipuliert waren: daß also Ächzen und Geschrei und Pistolenknall vorgetäuscht waren und daß man die Wahrheit der ganzen Sendung sehr genau an der Machart nachprüfen konnte: der Anbiederung an die Hörnormen des Zuschauers entsprach genau die Anbiederung an seine Denknormen, indem etwa das Attentat des 20. Juli gutgeheißen und das Attentat von Sarajewo 1914 verworfen wurde.

Brock, statt dem Zuschauer einen Doppelpunkt für die Wirklichkeit draußen zu setzen, hat dann mit dem Gag der Verwechslung einen harmlosen Punkt, einen nicht draußen anwendbaren Witz gemacht. Dennoch ist sein Ansatz sehr wichtig gewesen: mir selber fiel zum Beispiel ein paar Tage später in Berlin, in dem Film *Der Sergeant* von John Flynn, das Geräusch der Boxschläge bei einem Boxkampf auf: um diese Geräusche »filmisch« anhören zu lassen, hatte man das sonst übliche Sandsackgeräusch auf den Boxkampf angewendet, so daß sich das Boxen anhörte wie sonst im Film das Training des Helden mit einem Sandsack. Da es aber in diesem Film mit echten Boxhieben zusammenfiel, erschien das dumpfe Geräusch weit erschreckender als üblich.

In einem anderen Brock-Lehrfilm wurden den Zuschauern Einstellungen vorgeführt, die sonst im Film immer zu einem genormten Inhalt gehören, die aber hier nur isolierte Einstellungen blieben; das Gesicht des Autofahrers im Autospiegel, die Zigarette, die er aus dem Autofenster in eine Pfütze fallen läßt, die Spiegelung der Alleebäume in der Windschutzscheibe. . .: das war so lange schön, als der Zuschauer mit seinem Blick zwar umgeleitet, aber mit der Deutung des Blicks doch frei belassen wurde. Am Schluß jedoch rutschte auch diese strenge Folge von Einstellungen, deren Titel *Der Weg nach Husby* war, in äußerst triviale, ja schmachvolle Didaktik ab, als die Schlußeinstellung ins Bild kam: ein Ortsschild Husby/Landkreis Flensburg. Was schon mit der ersten Einstellung erkennbar war – Mord, Schrecken, Autofahren, Tod haben im Film ritualisierte Einstellungen, *sind* Einstellungen –, wurde mit dem Schlußwitz plötzlich wieder unanwendbar für die Außenwelt. Der Punkt war wieder gesetzt an Stelle des Doppelpunkts.

Ein Doppelpunkt wofür hätte der Film sein können? Zum Beispiel: in dem erwähnten Film *Der Sergeant* spielt Rod Steiger die Titelrolle, und man hätte eben sehen können, daß bei jedem Zwiegespräch des Sergeants mit seinem Vorgesetzten die Hauptperson, der Sergeant, in Großaufnahme zu sehen war, während in der nächsten Einstellung der antwortende Captain immer weiter weg von der Kamera stand, also kleiner erschien. Oder: daß also die Bedeutung der Darsteller und nicht der von ihnen Dargestellten die Einstellungen bestimmte. Oder man hätte erkennen können, warum einem die Aufstiegsspiele zur Bundesliga im Fernsehen so nichtig und dilettantisch vorkamen im Gegensatz etwa zu den Europacupspielen: weil die »großen« Spiele fast immer aus der Vogelperspektive, in einer imponierenden Totale gezeigt werden, während die »kleinen« Spiele unübersichtlich die Spieler in Nahaufnahmen vorführen, so daß die mangelnde Übersicht, die man als Zuschauer hat, als mangelnde Übersicht der Spieler ausgelegt wird. (Dazu kann man auch lesen, was Wim Wender in 6/69 der *filmkritik* unter der Überschrift *Panam macht den großen Flug* schreibt.) Noch einmal: so wichtig die Denkansätze Brocks waren, so verspielt wurden, mag sein durch mangelnde Abstraktion der Regie, die Ergebnisse; von dem schändlichen zweiten Teil, an dem zu arbeiten auch Brock, wie es scheint, gar keine Lust mehr hatte, hier zu schweigen, weil er der Beschreibung überhaupt spottet. Aber bei dem ersten, abstrahierenden Teil, von dem einige wichtige Einstellungen weggelassen wurden (etwa: Unkenntlichmachen der Mittelpunkte und Hauptpersonen in Filmen, damit der Zuschauer lernt, *Rand*ereignisse und *Rand*personen zu sehen), hätte man bei weniger großer Fahrlässigkeit des Autors noch mehr dazulernen können.

Das *Bread and Puppet Theatre New York* zeigte *The Cry of the People for Meat*. Nein, es *zeigte* nicht den Schrei des Volkes nach Fleisch, sondern ließ ihn schauen und hören. Die Mythen der Menschheitsgeschichte, so wurde gezeigt, brauchen nicht erst illustriert zu werden, sondern sind selber zuallererst Bilder. Um ein Requisit zu einem Zeichen für einen Mythos zu machen, braucht man es bloß zu benennen: ein rotes Tuch nennt man »Himmel«, und schon wird es der Mythos »Himmel«; dann nennt man es vielleicht »Feuer«, und schon wird es der Mythos »Feuer«. Das Benennen selber ist ein Mythos. Das *Bread and Puppet Theatre* hat eine sehr freie, sehr gelassene Zeichensprache entwickelt, deren Zeichenrequisiten (die gigantischen Puppen, das immer wiederkehrende kleine Pappflugzeug, die Fahnen) für sich schon so sinnlich sind, daß, wie in den großen Western, die ein wenig einfältige Ideologie überspielt wird. Andererseits ist es wahrscheinlich so, daß ohne diese einfältige Ideologie die schöne unbefangene Sinnlichkeit der Truppe gar nicht denkbar wäre: nur ein naives mythisches Denken ermöglicht wohl solche Sinnbilder, besser gesagt: besteht schon aus solchen mythischen Bildern.
Und wenn man, selber befangen und durch die eigenen Existenzbedingungen gleichsam entsinnlicht, ihnen zuschaut, sieht man ihnen zu wie etwas Vergangenem, etwas, was einem selber noch möglich war, als man noch nicht geschichtlich, sondern mythisch existierte: das Zuschauen wird retrospektiv, nostalgisch, aber auf andere Art als bei Beuys: es handelt sich um eine selbstzufriedene Nostalgie, weil die Bilder, die uns vorgeführt werden, bis an die Ränder ausge-

füllt und fertig sind – es bleibt einem nichts zu tun, als sie anzuschauen, die Denkarbeit, die Konkretisierung findet nicht statt, weil auf der Bühne schon alles konkret da ist: da bezieht sich alles aufeinander statt auf uns, die zuschauen.

Anders als bei der Produktion *Fire* der gleichen Truppe, wo karg nur Geschehnisse und Vorgänge vorgeführt wurden, die erst beim angestrengten Zuschauen im Zuschauer Geschichten ergaben, waren bei *The Cry of the People for Meat* alle Geschichten schon auf der Bühne zu Ende erzählt; möglich blieb nur die erwähnte Solidarisierung und Akklamation. Ein Einberufungsbefehl wird verbrannt: Beifall. Diese kleine Puppe heißt Kuba: Beifall. Einzig die Abendmahlsszene war so sehr ein strenges, unpointiertes Bild, daß sich, wie bei Beuys, der bloß retrospektive Mythos umkehrte zum Wunschbild, zur Utopie, die Vergangenheit zur möglichen Zukunft. Anders gesagt: schaute man sonst nur Bilder an, so sah man jetzt die Begrenzungen, die *Grenzen* der Bilder, sah mit dem Bild auch die Idee dieses Bildes.

Die Produktion *Ophelia und die Wörter* von Gerhard Rühm ist eigentlich unbeschreiblich, wenn auch nicht von dem Hörtext aus, dessen Montageprinzip weit bewußter und weniger zufällig ist als das in *Titus Andronicus/Iphigenie*. Aber nicht einmal das ist ganz richtig, denn die Methode der Montage, für die Rühm vor fast 15 Jahren die Anfangsarbeiten geleistet hat, weg von einer bloß beliebigen surrealistischen Technik zu einer konstruktivistischen, modellhaften, scheint einem beim Anhören, wie überhaupt die ganze konkrete Poesie, unergiebig und steril geworden. Die Widerstände beim Machen sind so gering wie die Widerstände beim Zuhören. Das Prinzip der *Ophelia* ist etwa das der chinesischen Syntax: die Bestandteile der Syntax werden isolierend vorgeführt und kontrastieren zu dem Originaltext der Shakespeareschen Ophelia. Die Tätigkeitswörter werden von zwei Darstellerinnen illustriert: wenn das Wort »liegen« kommt, sieht man sie liegen.

Sind die Hör-Erfindungen noch akzeptabel, so kommen einem die Bild-Erfindungen dazu gänzlich mechanisch vor.

Was stellt sich einer vor, der hier liest, daß die Darstellerinnen eine Negerin und eine Japanerin sind? Ja, richtig. Es genügt die Überschrift: »Die Negerin und die Japanerin.« Aber es ist ja langweilig, immer nur über das zu schreiben, was einen ärgert. Im zweiten Teil, für den Rühm nicht verantwortlich ist und in dem die beiden Darstellerinnen einander Silberfolien *(Twen* 10/68) auf die Schultern kleben, ist auch ein Schlagzeuger auf der Bühne (»Der Schlagzeuger auf der Bühne«)! Einmal klopft er mit seinen Stöcken auch an die Wand hinter sich, einige Zeitlang, aber beschämend ist dann nur der Moment, als er aufhört, an die Wand zu klopfen, und sich wieder nach dem Schlagzeug umdreht. Im ersten Teil dagegen sah man eine schöne Szene: es wurde das Wort »Stab« projiziert, und dann wurde mit einem Stab auf das Wort gezeigt.

In *Torquato Tasso,* inszeniert von Peter Stein, sieht man Tasso auf einem Stuhl stehen und von »Abgrund« reden. Die Zuschauer lachen. Wenn Tasso den Lorbeerkranz auf dem Kopf hat, rutscht er ihm über das eine Auge, während er weiter, mit dem Gesicht zum Zuschauerraum, Goethes Verse spricht. Die Zuschauer lachen. Wenn Tasso einen Menschen umarmen will, weicht der aus, und Tasso greift daneben. Die Zuschauer lachen. Wenn Tasso den Namen »Leonore« ausspricht, spricht er ihn rollendem »r«. Die Zuschauer lachen. Auf dem Boden steht eine Büste von Goethe. Am Anfang nimmt der Tasso die Posen der Goethe-Bilder von Tischbein an. Die Zuschauer lachen.

Zur gleichen Zeit mit dieser ärgerlichsten aller Produktionen auf der *experimenta* ist in Frankfurt Jean-Marie Straubs *Chronik der Anna Magdalena Bach* gelaufen. Straub hat den *Tasso* inszeniert in diesem Film, mit Ernst und Strenge. Stein, indem er sich lächerlich machen wollte über Tasso, hat *sich* lächerlich gemacht

»Durch Heftigkeit ersetzt der Irrende, was ihm an Wahrheit und an Kräften fehlt.« (Goethe, *Torquato Tasso*)

III   Die 19. Internationale Filmfestspiele
in Berlin

»Die entscheidende Frage für die künstlerische Bewertung eines Filmes scheint mir die zu sein: Stimmt der Film? Ist er über einen platten Realismus hinaus in Übereinstimmung mit dem, was ist? Ist er – wenigstens im Kern – über seine Zeit hinaus wahr?« (Der Innenminister Ernst Benda aus Anlaß der Verkündung des Deutschen Filmpreises.)

»Leute, die viel Butter, Milch, Käse und Aquavit zu sich nehmen, mögen den Magen haben, das zu verdauen.« (Der Journalist Wolfram Schütte in der *Frankfurter Rundschau* über den dänischen Film *Der Klabautermann* von Henning Carlsen.)

»It is a good film.« (Der Journalist Bert Reisfeld im englischsprachigen Teil der Berlinale-Zeitschrift *Film International* über den englischen Spielfilm *A Touch of Love* von Waris Hussein.)

»Ich gebe zu: nicht jeder Film muß sich dieser Frage stellen. Er kann nur agitieren, er kann versuchen, allein Tabus einzureißen und Gesellschaftskritik zu üben. Der Film ist ein Medium, das sich trefflich zu solcherlei Dingen eignet, und es ist jedermanns gutes Recht, sich – im Rahmen des Gesetzes – dieser seiner spezifischen Möglichkeiten zu bedienen. Nur kann dann nicht von Kunst die Rede sein.« (Der Innenminister Ernst Benda.)

»It has been a good festival so far. It was good to be among friends who love this industry.« (Der Journalist Bert Reisfeld.)

Ja, es wäre angenehm, Filme zu beschreiben, indem man nur den Modellen der oben zitierten Sätze folgte. Über den italienischen Film *Sein glorreicher Tag* von Edoardo Bruno könnte man dann etwa schreiben: »Es ist kein guter Film. Er stimmt nicht und ist nicht – wenigstens nicht im Kern – über seine Zeit hinaus wahr. Aber Leute, die viel Spaghetti und Makkaroni zu sich nehmen, mögen den Magen haben, das zu verdauen.« Oder über den jugoslawischen Film *Frühe Werke* von Zelimir Zilnik: »Dieser Film ist nicht in Übereinstimmung mit dem, was ist. Er versucht nur, Tabus aufzureißen und Gesellschaftskritik zu üben. Das ist zwar – im Rahmen des Gesetzes – jedermanns Recht, nur kann dann von Kunst nicht die Rede sein. Leute freilich, die viel Zwiebeln, Knoblauch und Čevapčiči zu sich nehmen . . .« Ich muß freilich sagen, daß mich, wenn ich solche Sätze lese, sekundenlang eine kalte Amoklaufwut befällt.

Jean-Luc Godard hat den Film *Die fröhliche Wissenschaft (Le gai savoir)* von der deutschen Gesellschaft Bavaria und dem staatlichen, staatlich gelenkten französischen Fernsehen (ORTF) produzieren lassen. Solange die ORTF verstaatlicht ist, wird der Film in Frankreich wohl nicht gesendet werden. Aber auch in die 3. Programme der deutschen Fernsehanstalten wird der Film wohl nur in der außerordentlich verstümmelten Form kommen, in der er auf der Berlinale gezeigt worden ist. Die französische Zensur hat gründlich das getan, was sie Arbeit nennen mag. Das letzte Drittel des Films, in dem nur Ton zu »sehen« war und Schwarzfilm dazu, sei, so gibt jedenfalls die Bavaria Auskunft, schon in Frankreich zensuriert worden; an Stelle des Schwarzfilms seien unter anderem Sgraffiti mit Beschimpfungen de Gaulles zu sehen gewesen. Auch der Ton sei an manchen Stellen zensuriert worden; Godard aber habe darauf bestanden, daß wenigstens in den deutschen Untertiteln durch »xxxxx« die Zensur deutlich gemacht würde. Ich habe versucht, genauer zu erfahren, wie der Film ursprünglich ausgesehen haben mag: ob etwa der Schwarzfilm am Schluß von Godard selber nach der erfolgten Zensur als neuer Film dazugemacht worden sei oder ob er nur zufällige Folge der Zensur sei – aber selbst ein Anruf bei der Vertretung der Bavaria in Paris brachte nichts ein, man war nicht informiert, diejenigen, die was sagen könnten, seien erst in der nächsten Woche . . . So bleibt nichts übrig, als eine erste Beschreibung des verstümmelten Films zu versuchen:

Juliette Berto und Jean-Pierre Léaud treffen sich in einem

schwarz ausgeschlagenen Fernsehstudio der ORTF, in dem nur sie selber sichtbar sind. Sie nennt ihn Emile Rousseau, er nennt sie Patricia Lumumba. Patricia Lumumba (Juliette Berto) und Emile Rousseau (Jean-Pierre Léaud) fangen zu spielen an. Sie sagen, daß sie die Herstellungsweise, die Produktionsweise der Bilder und Töne untersuchen wollen. Sie teilen ihre Untersuchungen in drei Abschnitte ein:

1. Auflösen von Bildern und Tönen
2. Zusammensetzen von Bildern und Tönen
3. Produktion von Bild- und Ton-Modellen als Folge der vorausgegangenen Arbeit.

Sie versuchen, zu einer Methodenlehre der Revolution zu kommen. Inwiefern zeigt ein Bild von etwas nur sich selber her? *»In einem Bild muß eine Methode gesucht werden, seine Methode. Nachher müssen wir uns selber kritisieren.«* *»Wir sammeln Bilder, nehmen Töne auf, das ergibt Erfahrungen.«* Einmal bezweifelt Emile Rousseau, daß sie (und damit meint er auch die Zuschauer und Zuhörer) Bild und Ton trennen könnten. Patricia Lumumba antwortet ihm, er habe unrecht, spricht aber nicht weiter, sondern zieht sich langsam den Mantel aus, und ungeheuer deutlich hören die Zuschauer und Zuhörer jetzt den Mantel knistern. Sie hören und sehen, daß das Knistern dazugemacht ist, daß es gemacht ist; ohne die Bemerkung vorher hätten sie es überhört. Das Ausziehen des Mantels war eben nicht das Ausziehen des Mantels, sondern eine Fortsetzung des Sprechens, selber Sprache. Godard zeigt, daß auch die Dinge und Phänomene Sprache sind, daß sie etwas »sagen«, wie Roland Barthes es schon in den *Mythen des Alltags* formulierte, als er das Plakat beschrieb, das einen Afrikaner unter der Trikolore zeigte: es gibt keine neutralen Bilder, keine neutralen Gegenstände, alle Gegenstände und Bilder sind Sprache, Aussage, versprachlicht und verstaatlicht. Das Knistern des Mantels in *Le gai savoir* ist Geräuschsprache, man muß nur, wie Godard, mit dem Linguisten Saussure dazu kommen, nicht nur in den Wörtern *(»parole«)* Sprache zu sehen, sondern auch in allen anderen Erscheinungen *(»langue«)*. Die Phänomene sind nicht, wie sie sind, sie sind, wie sie sein sollen. Und die Dinge sind Normen, Gesetze:

ein Haus ist eine Norm, ein Messer ist eine Norm, ein Brief
ist eine Norm. Ein Haus soll aussehen wie ein Haus. Ein
Messer soll aussehen wie ein Messer. Ein Brief soll aussehen wie ein Brief. »Das Haus ist klein.« (Eigentlich sollte
ein Haus »groß« sein.)
Godard hat nun gegenüber den Linguisten den Vorteil, daß
er das Medium, dessen Methoden er die Zuschauer lehren
möchte, sich selber vorstellen läßt, indem er es zitiert. (Die
Linguisten aber sprachen *über* die Syntax mit eben dieser
Syntax, ohne daß diese sich selber mitkommentiert; die allge-
meine Syntax ist noch nicht so weit abstrahiert, daß sie völ-
lig in die mathematischen Zeichen der Logistik und der
Deontik, der *Normen*-Algebra, übergeführt werden kann.)
Die Bilder und Töne, die Godard zeigt, sind zugleich auch,
wie er sagt, deren Bild-Widersprüche und Ton-Wider-
sprüche.
Bei der Arbeit an den Bildern, den Fernsehbildern, den
Photos, den Kinobildern, fängt die revolutionäre Arbeit des
Filmemachers an. Wer das nicht bedenkt, läßt er Patricia
Lumumba sagen, wer nur die Bilder der Reaktionäre über-
nimmt, wird selber ein Rekationär sein: »Bürgerlichen Stil
auf die Schriften Maos anwenden, ist bürgerliche Politik.«
Photos von einer Revolutionärin müsse man anders aufnehmen können als Photos, die man in Magazinen wie *Elle* und
Marie-Claire findet. Es ärgert Patricia, daß bei den Reizwäschephotos in *Humanité-Dimanche,* dem kommunisti-
schen Sonntagsblatt, die gleichen Methoden angewendet
würden wie bei den Reizwäschephotos in den bürgerlichen
Zeitungen.
Godard zeigt, wie banal und hinterhältig zugleich das herrschende System mit seiner Versprachlichung und Verstaat-
lichung der Dinge anfängt, indem er aus aus einem Diction-
naire für Schulkinder zitieren läßt: Unter dem Buchstaben
»m« findet man das Wort »meilleur« (besser), und als Bei-
spielsatz dazu: »Kuchen ist besser als Brot.« Unter dem
Buchstaben »f« steht nicht Faschismus, sondern »famille«
und »fromage« (Käse). Und unter »a« steht »acheter« (kau-
fen), nicht »art«. Zum Vergleich dazu etwa eine *Berliner
Fibel* für Schulkinder der ersten Stufe:

»Der Abend kommt, es wird dunkel.
Das Sandmännchen im Fernsehen hat gute Nacht gesagt.
Nun gehen die Kinder ins Bett und schlafen.«

»Auf den Waldwegen fahren keine Autos.
Hier können Uli und Ulla sich einmal austoben.«

»Heute ist Fastnacht. / Alle Kinder haben sich verkleidet. /
Hansi ist ein Maler, er hat einen Pinsel. / Uwe ist ein Neger,
er hat einen Speer in der Hand. / Fred ist ein Schornstein-
feger. / Als die Kinder ihn sehen, rufen sie: Schornstein-
feger, iii – / dein Hemd wäschst du wohl nie!«

Nun gehen die Kinder ins Bett – das heißt: die Kinder *sollen* ins Bett gehen. Hier können die Kinder sich austoben –
das heißt: woanders *dürfen* sie sich nicht austoben. Adorno
hat im *Jargon der Eigentlichkeit* schon darauf hingewiesen,
wie formale Tatsachenbehauptungen nur getarnte Normen
sind: »Die Soldaten treten an – das heißt: die Soldaten
sollen antreten.«
Inwieweit sind Bilder und Töne Gesetze – darum geht es in
Le gai savoir, und Godard führt das vor, indem er etwa
Patricia mit der Stimme Emiles sprechen läßt (man sieht,
wie sie zu seiner Stimme synchron die Lippen bewegt, und
nimmt sofort, als wieder Stimme zu Bild paßt, beides befremdet als isoliert wahr wie sonst nur in ganz schlechten
Synchronisationen), oder indem er einem Kind und einem
Greis Wörter vorsprechen läßt, auf die Kind und Greis dann
Wörter nennen sollen, die ihnen auf die vorgesagten
Wörter einfallen. Während das Kind nun in der Regel ein
Reaktionswort nennt (auf »404«: »Rennwagen«, auf »Ki-
no«: »Licht«, auf »Revolution«: »Oktober«, versucht der
Greis oft nur über die Wörter zu reden, die man ihm vor-
gesagt hat, und welche Erfahrungen er mit ihren Begrif-
fen gemacht hat: »Faschismus«: »Oh, das ist eine sehr gute
Sache, ich bin Ultra-Faschist«; oder »Rot«: »Handwerker,
Sattler, ich habe Sattler gelernt«; oder auf das Wort »Frau«:
»Ich habe viele gehabt.« Es wird so gezeigt, wie mit den Er-
fahrungen die Wörter Geschichten kriegen.

Worauf kommt es an? Es kommt darauf an, zeigt Godard, daß die Zuschauer, nicht nur im Kino, bei Bildern und Tönen erkennen, *wo* sie gemacht worden sind, unter welchen Bedingungen, wann, von wem. »Bei jedem Bild muß man wissen, wer spricht.« »Zum Beispiel sag: Oh! und jetzt: Stalin! Theoretisch haben beide keine Beziehungen miteinander, aber sie könnten eine haben, man muß sie finden.« »Wir studieren Beziehungen, Verhältnisse, Unterschiede«, sagen Patricia und Emile.

Das ist auch die Sache der Zuschauer und Zuhörer: unterscheiden zu lernen. Godards Zuschauer könnte im Idealfall jenem »Sprecherhörer« des Linguisten Noam Chomsky entsprechen: er wäre in konkreten Sprachsituationen – und das sind auch die Bildsituationen – sich immer der Strukturen bewußt, mit denen er Bilder sieht und Töne hört. »Eine völlig adäquate Grammatik muß jedem Satz eine Strukturbeschreibung zuordnen, aus der hervorgeht, wie dieser Satz vom idealen Sprecherhörer verstanden wird« (Chomsky). Godards *Le gai savoir* könnte der notwendige Versuch sein, zu einer allgemeinen Syntax der Bilder zu kommen. Was sagt das scheinbar gleiche Bild in verschiedenen Gesellschaftssystemen? Ein Haus, was für verschiedene Bedeutungen hat es im Westen und im Osten? »Wer spricht?«

Am Schluß des Films sagen Juliette Berto (Patricia Lumumba) und Jean-Pierre Léaud (Emile Rousseau), daß der Film noch gar nicht fertig ist. Die ORTF braucht das Studio für andere Sachen. Aber andere Filmer werden weiterarbeiten, Straub in Deutschland (leider nicht mehr), Glauber Rocha in Brasilien und so weiter. Aus revolutionärem »Sentiment« und revolutionärer »Methode« muß ein »Mésothodiment« gebildet werden. »Zuerst wollen wir mehr wissen, dann sehen wir weiter.« Godards Film, wie er sich mit dem Auflösen, dem Zusammensetzen von Bildern und Tönen und schließlich mit dem Vorführen von Bild- und Ton-Modellen befaßt, ist insgesamt ein solches Modell von Bildern und Tönen und für Bilder und Töne. Es ist ein recht komplizierter Film, aber mit dem Wissen, das man daraus gewinnen kann, ist man schon imstande, weiter zu sehen. Man hatte bei den anderen Filmen Gelegenheit genug dazu.

In dem dänischen Film *Der Klabautermann* von Henning Carlsen sah man in einer Einstellung vom Meer aus einen hohen Felsen. »Ah, Gibraltar!« dachte ich. Mit diesem Ausdruck des Erkennens konnte man eigentlich die Einstellungen fast aller Filme bezeichnen, die im Wettbewerb zu sehen waren. In dem englischen Film *Zwei durch drei geht nicht* von Peter Hall fährt am Anfang Rod Steiger auf der Landstraße: Einmal sieht man ihn von vorn durch die Windschutzscheibe, im nächsten Augenblick sieht man ihn von hinten, sein Gesicht im Wagenspiegel, im nächsten Augenblick sieht man ihn und sein Auto in der Totalen von der Seite, im nächsten Augenblick sein Auto und ihn in der Totalen von vorn: zackzack gehen die Schnitte.

Ebenso in dem indischen Film *Die Abenteuer von Goopy und Bagha* von Satyajit Ray. Man sieht den Helden auf einem Esel aus dem Dorf reiten, aus dem man ihn verjagt hat: einmal wackelt die Kamera subjektiv mit den Augen des Helden, im nächsten Moment, zack, schaut sie ihm über die Schulter, zack, zeigt ihn von vorn, zack, sieht man ihn in der Totalen von der Seite auf einem staubigen Felsen hängenden Kopfes des Weges ziehen. Ich schloß die Augen, weil ich Atemnot bekam; aber sogar bei geschlossenen Augen traktierte einen der Lichtwechsel mit dem jeweiligen hektischen Wechsel der Einstellungen.

In dem englischen Film *A Touch of Love* von Waris Hussein beschreibt die Kamera auf folgende Weise, wie das schwangere Mädchen nach Hause in seine Wohnung kommt: 1. Man sieht sie halbnah die Haustür aufsperren und hineingehen. 2. Während sie im Haus ist, fährt die Kamera die Fassade des Hauses von außen hinauf bis zum Dach und bleibt dort stehen. 3. Die Kamera wartet im leeren Gang einer Etage im Haus, bis das Mädchen aus dem Aufzug tritt. 4. Die Kamera fährt hinter dem Mädchen her, bis es in der Wohnung ist. 5. Die Kamera schaut mit dem schwangeren Mädchen ziemlich lange vom Balkon der Wohnung in den tiefen Liftschacht hinunter.

In dem dänischen Film *Die Ballade von Carl-Henning* sieht man, wie zwei Burschen, um wegzufahren, ein Motorrad aufrichten, das im Gras liegt. Es folgt ein Schnitt, und in der nächsten Einstellung sieht man die Burschen schon losfahren, ohne daß man hätte zuschauen können, wie das Motorrad gestartet wurde, wie lange die Burschen dazu brauchten und so weiter. Später sieht man Carl-Henning zu, »wie er in einer Molkerei arbeitet«: es wird ihm befohlen, das Faß vorzubereiten zum Buttermachen. Schnitt: Wir sehen, daß Carl-Henning das Faß inzwischen schon vorbereitet hat. Später sieht man ihn, sagen wir, an einer Schraube drehen, das heißt, man sieht in einer kurzen Großaufnahme seine Hände, die an einer Schraube drehen, und sofort folgt ein Schnitt auf sein Gesicht in Großaufnahme, ohne daß man dabei jetzt seine Hände sieht. Der arbeitende Carl-Henning, Gesicht *und* Hände in *einer* Einstellung, ist nicht zu sehen: man sieht eben gerade nicht, wie er in einer Molkerei arbeitet.

In dem spanischen Film *Die Höhle* von Carlos Saura walzt Geraldine Chaplin, die für ihren Mann und sich das Essen macht, einen Teig aus. Aber als man den Teig sieht, ist er schon fertig ausgewalzt, und Geraldine braucht ihn nur noch als Requisit. Andererseits sieht man aber, als sie ihr Gesicht herrichtet, daß sie es »wirklich« herrichtet, und ebenso sieht man ihren Mann, Per Oscarsson, wie er sich wirklich, zumindest einige Zeit, selber rasiert. Und in *Zwei durch drei geht nicht* malt Claire Bloom das neue Haus aus, aber man sieht sie dabei, wie sonst die Kunstmaler an ihren Gemälden in den Filmen, nur ein paar Striche tun, während das andere in den Drehpausen die Filmarbeiter gemacht haben. Und in der Tat überlegt man sich heftig, wer wohl in dem italienischen Film *Ein einsamer Platz* von Elio Petri für Franco Nero, als er am Schluß im Irrenhaus diese unzähligen kleinen Bildchen malt, die eigentliche Arbeit geleistet hat.

In *Zwei durch drei geht nicht* bleibt also Rod Steiger an der Landstraße stehen und läßt ein Mädchen einsteigen (Judy Geeson). Sie setzt sich neben ihn, und die Kamera gebärdet sich nun folgendermaßen: sie fährt, während das Mädchen sich räkelt, vom Standpunkt der Augen Rod Steigers aus von oben nach unten langsam den Körper Judy Geesons ab. Ah, Gibraltar! Und als die beiden dann mitein-

119

ander geschlafen haben, sieht man Judy Geeson aufgestützt eine Zigarette rauchen, während Rod Steiger, ich glaube, mit im Nacken verschränkten Armen daliegt. (Ein Photo davon wäre viel besser als diese Beschreibung.) Das Arrangement der Personen und Dinge innerhalb der Einstellungen entspricht in all diesen Filmen also genau dem Arrangement der Einstellungen (die Fahrt den Körper hinunter) selber. Rod Steiger liegt dann mit seiner Gattin Claire Bloom im Bett, und dieses Bett ist eigens für diese Einstellung frisch bezogen worden, eine Minute vorher hat noch niemand drin gelegen, so scharf sieht man die Bügelfalten an den Polsterbezügen. Wer hat die Bezüge wohl gebügelt? »Man muß bei jedem Bild wissen, wer redet.« Nur einmal bin ich in einem solchen Film aufgeschreckt: als Rod Steiger Claire Bloom über eine weite Entfernung die Wagenschlüssel zuwarf, damit sie ihre alte Mutter im Heim besuchen könnte, und als Claire Bloom den Schlüssel nicht fangen konnte, so daß er zu Boden fiel. Ich schreckte auf. »Sorry!« sagte Rod Steiger, es war das einzige wahre Wort, das einzige wahre Bild in diesem Film.

In all diesen Filmen konnte man eine brutale Übereinstimmung von Bildern und Tönen, Zuschauen und Wiedererkennen, Rede und Antwort, Kritik und Kritisiertem, dem, was zu sehen war, und dem, was zu sehen sein sollte, erkennen. Diese Filme waren in Übereinstimmung »mit dem, was ist«, so sehr sie sich auch mit als kritisch akzeptierten Reizwörtern wie »Vietnam«, »Arbeiter« und so weiter ausstaffierten. Bilder und Wörter, Kino und Staat waren hier eine Einheit. Man sah Geraldine Chaplin weinen, und man hörte dazu Per Oscarsson sagen: »Hör auf zu weinen!« Und als Geraldine Angst hatte, fuhr die Kamera auf ihre Hände, die bebten. Und in dem schwedischen Film *Made in Sweden* wurde eine Party in Bangkok gezeigt, wobei die Kamera, wie in allen Partyfilmen, bevor sie die Hauptpersonen zeigte, erst einmal von Partyteilnehmer zu Partyteilnehmer schweifte und das übliche Filmpartygeplauder vorführte. In dem Film *Kommissar X – Drei gelbe Schlangen,* der ebenfalls in Bangkok spielt, sprechen die beiden Filmnazischweine, die darin die Hauptrolle spielen, zwar von den gelben Kröten, wenn sie die Asiaten meinen, aber die Methode des Films ist die gleiche wie in dem schwedischen Berlinalefilm, nur daß man mehr Totalen von der Stadt sieht, »dem Venedig des Fernen Ostens«. Es waren das alles Filme nach dem Prinzip, das mir im amerikanischen Film *Aber das Blut ist immer rot* (wobei ein Neger den verfolgten Guten spielt) ganz klar geworden ist: der *so-called negro* beugt sich zu dem Wagenfenster, und das weiße Mädchen im Wagen sagt zu ihm: »Ich erwarte ein Kind!« »Und wer ist der Vater?« fragt der *so-called negro*.

Nachdem ich aus dem Film *A Touch of Love* (das schwangere Mädchen sah ihr Gesicht im Spiegel, und die Folge war eine Rückblende) weggegangen war, konnte ich noch im Fernsehen den Schluß einer *FBI*-Folge sehen, und es war klar zu erkennen, daß die Gangster, die diese Sendung gemacht haben, und die Leute, die den englischen Film gemacht haben, die haargenau gleiche Einstellung und die gleichen Methoden beim Filmen haben: »FBI + CIA = PANAM + TWA« (Godard: One plus One). FBI + CIA = NBC + BBC.

Kälter als der Tod (»Liebe ist kälter als der Tod«) von Rainer Werner Fassbinder ist neben *Ich bin ein Elefant, Madame* von Peter Zadek der zweite deutsche Film im Wettbewerb gewesen. Während man die meisten anderen Filme nacherzählen könnte, ohne daß dabei erkennbar würde, daß es *Filme* sind – es könnte sich ebensogut um Theaterstücke, Fernsehspiele, Romane, ja sogar um Zeitungsberichte handeln – gehört gerade bei diesem Film, wie sonst nur bei *Le gai savoir,* bei *Sein glorreicher Tag u*nd vielleicht auch noch bei dem jugoslawischen Film *Frühe Werke,* zur genauen Nacherzählung des Films auch notwendig die genaue Beschreibung der Einstellungen: es kommt bei der Beschreibung des Films heraus, daß es sich notwendig um einen *Film* handelt; die anderen Filme würden sich auch in einem anderen Medium nicht wesentlich verändern.

»Franz sitzt in einem Gefängnis des Syndikats, für das er arbeiten soll. Nachdem er sich weigert, wird er freigelassen, lernt jedoch noch im Gefängnis Bruno kennen, einen Spitzel des Syndikats, mit dem er sich anfreundet. Später sucht Bruno Franz, der mit Joanna zusammenlebt, die als Prostituierte Geld für beide verdient.« – So steht es als fälschliche Inhaltsangabe im Programmheft, es klingt wie ein Tatsachenbericht, dabei besteht der »Inhalt« des Films aus seinen langen Einstellungen. »In einer langen Einstellung fährt Bruno eine nächtliche Straße entlang«, müßte etwa die Inhaltsangabe lauten.

Die langen Einstellungen in *Kälter als der Tod* können wiederum unterschieden werden in »Arien« und »Rezitative«; in Einstellungen also, in denen optische und akustische Deklamationen vor sich gehen, und in Einstellungen, in denen die Handlung sich ereignet; in bloße Geschehnisse und in einzelne Geschichten innerhalb der Gesamtgeschichte des Films. Die Arien, die Geschehnisse: das ist etwa eine langsame Fahrt durch einen Supermarkt, das ist ein ritueller Brillenkauf in einem Warenhaus, das ist eben die Fahrt durch die Landsberger Straße, die Fassbinder von Straub übernommen hat. In ihnen sieht man nur Riten der Alltäglichkeit: Schieben eines Wagens durch den Supermarkt, Einkaufen, Fahren, Gehen. Die Geschichte von Bruno und Franz tritt hier auf der Stelle, ist unwichtig, während sie in den Responsorien zwischendurch weitergeht: Bruno erschießt einen Türken; Franz wird verhört; Bruno schläft mit Joanna; Bruno wird von der Polizei erschossen. Geschichten und Geschehnisse wechseln sich in einem genauen Rhythmus ab.

Den Unterschied dieses Films zu den meisten anderen Filmen könnte man etwa so verdeutlichen: das Bett, in dem geschlafen wird, ist von denen, die darin schlafen, im Unterschied etwa zu *Zwei durch drei geht nicht* sichtlich selber bezogen worden und auch schon vor der Filmeinstellung benutzt worden. (Der Film ist eine Eigenproduktion derer, die mitspielen.) Ulli Lommel will, wie ein Gangster, leichthin das Feuerzeug ausblasen; aber, anders als in einem Gangsterfilm, gelingt es ihm erst beim zweitenmal. Oder: Lommel öffnet die Vordertür eines Autos, macht dann auch die Hintertür auf und schiebt eine Leiche zur Hintertür hinein. In einem ordentlichen Gangsterfilm müßte er nun schnell die Hintertür zuschlagen, durch die offene Vordertür ins Auto steigen und sofort abfahren: Lommel aber hatte die Vordertür so schlampig aufgemacht, daß sie inzwischen schon wieder zugefallen war. Welch ein seltsamer Anblick, als er sie zum zweitenmal aufmachte und ins Auto stieg.

In der schönsten Szene des Films klopft es an die Tür der Wohnung von Joanna und Franz. Franz zieht den Revolver und stellt sich hinter die Tür, die jetzt von Bruno aufgemacht wird. »Ich bin Bruno«, sagt Bruno ungefähr zu dem Mädchen. Franz, der ihn nur von hinten sieht, drückt ihm die Waffe in den Rücken und durchsucht ihn. Bruno, mit erhobenen Händen, dreht sich halb um. »Es ist wirklich Bruno«, sagt Franz verwundert zu Joanna.

Trotzdem hat mich der Film im ganzen geärgert. Die Melancholie, die er ausdrückte, schien mir eine routinierte Film-Melancholie zu sein. Der Regisseur hatte sich vorgenommen, einen melancholischen Film zu machen; ein anderes Mal würde er wahrscheinlich einen lustigen Film machen wollen. Das war es: die Melancholie war gewollt. Und auch die Mittel, Melancholie zu bebildern, waren untauglich: sowohl das Zitieren von Figuren aus anderen Filmen (Lommel = Alain Delon aus dem stark überschätzten *Eiskalten Engel*) als auch das Arrangement der Bilder in sich und zueinander: Figuren, die langsam, mit dem Profil zum Zuschauer, ins Bild kommen, eine kahle Wand entlang durchs Bild gehen und wieder aus dem Bild verschwinden, starre Blicke in die Kamera vor den gleichen kahlen Wänden, manierierte Geometrie der Personen – das gibt dem Film einen falschen Niemandsland-Charakter; die Kahlheit der Wände, die Trägheit und Traumwandlerei der Figuren, die von der Kamera beeinflußt schienen, glichen den Arrangements in existentialistischen Science-fiction-Filmen. Und ein verräterischer Schnitt: von der Einstellung, in der sich Joanna nackt zu Bruno legt, zu der Einstellung auf den Supermarkt mit dem Weißen Riesen!

Bei Dashiell Hammett habe ich einmal den Satz gelesen: »Er sitzt da mit der Schwermut dessen, der keinen klaren Gedanken fassen kann.« Die Schwermut in Fassbinders Film erscheint mir deshalb unwahr, weil niemand einen klaren Gedanken fassen *wollte*.

Aus Südamerika kamen merkwürdig ziellose Filme, *Brasilien Anno 2000* von Walter Lima jr., und aus Argentinien *Der Gnadenschuß* von Ricardo Becher. Ob es damit zu tun hat, daß die beiden Machtgruppen dort, US-korrupte Militärdiktatur einerseits und Gewerkschaften andererseits, weder an Solidarisierung denken lassen noch aber klare Gegnerschaft zulassen? In *Der Gnadenschuß,* der sonst immer in atembeengenden Nahaufnahmen in der Stadt spielt, gab es eine wunderschöne Szene: zwei der streunenden Helden gehen aufs Land, um bei der Erntearbeit Geld zu verdienen. Auf der Landstraße – endlich ist die Kamera weiter weg von ihnen – setzen sie sich müde nieder: noch drei Leguas zu gehen. Auf einmal sagt der eine: »Schau, ein Zwerg!« Der andere, ohne aufzuschauen, antwortet: »Aber das ist doch unmöglich, ein Zwerg auf dem Land!« »Schau doch!« sagt der erste, Schnitt, und man sieht wirklich einen Zwerg auf der Landstraße gehen.

Andere Filme, die man gern noch beschreiben wollte – es fehlen nur Platz und Zeit – sind: *Sein glorreicher Tag* des italienischen Filmkritikers Edoardo Bruno (warum kommt bei uns kein Regisseur auf die Idee, mit den revolutionären Studenten einen aufklärerischen Agitationsfilm zu machen?), *Der Klabautermann* von Henning Carlsen, ein angenehm »alter« Film, in dem jede Einstellung eigentlich eine Schlußeinstellung sein könnte, so daß der Film auf schöne Weise überhaupt nicht aufhört, sowie der italienische Episodenfilm *Wünsche und Wirklichkeit*, in dem das *Living Theatre* unter der Regie von Bertolucci in einem Wohnzimmer (!), vor Türen, Stehlampen, Kordeln seine exaltierten Spiele treibt und gerade da sehr lächerlich wirkt, und in dem es eine Episode von Godard gibt, wobei die Kamera *stottert,* während Godard über das Stottern des Films reden läßt.

Über die Filme, die zu beschreiben man am meisten Lust hätte, Godards *One plus One* und Glauber Rochas *Antonio das Mortes* (ein entsetzlich schöner Film!), wird man ein andermal reden müssen, ebenso über Bunuels *Die Milch-*

straße, die erst heute abend, Sonntag, 6. 7., zu sehen sein wird. In *One plus One* ist Brian Jones meist von hinten zu sehen, ähnlich wie der Todgeweihte in Wim Wenders' *Alabama.* Und vom Gitarrenkopf sieht man die Enden der Gitarrensaiten so weit abstehen, daß man sie zuerst für Haare hält. *One plus One* ist schon jetzt ein legendärer Film.

(1969)

Freundliche Feuilletons

Dressur der Objekte

Das Wunder des Zeichentrickfilms

Bekanntlich unterscheidet die Lehre zwei Arten von Wundern: das Wunder, das nur ›wie ein Wunder‹ aussieht, und das sogenannte ›eigentliche Wunder‹, das den bisher bekannten Naturgesetzen zuwiderläuft. Die erstere Art des Wunders widerspricht zwar nicht den Naturgesetzen, wird aber deswegen als Wunder bezeichnet, weil das naturgesetzliche Ereignis gerade zu dem Zeitpunkt eintritt, da es dem in Not Befindlichen am dienlichsten ist. Zu denken ist hier etwa an den Balken, der gerade daherschwimmt, wenn den Verzweifelten die Kräfte verlassen, oder an den Blitz, der gerade den trifft, der es nach Meinung irgendeiner Partei eben in diesem Augenblick ganz besonders verdient. Als Wunder gilt das Ereignis aber nur deshalb, weil es sich im entscheidenden Moment eingestellt hat.

Wenn wir hier über den Zeichentrickfilm sprechen, interessiert uns diese Art von Wunder freilich nicht: denn in der bildnerischen Nachschaffung könnte es ohne Trick dargestellt werden, weil eben das Wunder nur darin besteht, daß es zu einem bestimmten Zeitpunkt geschieht. Diese Wunder können ohne Verwandlung der Wirklichkeit auch von der Kamera aufgenommen werden, ohne daß der Vorgang unnatürlich erscheint. Der Zeichentrickfilm ist jedoch der Bereich der unnatürlichen, der eigentlichen Wunder. Er zeigt, da er nicht mit der Kamera auf die gegebene Wirklichkeit angewiesen ist, den Bereich der Möglichkeit, der außerhalb der Natur in der Phantasie liegt. Nichts ist unvorstellbar, nichts ist begrenzt: alle Wünsche können, wenn schon nicht verwirklicht, so doch vorgestellt werden.

Wir betrachten hier den Zeichentrickfilm nicht als mögliche »kleine« Kunstform, die er zweifellos ist, wenn man zum Beispiel an die Trickfilme des Polen Jan Lenica, des Tschechen Jiří Trnka oder des Kanadiers Bruce McLaren denkt; wir betrachten ihn auch nicht allgemein, also an sich, oder in bezug auf seine künftigen Möglichkeiten, sondern nur in seiner Erscheinungsform, in der er hierzulande, in Nonstop-Kinos, in allgemeinen abendfüllenden Programmen, als Mittel zum Zeitvertreib, als Unterhaltung, auftritt: den Trickfilm also, den die großen amerikanischen Filmfirmen sozusagen als Beiprogramm produzieren, in einem Stil, den man, nach der zeichnerischen Gestalt der berühmten Figuren Walt Disneys, auch als O-Stil bezeichnet, wobei die Form des Buchstabens die Form der Figuren bedeutet. Die Wirkung dieser Filme besteht darin, daß zwar die Konflikte, die in ihnen ausgetragen werden, als solche menschlich oder jedenfalls menschenmöglich sind, daß aber im Gegensatz dazu die Art, die Vorgangsweise der Konflikte unmenschlich, unwirklich, menschenunmöglich ist. Die Helden der Trickfilme sind meist Tiere, denen menschliche Eigenschaften zugeteilt werden, die die Tiere schon seit den Fabeln Äsops mit sich herumtragen. Diese menschlichen Eigenschaften sind in den tierischen Helden der Zeichentrickfilme sozusagen verkörpert. Die Grundsituationen sind also menschlich und entsprechen der Wirklichkeit, die Geschehnisse dazu freilich entsprechen nicht mehr der Wirklichkeit, sondern den menschlichen Wünschen und Wunschträumen. Was vorgeht, ist unwirklich, die Figuren bewegen sich mit übernatürlicher Geschwindigkeit, bewältigen unüberbrückbare räumliche Hindernisse, überleben todsichere Anschläge, geraten völlig aus der Fasson und nehmen doch kurz darauf wieder die frühere Gestalt an. Die Helden der Zeichentrickfilme – man kann sie wirklich als Helden bezeichnen – sind gleichsam sämtlich medizinische Wunder; und nicht nur medizinische, sondern auch physikalische, biologische, man könnte fast sagen: religiöse.

Einen Grundvorgang kann man vor allen anderen feststellen: die Verfolgung. Der Held ist auf der Flucht, man trachtet ihm nach dem Leben: die Maus flieht vor der Katze, die Katze flieht vor dem Hund, der Stierkämpfer flieht vor dem Stier. Die meisten Zeichentrickfilme bestehen aus großen, mörderischen Verfolgungsjagden. Es

geht um Leben und Tod, ohne daß freilich der Tod Wirklichkeit werden kann: das ist das größte Wunder der Zeichentrickfilme. Alle überleben. Die Helden können auch aus der Stratosphäre fallen, ohne daß ihnen etwas Nennenswertes geschieht. Ich erinnere mich an zwei Helden, die im Kampf miteinander vom festen Boden abkommen und aus einer unermeßlichen Höhe auf die Erde zurasen. Sie kreischen, jaulen, stöhnen, quietschen, brüllen, heulen vor Angst, die Erde kommt immer näher, sie sehen schon die Häuser unter sich, Einzelheiten auf dem Boden, das Geheul steigert sich, sie hören noch immer nicht auf zu fallen, die Erde, wie man in einem solchen Fall sagt, rast auf sie zu, sie schreien Todesschreie, einige Meter noch, da strecken die Helden plötzlich die Beine aus, stellen die Füße gegen die Fallrichtung und bremsen so in Blitzeseile die Geschwindigkeit, so daß sie schließlich nach all dem Geheul heil und gemütlich auf dem Boden aufsetzen. Dann brauchen sie sich nur noch den Angstschweiß abzuwischen.
Die Zeichentrickfilme mit dem Grundthema der Verfolgung sind aufgebaut aus dem Kampf und in der Folge aus Gewaltanwendung in allen Spielarten. Es ist ein Kampf ums Dasein, den die Helden ausfechten, und die Hindernisse für ein friedliches Leben machen einander den Platz streitig.
Wenn es schon keine Lebewesen sind, die dem Helden das Leben sauer machen, dann sind es zumindest die Dinge. Ein großes Thema ist da etwa das Verlangen des Helden nach Ruhe. Der Zuschauer sieht, daß der Held sich kaum mehr auf den Beinen halten kann, er schnarcht fast schon im Stehen, das Bett schreit geradezu nach ihm, und es kommt dann auch meist so weit, daß er sich immerhin hinlegen, die Decke fest über sich ziehen und mit dem gewohnten schlatseligen Gesicht auf der Stelle einschlafen kann, ja, manchmal sind ihm nach dem Einschlafen sogar noch einige langgezogene wollüstige Schnarchtöne erlaubt. Aber dann muß der Konflikt mit der Umwelt einsetzen: der Schläfer wird buchstäblich aus dem Schlaf gerissen und kommt nicht mehr zur ersehnten Ruhe. Es kann ihn ein grobes Geräusch wecken oder auch nur das feine Geräusch

131

der Wassertropfen, die unablässig in bestimmten Abständen aus dem Wasserhahn fallen. Der Held springt auf, stopft etwa dem Hahn mit einem Tuch das Maul, kehrt wieder zum Bett zurück und wird die Augen vielleicht gerade wieder schließen können, ein trügerisches Bild der Ruhe, das die Schadenfreude des Zuschauers weckt. Und dann wird das mittlerweile gestaute Wasser mit einem Knall das Tuch wieder aus dem Hahn drängen, und – klipp – wird es wieder zu tropfen anfangen. Die Bemühungen um Ruhe werden nun das Abenteuer des Helden ausmachen, und er wird sicher nicht eher zur Ruhe kommen, bevor das Abenteuer aus ist: kein Mittel wird gegen den tückischen Wasserhahn etwas ausrichten; schließlich wird vielleicht sogar das Haus in die Luft gehen, nur weil dem Wassertropfen der Austritt versperrt ist, und dann erst wird der Held schlafen können: ein Wassertropfen setzt die ganze Welt in Bewegung und wird für den Helden zum Gegenstand des Existenzkampfes.

Die Zeichentrickfilme bevorzugen einfache Geschichten mit schematischem, sich immer wiederholendem Handlungsablauf. Die Geschichten drehen sich im Kreis, immer wieder ist die Katze hinter der Maus her, immer neue Spielarten klügelt die Maus aus, um den Hund aufzuwecken, der sich an der Katze dann rächen wird. Die Gewalttätigkeit in den Zeichentrickfilmen ist unübertrefflich. Es folgt ein Schlag auf den andern: Die Geschichte geht sozusagen Schlag auf Schlag vor sich. Es wird gleichsam die Folterkammer der Natur vorgeführt. Alle Gegenstände können als Torturwerkzeuge dienen: ein Kasten, der umfällt, dient als Daumenschraube, zwei Bäume, mit den Spitzen zur Erde gebogen, daran der Held gebunden, dienen als Zerreißprobe, ein hohler Baum dient als Eiserne Jungfrau. Überall lauern glühende Kohlen, spitze Glassplitter. Überhaupt erweisen sich alle Gegenstände im passenden Moment als spitz und kantig: alle Gegenstände sind sozusagen Gegenstücke zum Körper, der in Überschallgeschwindigkeit mit ihnen Bekanntschaft macht, indem er gegen sie saust. Wo der Held auch hinfällt, immer ragt da etwas Spitzes hervor, ein Kaktus oder eine Gabel oder die spitzen Zähne im offenen Maul des Krokodils. Vom Regen kommt der Held in die Traufe und von der Traufe in eine andere Traufe. Er ist ein ewig Gehetzter. Eine Raupe, in höchster Not auf der Flucht, macht vor einem Hindernis halt, das es ihr verwehrt, weiterzukriechen: da ist eine Öffnung zu sehen, und in dieser Öffnung ein länglicher Gegenstand, welcher der Raupe lockende, heranschmeichelnde Bewegungen vorführt und sie damit einlädt, doch in die Öffnung weiterzukriechen: schließlich stellt sich heraus, daß dieser längliche Gegenstand die lockende Zunge im Schnabel eines Spechts ist. Das gleiche geschieht etwa dem Tiger, der, vom Rüssel des erzürnten Elefanten in weitem Bogen ins Wasser geworfen, schon im Flug die ihn freundlich heranwinkende Zunge im Maul des erwähnten Krokodils sieht, das dort im Wasser den Tiger erwartet.

Die Helden der Zeichentrickfilme werden deformiert, wie das sonst nur im Traum möglich ist. Sie werden völlig plattgedrückt, oder sie werden gar Formen angepaßt, in die sie geschleudert worden sind, etwa Dachrinnen oder Schlüssellöchern. Ein Held zum Beispiel wird von seinem Gegner im Kampf weggeschleudert, rast auf einen angesägten Baum zu, schlägt genau in die Sägerille ein und bleibt in dem nun zweigeteilten Baum stecken, die drückende obere Hälfte des Baums über sich. Der Baum preßt ihn nun so lange von oben zusammen, bis der Held völlig platt ist. Der Gegner kommt vorbei, zerrt den plattgedrückten Helden aus dem Baum, so wie man ein Kleidungsstück unter einem umgestürzten Kasten hervorzerren würde, legt die Platte in der Hand zurecht und wirft den Helden wie einen flachen Kiesel über das Wasser hin, so daß der Arme genau wie ein flacher Stein auf dem Wasser noch einige Male aufhüpft und lustig weiterhüpft, bis er endlich untergeht und in seiner ursprünglichen Gestalt wiederauftaucht. Da die Zeichentrickfilme die Welt nicht abbilden müssen, können sie auch die Metaphern der Sprache wörtlich nehmen und Metaphern und Redensarten zu Bildern verwandeln. Wenn der Held sich etwa fürchtet, so kann ganz sichtbar das Bild der zu Berge stehenden Haare gezeichnet werden. Wenn der Held wieder einmal irgendwo aufschlägt, sieht er ganz sichtbar die Sterne vor den Augen. Wenn er Feuer fängt, blinken in seinen Augen Herzen statt der Pupillen. Wenn er schnarcht, sieht man im Bild, wie die Balken sich biegen. Wenn er stolz ist, schwillt ihm ganz sichtbar der Kamm, und in der Wut kann er wirklich Bäume ausreißen. Dem Zeichentrickfilm dient so auch die Sprache als Fundgrube für eine der vielen Spielarten seiner phantastischen Wunder.

(1966)

»Die Welt im Fußball«

Der Fußball hat eine Seele. Sie ist schlaff und leblos, wenn keine Luft in ihr ist. Wird Luft in sie gepumpt, so bläht die Seele des Fußballs sich auf; sie ist zwar dem Anschein nach noch tot, aber schon bereit, sich zu bewegen und bewegt zu werden. Ist die Seele des Fußballs mit Luft angefüllt, so kann der Fußball bewegt werden: er kann rollen, er kann flitzen, er kann hüpfen, er kann Luftsprünge machen, er kann fliegen, er kann in die Maschen des Tors sausen, er kann mit der Luft, die er in sich hat, sich dem Widerstand der Luft von außen aussetzen, er kann für eine Zeit der Schwerkraft der Erde widerstehen. Der Ball, dessen Gummiseele mit Luft gefüllt ist, kann von Körpern bewegt werden, die sich von sich aus bewegen und also auch ihre Bewegung den Gegenständen mitteilen, so daß diese bewegt werden. Aber wie jedes Objekt, ist auch der Ball tückisch. Seine Bewegung und die Richtung oder die Art seiner Bewegung können nicht im voraus berechnet werden. Je mehr vom Element der Luft der Ball in sich hat, desto widerspenstiger ist er dem Impuls von außen. Je mehr sich sein spezifisches Gewicht dem der Luft nähert, desto weniger gehorcht er dem menschlichen Anstoß, und desto mehr gehorcht er den natürlichen Gesetzen der Erde und der Luft, die die menschliche Bewegungskraft und deren berechnete Geradlinigkeit zu einer ungeometrischen Unordnung verfälscht. Aber nicht nur infolge äußerer Umstände ist der Ball schwer zu bändigen. Er ist auch deshalb schwer unter die menschliche Kontrolle zu bringen, weil er rund ist. Die Kugelform des Fußballs ist gerade zu einem Symbol des unberechenbaren Zufalls geworden. Wir kennen die stereotypen Schlußsätze zu den Prognosen vor einem Fußballspiel: es sei zwar nach menschlicher Voraussicht dieser oder jener Ausgang zu erwarten, aber: man könne nie wissen, im Fußball sei alles möglich, denn das Leder sei *rund*. Wie alles, was rund ist, ist auch der Fußball ein Sinnbild für das Ungewisse, für das Glück und die Zukunft. Und da die Ungewißheit zum Begriff des Spiels gehört, ist der Fußball, wie alles, was rund ist, zum Spiel wie geschaffen. Ja der Fußball muß für das einfache Spiel, das noch ohne die festen, international festgelegten Regeln verläuft, nicht einmal ein Ball im strengen Sinn sein: auch ein Apfel kann, zumindest solange er ganz ist, als Fußball dienen, ebenso ein zusammengebundenes Stoffzeug oder zusammengeknülltes Papier oder sogar eine gar nicht runde Konservendose, wenn sie sich nur bewegen läßt; denn wenn sie sich bewegt, so hat sie in ihrer Bewegung schon den Anschein, rund zu sein. Das Rundsein ist sozusagen die Idealvoraussetzung für die Bewegung auf der Erde. Es ist eine Freude für die Spielenden, die Gegenstände, die man in der Metapher fälschlich tot nennt, in Bewegung zu versetzen. Am herrlichsten ist es, sich dabei gar nicht bücken zu müssen, sondern die Bewegung mit den Füßen einzuleiten; welche Hochherrschaft über die Dinge: man kann an sie Fußtritte austeilen, ohne die würdevolleren Hände dabei rühren zu müssen. Man kann seine Lust und Unlust an den Dingen auslassen, die doch, wie die soziologischen Untersuchungen sagen, eine heimliche Herrschaft über die Menschen ausüben. Der Ball wird also bewegt. Um die Spannung eines Spiels zu erzeugen, genügt es jedoch nicht, daß eine von den zwei Parteien den Ball erobert und in Bewegung versetzt; die Bewegung verlangt auch eine Richtung, dem Ball soll ein Ziel gegeben werden. In dem Spiel gibt es zwei Zielrichtungen der Bewegung mit dem Ball. Das Ziel bilden die Tore, genauer gesagt, der Raum hinter der Grenzlinie, bei deren Überschreitung durch den Ball mit seinem ganzen Volumen das Tor erzielt ist. Es heißt: im Fußball zählt nicht die Schönheit, es zählen die Tore, und von Mannschaften, die zwar gefinkelt und für die Augen spielen, aber keine Tore erzielen, wird geschrieben, sie seien in Schönheit gestorben. Dennoch zählen im Fußball, zumindest für die Dauer des Spiels, nicht nur die Tore, das Spiel wird auch genossen nach der Schönheit der Bewegung des Balls und nach der Schönheit der Bewegung der Spieler. Ein Spiel kann eine Augenweide sein, ohne daß es zählbare Treffer gibt; und weil wir schon bei dem Wort ›Augenweide‹ sind: ein Spiel kann ja nur dann eine Augenweide sein, wenn jemand außerhalb des Spielraums steht und zuschaut. Obwohl die Zuschauer sich körperlich außerhalb des Spielfeldes aufhalten, sind sie wie die Spieler Aktivisten des Spiels, die zum Spiel gehören, und nicht die passiven, nur zuschauenden Zuschauer im Theater. Sie können, wie die entsprechende Wendung sagt, anfeuern. Wer könnte im Theater einen Hamlet zum Handeln anfeuern? Der Rhythmus der anfeuernden Stimmen wirkt auf eine unrhythmische Bewegung der handelnden Spieler auf dem Feld ansteckend.

Das Geschrei der Zuschauer kann sich durch die Tradition zu einem Schlachtruf entwickeln. Die Kesselform des Fußballstadions, auf dessen Rängen es in der Sportsprache schwarz ist von Zuschauern, begünstigt durch seine Bauart die Wirkung der Geräusche: wir erinnern uns der Überschriften, in denen das Wort Hexenkessel vorkommt. Es gibt zum Beispiel auch den Ausdruck von ›Hampdon-roar‹, der auf das Gebrüll der Zuschauer im Stadion von Glasgow gemünzt ist: welche Geräuschvorstellung erzeugt hier nicht schon allein das Wort? Roar – das ist ein Röhren, das durch Mark und Bein fährt. Andere gefürchtete Orte von Fußballschlachten sind etwa das Prinzenparkstadion in Paris, das Nep-Stadion in Budapest, das Stadion in Neapel oder das Wiener Stadion. Es scheint, als hätten die Zuschauer gerade in den Stadien, in denen sie ja über den Akteuren thronen, durch ihre räumliche Überhöhung ein um so gewichtigeres Wort mitzureden.

Es sind aber nicht nur die Worte und die nichtartikulierten Schreie, mit denen die Übermacht der Zuschauer in das Spiel eingreifen kann: auch die Bewegungen der Zuschauer, das bekannte Emporreißen der Arme, das Trampeln und die gegenseitigen Umarmungen, all diese Bewegungen wirken durch die Einheit, mit der sie vollführt werden, wie zu der Einheit des Spiels gehörig und feuern die Spieler, denen sie gelten, noch an; sie sind wie magische Zeichen. Ein Wiener Club hat eine dieser Wirkungen, das rhythmische Klatschen, sogar zu einer traditionellen Institution erhoben: fünfzehn Minuten vor dem Ende des Spiels klatschen die Zuschauer die Rapidviertelstunde ein. Dieses Klatschen ist eine Aufforderung, ein Zeichen für die Spieler, noch nicht aufzugeben oder sich noch zu steigern. Es ist ein Ansporn, mit dem dem erschöpften Pferd noch einmal die Sporen gegeben werden. Dieses Einklatschen der letzten Viertelstunde ist schon fast mythisch geworden. Setzt es ein, geht gleichsam ein Raunen durch die Reihen der Nichtanhänger, und die Gegenspieler auf dem Feld scheinen für kurze Zeit vor dem Ball zu scheuen.

In Südamerika, das heutzutage ja der Kontinent des Fußballs genannt wird, wäre das Klatschen als magisches Mittel zur Beschwörung der Spieler fruchtlos. Dort werden Fackeln geschwungen, die Feuerzeichen sind. Dort ist das Spiel nicht Spiel, sondern Ritual. Und weil ein Ritual Blut verlangt, wird es oft zum blutigen Ernst. Wir erinnern uns der dreihundert Menschen, die vor zwei Jahren bei einem Spiel zertrampelt wurden.

Die Massen der Zuschauer sind beim Fußballspiel geradezu ein Superlativ an Massen. Es kommt zu allgemeiner Verbrüderung und allgemeiner Entzweiung. In den Berichten steht zu lesen, wie wildfremde Menschen einander um den Hals fallen und wie wildfremde Menschen einander in den Haaren liegen. Wie so oft sind es auch hier die Zuschauer, die die Grenzen zwischen dem Spiel, das im Spielraum vor sich geht, mit der ernsten Wirklichkeit ihrer Reaktionen auf dieses Spiel vermengen. Das äußert sich dann so, daß die Mengen in den Spielraum stürzen und diesen mit ihrem zornigen, wütenden Ernst zerstören. Mögen auch

137

die Spieler spielen, die Zuschauer spielen selten *mit*; es liegt im Wesen des Fußballspiels wie auch vieler anderer Spiele, daß die außenstehenden Zuschauer das Gespielte ernst nehmen; das Spiel ist für sie eine Wirklichkeit, es hat Folgen im Leben, etwa in der Ehre, die es bedeutet, daß der begünstigte Verein in einer höheren Spielklasse spielt, oder als Gegensatz dazu in der Schande, die es bedeutet, daß der Verein das Schlußlicht bildet und absteigt.

Die Zuschauer spielen nicht mit, sie *gehen* mit. Sie knirschen mit den Zähnen, sie trampeln, sie schwenken Transparente, sie blasen in Trompeten, sie läuten mit Kuhglocken, sie werfen Kleidungsstücke in die Luft, sie hadern mit dem Schicksal, sie jubeln, sie weinen, sie brechen mit einem Herzschlag zusammen, sie schreien sich die Kehle heiser, sie schreien sich die Seelen aus dem Leib, sie geraten außer sich: wenn der Ball lebendig wird, werden auch sie lebendig. Das Fußballspiel ist für viele Leute außerdem die einzige Berührung mit der Ästhetik; sie bewundern die Aktion, wie sie in James-Bond-Filmen die Aktion bewundern, sie bewundern die Ordnung, die Anmut der Läufe, die Schwerelosigkeit in den Sprüngen, die Komik der Tricks, die Ruhe in den Bewegungen des Tormanns, das Durchbrechen des einzelnen durch eine Meute. Die Fußballzuschauer pflegen eine Ästhetik der Bewegungen und Gegenbewegungen. Sie bewundern die nahezu vollkommene Beherrschung eines Gegenstandes durch den Menschen, die in diesem Fall Ballbeherrschung heißt. Sie bewundern die Bewegungen der Menschen, die um den an sich bedeutungslosen Ball kämpfen, wodurch dieser eine Bedeutung erhält. Und sie bewundern es, daß die eine Partei über die andere siegt, nicht weil die eine Partei etwa kräftiger ist, sondern weil sie einen Gegenstand besser beherrscht.

Zudem sind die Gesetze des täglichen Lebens zum Teil außer Kraft gesetzt: bei einem Fußballspiel gibt es keine fahrlässige Körperverletzung, die gerichtlich geahndet werden kann. Statt dessen gibt es die Volksjustiz des Schimpfens, das immerhin eine Strafmilderung für den Täter ist und auch ein demokratischer Akt des Volkes, in dem es sich selbst gleichsam zum Hilfssheriff des Schiedsrichters macht und in dieser Funktion, wie jeder Hilfssheriff in den Wildwestfilmen, seine Kompetenz als allumfassend ansieht. Die Zuschauer legen sich die Machtbefugnis zu, die sie im täglichen Leben vermissen, und bewundern dann die eigene Macht und die Unbändigkeit, die von jeher den Schimpfwörtern eigen ist.

Der Fußball hat von Natur keine Seele. Er ist ein Gegenstand und als Gegenstand von Natur im Zustand der Ruhe. Als Gegenstand ist er passiv. Er wird behandelt, und es wird mit ihm umgesprungen. Er ist noch immer im Zustand der Ruhe, auch wenn er zu Spielbeginn schon im Mittelpunkt des Spielplatzes liegt. Um ihn zu bewegen, muß ein Anstoß erfolgen. Der Anstoß erfolgt. Der Ball wird bewegt und bewegt sich. Während des ganzen Spiels wird es die Aufgabe der Spielenden sein, ihn zu bewegen. Die Spieler werden sich die Seele aus dem Leib keuchen, die Zuschauer werden sich die Seele aus dem Leib schreien, um den Ball zu bewegen und um die Bewegung des Balls zu beeinflussen. Der schönste Augenblick ist aber jener, in dem der Ball noch im Mittelpunkt des Spielfelds liegt, einen Augenblick, bevor die Spieler sich bewegen und bevor der Ball von den Spielern bewegt wird. Alle halten den Atem an und schauen.

(1965)

Die Dressur der Objekte

Es ist klar, die Zeit des Zirkus ist vorbei. Er ist als Mittel zur Unterhaltung verdrängt worden, weil seine Möglichkeiten, die Leute zu erreichen, eng begrenzt sind. Außerdem gehört der Besuch des Zirkus nicht zur gesellschaftlichen Konvention wie etwa der Theaterbesuch. Er ist kein notwendiger Ritus der Gesellschaft, ja er wird nicht einmal als nützlich angesehen. Am Zirkusbesuch ist nichts Geistiges, nichts, was in der Arena vor sich geht, beansprucht den Ernst der Mitteilung eines Gedankens wie im Theater. Die Vorgänge im Zirkus fordern nicht absichtlich zur

Reflexion heraus, sie gehen nur vor sich. Im Gegensatz zum Theater hat kein Vorgang im Zirkus Bedeutung, nichts bedeutet etwas anderes als das, was es ist. Der Spaßmacher, der zum Beispiel von einigen Zirkusarbeitern in die Arena geworfen wird, wieder davonlaufen will und wieder in die Arena geworfen wird, ist sicherlich kein Symbol für den Menschen, der ungewollt in die Welt gerät, wie man, ob es einem gefällt oder nicht, unwillkürlich beim Anblick der Clownerien Becketts auf der Bühne denkt.

Im Gegensatz zum Theater ist die Arena wirklich ein Spielraum. Weil die Vorgänge in der Arena nichts bedeuten, haben sie auch nach Ansicht der Gesellschaft keine ernste gesellschaftliche Funktion. Sie sind bedeutungsloses Tun und Treiben und gehören nicht der von der Gesellschaft gezählten, zählenden Zeit an, sondern der Zeit des einzelnen, der Zeit, mit der die Gesellschaft nichts mehr zu tun hat, der Zeit, die von der Gesellschaft nicht mehr ausdrücklich gelenkt wird, der Freizeit. Der Zirkus ändert sich auch durch eine Änderung der gesellschaftlichen Verhältnisse nicht wesentlich. Die klassischen Dressurakte und die klassischen Trapezakte bleiben unter verschiedenen politischen Systemen die gleichen. Daran zeigt sich das Unpolitische des Zirkus. Keiner der Vorgänge in ihm kann unmittelbar zu einem eindeutigen Zweck verwendet werden. Kaum jemand hat von politischen oder literarischen Anspielungen eines Spaßmachers in der Arena gehört. Ein Balanceakt in der Arena kann schwerlich zum Hintersinn irgendeines politischen Balanceaktes umgedeutet werden. Das dressierte Raubtier, das durch den brennenden Ring springt, ist nichts anderes als das dressierte Raubtier, das durch den brennenden Ring springt. Weil die Vorgänge im Zirkus nicht in Worte gebracht werden können, die über diese Vorgänge etwas *aus*sagen, sind die Vorgänge für gesellschaftliche Zwecke, kurz für den Ernst des Lebens nicht verwendbar. Wenn jemand eine Bedeutung in ihnen sieht, so ist das seine individuelle Bedeutung und nicht eine für alle bestimmte Bedeutung, die der am Vorgang Mitwirkende, etwa der Spaßmacher, diesem Vorgang ausdrücklich und mit Absicht mitgegeben hat. Der Spaßmacher ist nicht schuld daran, daß Beckett in ihm, wenn er in die Arena geworfen wird, das Sinnbild des Menschen in der Welt sieht. Er selber gibt seinen Handlungen keine Deutung, er *spielt* die Handlung.

Die Zeit des Zirkus ist vorbei, weil er sich keine gesellschaftliche Bedeutung zu schaffen gewußt hat. Das Theater hat sich in der allgemeinen Meinung einen sogenannten geistigen Raum erschwindelt, auf dem der geistloseste Unsinn gesellschaftlich akzeptiert wird, nur weil die Bretter der Bühne die Welt bedeuten. Das Theater ist der Boden, auf dem die unzähligen tiefen und flachen Bedeutungen ihr Unwesen treiben. Der Besuch des Theaters gehört konventionell zum gesellschaftlichen Handeln, der des Zirkus nicht. Auf dem Theater erkennt sich das Publikum selber wieder, im Zirkus nicht. Auf dem Theater geht es menschlich zu, Schicksale geschehen, Geschichten geschehen, heutige Probleme werden diskutiert, ganz ernsthaft wird Einfluß auf das Funktionieren der Gesellschaft genommen, im Zirkus aber geht es unmenschlich zu: wenn etwas Menschliches geschieht, dann wird es nicht *gespielt*, sondern es geschieht wirklich unbeabsichtigt, Geschichten geschehen nicht oder nur zum Schein, Probleme zwischen Personen sind nicht seelisch, sondern entstehen durch die Tücke der Dinge, nichts Inneres wird gewaltsam nach außen gebracht. Im Gegensatz zu den anderen Massenbelustigungsmitteln hat es der Zirkus nicht dahin gebracht, Bedeutungen zu erzeugen wie etwa auch der Film. Er will nichts, weder eine Änderung von Verhältnissen noch ein Bestehenbleiben. Der russische Nationalzirkus wäre auch unter einer andern Gesellschaftsform denkbar, der spanische Nationalzirkus zeigt keine etwa »faschistoiden« Züge. Deswegen kann der Zirkus auch nicht mit der Geschichte mit. Weil er keine Bedeutungen hat, kann er sich nicht entwickeln, kann sich nicht neuen Bedeutungen anpassen, kann keine neuen Bedeutungen propagieren. Weil er sich mit Dingen und Tieren beschäftigt und weil Dinge und Tiere keine Geschichte haben, kann auch er sich nicht ändern. Die Neuerungen im Umgang mit seinen Objekten können keine wirklichen Neuerungen sein, sie sind höchstens Abwandlungen und Verfeinerungen. Es kommen auch kaum neue Dinge und Tiere dazu, mit denen sich der Zirkus beschäftigen könnte. Seine Objekte sind bereits geradezu kanonisiert und klassisch. Kein bekannter Zirkus strengt sich etwa an, sich mit neuen Objekten zu beschäftigen. Von der Technik neugeschaffene Dinge sind vom Zirkus noch nicht erobert worden, ja, der Zirkus interessiert sich augenscheinlich gar nicht für sie, obwohl doch die Beschäftigung mit neuen Dingen wieder ein Anreiz für das ermüdete Publikum wäre und obwohl es auch unter den neugeschaffenen Objekten viele gibt, die durch ihre Tücke im Umgang mit ihnen ihre Eignung für den Zirkus beweisen. Noch immer jongliert der Jongleur mit Bällen, Tellern und Flaschen, kaum ein Spaßmacher erzeugt seine komischen Situationen im Umgang mit neuartigen Dingen. Der Ritus im Zirkus ist fest geworden. Was dazukommt, ist höchstens ein ›Gag‹, ein Schnörkel, eine Manier. Während etwa der Sport sich noch immer entwickelt, weiß man beim Zirkus schon, wo die Leistungsgrenze liegt. Weil in ihm nichts gemessen wird, weder eine Zeit noch die Höhe oder Weite des Sprungs, können auch keine Rekorde erzielt werden. Die Vorträge dienen nicht der Leistung, sondern dem *Zeigen* der Leistung. Sportler, deren Sportart nicht aus einem Zweikampf gegen andere, sondern in der Beherrschung eines tückischen Objekts, entweder des eigenen Körpers oder eines Dings, besteht, wie etwa Kunstturner oder Kunstradfahrer, wechseln auch in der Regel zum Zirkus über, wenn es ihnen nicht mehr um das Messen der Leistung mit anderen, sondern um das *Zeigen* der Leistung geht, wobei es keinen Sieger mehr gibt, es sei denn, man betrachtet den Kunstradfahrer als Sieger über das Rad.

Die Zeit des Zirkus ist vorbei, weil die Erwartung des Zuschauers eindeutig ist. Er weiß im vorhinein, wie die Handlung der Person in der Arena ausgehen soll. Daß dann die Handlung durch ein Mißgeschick nicht wie erwartet ausgeht oder doch verzögert wird, erlebt der Zuschauer nicht als Erhöhung der Spannung, sondern nur als peinlich. Er schämt sich geradezu, wenn der Saltoschlagende nicht auf den Schultern des Partners landet oder wenn der auf dem Seil Balancierende sich festhalten muß. Das Mißgeschick ruft in ihm keine Ungewißheit über den Ausgang der Handlung hervor, sondern Unbehagen, denn die Ungewißheit des Ausgangs ist nicht eingeplant gewesen, der Ablauf der Vorgänge im Zirkus ist bis zum Ende festgesetzt. Das Mißgeschick geht dem Zuschauer zwar auf die Nerven, erhöht aber nicht die Spannung. Die Nervosität, die in ihm entsteht, ist nicht ein Zeichen der positiven Anteilnahme an einem Spiel, sondern ein Zeichen für den Wunsch, die Geschichte möge endlich vorbei sein. Die Spannung, die in ihm entsteht, wenn ein Körper frei oben im Zirkuszelt hängt, sich nur mit den Zehen an die Strickleiter klammernd, ist eine unangenehme Spannung. Es ist nicht die Spannung dessen, der unbewußt bei einem schönen Sturmlauf eines Fußballspiels das Nicht-Enden dieser Szene wünscht: der Zuschauer im Zirkus wünscht vielmehr ganz heftig das Ende dieser ihm unbehaglichen Spannung. Er weiß, daß das Spiel mit den Objekten *ernst* werden kann, von einer Sekunde zur andern. Sein Unbehagen entsteht aus dem Bewußtsein, daß das Spiel mit den Objekten im Zirkus so zugespitzt wird, daß jeder Fehlschlag je nach der Wirkung Schrecken oder Lächerlichkeit bewirkt. Die Absicht ist so unnatürlich, daß jede ungewollte Natürlichkeit die Spannung zerstört. Fällt dem Jongleur auch nur *ein* Ball von seinem Stab, so fällt auch die Spannung sofort zusammen, und man möchte wegschauen. Die Vorgänge im Zirkus sind unmenschlich, insofern als Handlungen vorgeführt werden, die dem Naiven menschenunmöglich scheinen. Sie sind sinnlos, zwecklos, stilisiert, jedem natürlichen menschlichen Handeln entfremdet. Sie sind künstlich, gemacht, ausgedacht. Im Zirkus ist all das nicht möglich, von dem man in der Umgangssprache sagt: ›Das ist ja keine Kunst!‹ und es dem anderen nachmacht. Es wird nur das vom Zuschauer hingenommen, was er selber und auch sein Nachbar nicht könnte. Um so peinlicher ist es, wenn es sich zeigt, daß es auch der in der Arena nicht kann. Die Handlung, die dem Zuschauer in ihrer Artistik unmenschlich vorgekommen ist, wird durch das Mißgeschick auf beschämende Weise menschlich. Auch der

Beifall, der den Artisten nach der gelungenen Handlung begrüßt, ist meist kein Beifall der Begeisterung, sondern der Erleichterung, daß nichts geschehen ist, daß der Körper den Kippunkt doch nicht erreicht hat, daß die aufgetürmten Bausteine doch stehen geblieben sind, daß das heftige Zittern des allein stehenden Armes keine schlimmen Folgen gehabt hat, daß die Hände an dem in der Luft fliegenden Körper die anderen Hände ergriffen haben. Die Begeisterung kann nicht frei sein, weil vorher immer die Bereitschaft zur Scham oder zum Schrecken da war. Die Reaktion ist ähnlich unfrei wie die eines Zuschauers bei einem Fußballspiel, wenn ein Spieler der Angehörige des Zuschauers ist. Die Zuschauer sind gleichsam Angehörige des Artisten.

Die Zeit des Zirkus ist vorbei, weil der Zirkus, wenn er sich zu entwickeln versucht, sich in die falsche Richtung entwickelt. Es ist immer mehr zu beobachten, daß die Neigung zur bloßen Schau wächst. Der Zirkus führt einfach sein Eigentum vor, um zu beeindrucken. Er macht Gepränge. Er ziert die Tiere mit funkelndem Zierat. Er bildet lebende Bilder, spielt mit Lichtwirkungen, zeigt ungefährliche Erotik. Dazu kommt noch, und das ist das schlimmste, daß die Tiere dazu dressiert werden, menschlich zu tun. Man bringt ihnen menschliche Bewegungen und Verhaltensweisen bei. Es ist nicht anzuschauen, wenn Elefanten sich vorbeugen, Knickser machen, den Kopf schütteln. Bären werden zum Twisttanzen gebracht, Affen zu grüblerischen Posen, wie Rodins Denker. Die Tierwelt wird grotesk vermenschlicht, ja man bringt sogar schon Ansätze von Geschichten in die Arena, läßt eine Bärenfamilie eine Menschenfamilie mit ihren Problemen spielen. Gefühlsgesten kommen plötzlich in die Arena, menschliche Sentimentalitäten an Tieren, schablonierte Schicksale. Schuld daran sind wohl auch die Zeichentrickfilme, die die Tiere sinnlos vermenschlicht haben. Wenn aber der Zirkus das nachahmt und weiter nachahmen wird, wird er bald wohl oder übel menschliche Gesellschaftsformen an dressierten Tieren nachahmen und schließlich sogar verneinen oder bejahen lassen.

Die Zeit des Zirkus ist nicht ganz vorbei, denn es gibt die Spaßmacher noch. Über sie müßte man mehr reden. Bei ihnen ist das Mißgeschick, das an allen anderen Handlungen im Zirkus so peinlich ist, in die Handlung eingeplant. Das Mißgeschick des Spaßmachers, der mit keinem Gegenstand zurechtkommt, dem jeder Gegenstand im Weg ist, der, obwohl er jeden Gegenstand beherrschen möchte, von jedem Gegenstand untergekriegt wird, ironisiert wieder alle Peinlichkeiten, die bei den ernsthaften Dressuren der Objekte geschehen, so daß man sie im nachhinein auch ertragen kann Auch der Spaßmacher hat versucht, die Gegenstände zu beherrschen, ernsthaft, sonst könnte er sein Scheitern nicht *spielen*. Aus der Spannung zwischen der gelernten ernsthaften Beherrschung der Gegenstände und der von ihm selber gewollten Ungeschicklichkeit entsteht seine Anmut. Sein Mißgeschick ist nicht peinlich, sondern komisch. Peinlich ist es schon eher, wenn ihm einmal ungewollt die Beherrschung der Gegenstände *gelingt*. Der Anblick eines Spaßmachers, der nicht über den Schemel stolpert, der sich ungehindert auf den Sessel setzen kann, der den Rauch wirklich aus dem *Mund* blasen kann, ist peinlich.

(1966)

Vorläufige Bemerkungen zu Landkinos
und Heimatfilmen

Vor kurzem habe ich mich für einige Zeit auf dem Lande aufgehalten, im südlichen Burgenland in Österreich. Durch die Umstände veranlaßt, kam ich nicht umhin, jeden Film anzuschauen, den ich noch nicht gesehen hatte, wenn nicht das jeweilige Kino gar zu weit entfernt war.

Die Landkinos kenne ich schon von früher recht gut, weil ich auf dem Land aufgewachsen bin und, soweit ich mich erinnere oder mir das einbilde, den ersten Film, den ich sah (*meinen* ersten Film), im Wirtshaus auf herbeigeschafften Bänken gesehen habe, ohne daß mir freilich von dem Film mehr in Erinnerung ist als die Bank, auf der ich gesessen habe; und nur noch in fremden Satzformen wie etwa jener, mit der ich gerade darüber schreibe, erlaube ich mir, mich an dergleichen Erlebnisse zu erinnern.

Wie also jedem bekannt ist, hat ein Landkino den Nachteil, daß es in der Regel von Montag bis Mittwoch, manchmal auch am Freitag, geschlossen ist. In dem Kino, in das ich jetzt öfter ging, kam noch dazu, daß am Sonntag die Nachmittagsvorstellung ausfiel, wenn ein nicht jugendfreier Film auf dem Programm stand. Dagegen sind die Vorteile des Landkinos folgende:

In der Negation: keine Großfilme, weil die meisten Anlagen dafür nicht vorhanden sind; (kein *Doktor Schiwago,* keine *Abenteuer des Polo,* kaum ein *Alexis Sorbas);*
keine Filme, die das Leben und die Wirklichkeit so zeigen, wie Leben und Wirklichkeit eben sind (kein »Narrenschiff« zum Beispiel, auch keine der jungen deutschen Filme, die sich an der Realität ... orientieren), so daß etwa die Lehrer des Ortes, in dem ich mich aufhielt, wenn sie einmal einen guten Film sehen wollten, etwa *Das Narrenschiff* oder *Lebe das Leben,* jedesmal wohl oder übel nach Bad Gleichenberg in die Oststeiermark fahren müssen, wo es ein *Kurkino* gibt, mit einem anspruchsvolleren Programm;
und die Vorteile, positiv:

in der Regel 5 Wochen alte Wochenschauen, die eigentlich noch älter sind, weil die Österreichische Wochenschau vor allem Szenen aus den deutschen Wochenschauen übernimmt, so daß die Poesie des Nicht-mehr-Aktuellen (weil die Wochenschauen, je älter sie werden, auch schöner und wahrer werden) immer noch zunimmt (Tito ist noch auf Staatsbesuch in Prag, und die Unordnung erscheint in biedermeierlicher Ordnung);

ein Programm, das kein Programm hat außer viel Abwechslung und keinen Film länger als einen Tag zeigt; in dem die größeren Filme, wenn sie schon gezeigt werden, wenigstens schon schön alt sind wie »Quo vadis«; und in dem, das ist vielleicht das wichtigste und angenehmste, auch Filme sind, die man, weil sie eben für gerade dieses Publikum gemacht worden sind, eigentlich fast nur hier sehen kann: in welchem Stadtkino sieht man sonst im Monat (zwei) Fuzzyfilme so wie im Kino in Jennersdorf im Burgenland, und in welchem Stadtkino sieht man im Monat fünf Heimatfilme, zwei Herkulesfilme, zwei Jerry-Cotton-Filme, zwei Edgar-Wallace-Filme, einen Angélique-Film, einen Kommissar-X-Film, einen Maciste-Film, einen Zorro-Film, einen Fantomas-Film, zwei italienische, einen amerikanischen Western und Walt Disneys *Susi und Strolch* wie im »Kino Windisch-Minihof« an der ungarisch-jugoslawischen Grenze? In den Stadtkinos nicht, nicht einmal in den kaum erforschten Vorstadtkinos. Auch der Steuervorteil der Prädikatsfilme wirkt sich in diesen Kinos kaum so durchgreifend aus, daß einer der Prädikatsfilme überhaupt ins Kino kommt, es sei denn, in der Fastenzeit. Und angenommen, jemand würde einen Satz formulieren wie den: »An die Begebenheiten in einem Kino kann man sich besser erinnern als an die meisten anderen Begebenheiten an anderen Zusammenkunftsorten« so könnte ich diesen Satz wie jeden Satz als Spielsatz akzeptieren und ihn weiterspielen, indem ich sage: »Ich erinnere mich an die Vorgänge, die ich im Kino gesehen habe, vor der Leinwand, manchmal auch auf der Leinwand, heftiger als an die, für sich genommen, gleichen Vorgänge außerhalb des Kinos, weil jeder Vorgang im Kino deutlicher wird und jeder eigene Zustand im Kino bewußter wird, das heißt, lächerlicher wird, wenn man ihn ernst genommen hat, und ernster, wenn man ihn in einer anderen Umgebung lächerlich genommen hat«, und diese Spielsätze kann ich weiterspielen, indem ich einen Satz formuliere von dem Kind, das in einem dieser Kinos während der Vorstellung aus und ein gegangen ist und manchmal im Seitengang stehengeblieben ist und auf die Leinwand geschaut hat, und von der Kartenabreißerin, die mitten in der Vorstellung hereingekommen ist und jemanden zum Telefon gerufen hat, und von der Geniertheit, die alle zeigen, wenn sie nach der Vorstellung gedrängt vor dem Ausgang stehen, und von dem Knallfrosch, der im Kino geplatzt ist, ohne daß sich einer darum gekümmert hat – schon entstehen Erzählungen ...

Ich wollte über einige Filme schreiben, die ich dort gesehen habe ... Schließlich sind zwei Filme übriggeblieben, der Film *Heubodengeflüster* und der Film *Das sündige Dorf*. Den zweiten Film habe ich gesehen, weil ich durch den ersten einmal neugierig gemacht worden bin.

Der Regisseur des *Heubodengeflüsters* heißt, wenn ich mich richtig erinnere, Rolf Olsen; der Regisseur des *Sündigen Dorfs* glaube ich, Werner Jacobs, von dem ich dort auch einen Jerry-Cotton-Film gesehen habe.

Es ist schwer, mich jetzt weiter verständlich zu machen, ohne daß man die folgenden Sätze für Witze hält, über das Witzähnliche eines jeden Satzes noch hinaus.

Jedenfalls: ich bin von diesen Filmen beeindruckt gewesen, und ich habe Lust bekommen, mehr Filme dieses Genres zu sehen. Ich werden versuchen, diesen Satz, das heißt, mich, zu erklären.

Ich halte dieses Genre für die Fortsetzung der Tradition, die mit Karl Valentin sicher nicht begonnen hat. Auch diesen Satz werde ich zu erklären versuchen. Im übrigen heißt der Verfasser des Drehbuchs zum *Sündigen Dorf* Joe Stöckl: und der Regisseur des Karl-Valentin-Films *Theaterbesuch* von 1934, wenn man sich auf die Filmografie von Ernst Schmidt in *film* 1/68 verlassen kann, heißt Joe Stöckl.

Wie die Szenen Karl Valentins haben auch die (ich muß nun einmal bei dem Ausdruck bleiben) Heimatfilme eine sehr theaterähnliche Dramaturgie, in Auf- und Abtritten der Personen, in Sprachschwierigkeiten, in inhaltlichen Schwierigkeiten der Personen, die durch ihre Stereotypie schon zur Dramaturgie gehören. Karl Valentins Szenen aber, die er in seinem Theater oder in den Münchner Kammerspielen oder wo auch immer vorführte, sind mehr oder weniger unverändert für den Film aufgenommen worden, in den Film aufgenommen worden. In seinem Fall von »abfotografiertem Theater« zu sprechen, ist nicht falsch, und zwar dann nicht, wenn man das Aufnehmen von Theatervorgängen in einen Film für eine filmische Methode hält, für eine unter vielen Möglichkeiten, einen Film zu machen. (Auch Jean-Marie Straub benützt in seinem jüngsten Film *Der Bräutigam, die Komödiantin und der Zuhälter* das Filmen von Theatervorgängen als Methode zu einem Film.) *Verächtlich* von »abfotografiertem Theater« zu reden, habe ich schon immer ein bißchen leichtsinnig gefunden, weil das Filmen von theatralischen Vorgängen, im überlegten Kontext von Bildern eingeordnet, eine äußerst fruchtbare und kaum gesehene filmische Methode sein könnte, gesetzt den Fall, man verwendet die Methode nicht zur Darstellung von Identitätsproblemen wie René Allio in *Die Eine und die Andre.* Außerdem ist das *Sprechen* in den Filmen Karl Valentins schon ein *filmisches* Sprechen, also ein Sprechen, dem die Übernahme in ein andres Medium nichts anhaben kann, weil es kein natürliches Sprechen, keine übliche theatralische Konversation ist, sondern ein höchst künstliches, unselbstverständliches Sprechen des Sprechens gleichsam mit sich selber: nicht Verständigung und Mitteilung werden erreicht, sondern Verständigung und Mitteilung an den Zuschauer über alle Möglichkeiten des Mißverständnisses: das, wie auch die Tatsache, daß die Szenen Karl Valentins weniger *Geschichten* und *Schicksale* vorzeigen wie sonst etwa im Theater, sondern lineare *Geschehnisse* und *Vorgänge* mit Dingen und mit Personen, die kaum eine andre Spielfunktion als die Dinge haben, macht diese Szenen filmmöglich.

In den Heimatfilmen gehen im Gegensatz zu *Geschehnissen* zwar *Geschichten* vor sich, mit Schicksalen und Intrigen. Wenn man freilich näher hinsieht, bemerkt man, daß diese Geschichten zusammengesetzt sind aus lauter kleinen Geschehnissen, Vorgängen, so daß sich schließlich die ganze große Schicksalsgeschichte als eine Summe vieler kleiner Geschehnisse herausstellt und also selber als Geschehnis, als formaler Ablauf. Jede Geschichte verliert im Heimatfilm ihren inhaltlich vorgegebenen Ernst dadurch, daß dieser Ernst zur Dramaturgie gehört: es wird mit dem Sterben gespielt, mit den unehelichen Kindern, mit dem Betrinken, mit den Konflikten der Generationen ... diese Konflikte *treten auf,* sind schon von vornherein erkennbar als Spielelemente, anders als in *Via Mala* oder *Der Meineidbauer,* wo Geschichten vor sich gehen, die wohl auch in der Wirklichkeit vorkommen oder vorgekommen sind oder vorkommen können: in den Heimatfilmen wird mit diesen Geschichten nur *gespielt,* ohne daß mit ihnen Ernst gemacht wird. Die Dramaturgie des Heimatfilms ist wie das Öffnen eines Adventskalenders: eins nach dem andern zeigen sich Bilder einer stereotypen, künstlichen Welt, und trotzdem überrascht jedes einzelne Bild, und man ist neugierig.

Das wäre nun im ganzen nicht so unterhaltsam, ist es aber im einzelnen doch, und mehr als unterhaltsam: denn in jedem einzelnen Vorgang zeigt der Heimatfilm beim genaueren Hinschauen Qualitäten der Szenen Karl Valentins, wenn freilich durch die Dramaturgie des Zeigens einer ganzen Geschichte auf den ersten Blick viel wieder undeutlich wird. Kann man sich freilich konzentrieren auf jeden einzelnen Vorgang, so wird man daraus viel erfahren und viel lernen können, vor allem über die Spielarten des Dialogs, dessen Strukturähnlichkeiten mit Karl Valentin genau nachzuweisen sind, vor allem schon darin, daß der Dialog eben nicht als Mitteilungsinstrument, sondern als *Spiel*art verwendet wird. Zum Beispiel im *Sündigen Dorf* (ich versuche mich zu erinnern): Bauer und Bäuerin haben beide in der Jugend Fehltritte begangen oder glauben das zumindest. Jetzt fürchten beide, daß der eine von des andern Fehltritt erfahren hat, und als der eine in *allgemeinen* Redewendungen

über das Unvollkommene am Menschen usw. zu reden anfängt, stimmt ihm der andre, in der Meinung, der Partner wolle von seinem, des andern, Fehltritt, zu reden anfangen, ganz und gar und aus vollem Herzen zu: es komme ja wirklich manchmal vor, daß man von Blindheit geschlagen sei; worauf nun der erste, in der Meinung, der andre habe Verständnis für seinen Fehltritt, in womöglich noch allgemeinerer Wendung meint, man dürfe ja niemanden nur deswegen vor die Tür setzen, weil er in jugendlichem Überschwang ... worauf der andre beipflichtend, in der Meinung, *ihm* werde jetzt von dem ersteren alles verziehen, erwidert, daß man einen Menschen nicht sogleich verdammen dürfe, woraus ... – und dieser Dialog geht dann solange weiter, bis die Heiterkeit des Zuschauers, der ja als Eingeweihter immer weiß, wie ein Satz gemeint ist, in Verstörtheit umschlägt und schließlich einer der Partner, ermuntert, mit dem Geständnis herausplatzt, gerade als auch der andre schon das erste Wort zu seinem Geständnis ausgesprochen hat – und der Rhythmus des schönen, Entschuldigungen zitierenden Sprechens bricht ab –: »Du Schwein!«
Und nicht nur mit dem Sprechen geht es dem eingeweihten Zuschauer so, daß seine Heiterkeit zu Verstörtheit wird, sondern auch mit den Bildern: gerade, weil er weiß, wie jedes Bild gemeint ist, wird er, durch die Verwicklungen der Bilder nacheinander, verstörter als die unschuldigen Akteure, und zwar gerade dann, wenn die Intrige jeder Einzelperson sich mit der Intrige aller andern Personen schneidet. Wenn in einem solchen Film der Fall eintritt, daß alle Verwicklungen sich an einem Punkt verknäueln, erscheinen dem Zuschauer die Bilder und die Handlung *wahnsinnig* geworden, gerade so, wie es einem auch ergehen kann, wenn man ein so perfekt konstruiertes Boulevardstück sieht wie etwa *Floh im Ohr* von Feydeau, wenn also der von dem nicht gesehen werden soll, der von einem andern gesehen werden will, der aber nicht der andre ist, sondern der erste, der von dem zweiten gesehen werden soll, aber nicht gesehen wird, weil er aussieht wie der dritte, der wieder heißt wie der zweite ... Und dazu ist jeder einzelne Vorgang künstlich, und damit komisch: in den Teig wer-

den Schuhnägel verrührt; die Sennerin singt und jodelt schon von weitem; als jemand gesucht wird, sucht man ihn auch unter kleinen Milchkannen, aber da sitzen überall Hasen drunter, und am Schluß findet nicht nur eine Doppelhochzeit statt, sondern der Bauer schaut im Saal nach den Akteuren herum, und siehe da! – alles, was männlich und weiblich war und bis jetzt nicht verheiratet, sitzt jetzt im Braut- und Bräutigamsgewand, sogar der Scherenschleifer Gunther Philipp aus Böhmen und einige mehr ...

In jedem andern Film etwa wäre die folgende Szene kitschig, in einem Film wie *Das sündige Dorf* aber ist sie schön: in das unwirklich schöne Bauernzimmer mit der blaubemalten Tür tritt erwachsen das Mädchen, das die Bäuerin einst als unehelich jemandem vor die Tür gelegt hat. Das Mädchen weiß *natürlich* (für den *Film* natürlich) nicht, daß die Bäuerin seine Mutter ist, aber die Bäuerin . . .: das Mädchen steht vor der Bäuerin, die Bäuerin zittert, das Mädchen wundert sich, es ist still, und die Bäuerin schaut das Mädchen an, wir wissen, was sie denkt. Dann sagt sie: »Ja, du bist also die Vroni...«

Mit dem Satz: »Mich selber möcht ich los sein« ist sicher nicht viel Staat zu machen, aber wenn ihn Gunther Philipp sagt, noch dazu in dem Film *Heubodengeflüster,* dann ist dieser Satz so schön wie in dem Nestroy-Stück *Der Zerrissene* der Satz: »Ich bin so erschrocken, daß man mich hätt' aufschneiden können und kein Tropfen Blut wär' herausgekommen.«

(1968)

Dummheit und Unendlichkeit

> Nichts gibt einem so sehr das Gefühl der
> Unendlichkeit als wie die Dummheit.
> (Ödön von Horváths Motto zu »Geschichten
> aus dem Wiener Wald«)

Donnerstag:
Mitten in dem Film *Sexy Gang* erinnerte ich mich des Films
Des Teufels nackte Tochter, den ich vor Jahren in jenem
Tonkino in Graz gesehen habe, welches in Wolfgang Bauers
Stück *Magic Afternoon* als das Kino erwähnt wird, in dem
gerade *Der Perser und die Schwedin* läuft.
Bei *Des Teufels nackte Tochter* handelte es sich um einen
Film, der zum Teil auf einem Bauernhof im Stall spielte,
wo die Magd von dem Bauern überwältigt wurde, zum andern Teil dann drunten in der Türkei, genauer gesagt,
in einem Bordell in Istanbul, wohin es die Magd
als Folge der Vergewaltigung nach und nach verschlagen
hatte. In diesem Film nun bildete die Stadt Istanbul eine
sehr seltsame Kulisse: da das Filmteam sich selbstverständlich nicht zu Außenaufnahmen in die Türkei begeben
konnte, fand der Film, der am Anfang vor allem draußen,
an der Nordsee, in Friesland oder wo auch immer stattge-
funden hatte, ab Istanbul fast nur noch in Innenräumen
statt. Das Statussymbol für die Türkei oder den Orient in
diesen Innenräumen war nun eigenartigerweise ein Samowar,
mit dessen Hilfe recht oft Kaffee zubereitet wurde; sonst
schienen diese Innenräume eher deutschen Vorortapparte-
ments zu gleichen. Einige Male freilich, und das hat mich
noch mehr befremdet, wurde zwischen den Szenen innen
auch das Istanbul draußen gezeigt: Dabei handelt es sich
jeweils um die gleiche Sequenz, die immer wieder nach einer gewissen Zeit in den Film eingeschnitten worden war:
ein Mann, der sonst in dem Film gar nicht vorkam, ging zu
der jeweils gleichen Musik zum Hafen hinunter, an Händ-
lern usw. vorbei; vorher sah man jeweils die Wahrzeichen

der Stadt. Es war sehr eigenartig, diesen Mann jedesmal nach einer Gruppe von Sequenzen in Innenräumen immer wieder von neuem zum Hafen gehen zu sehen. Je öfter sich diese Szene – wohl einem Kulturfilm über Istanbul entnommen – wiederholte, desto gespenstischer wurde mir dieser fremde Mann, der den ganzen Film hindurch immer von neuem zum Hafen ging. Es fand noch eine andere Szene in dieser Außenwelt statt, wobei ein Paar, das freilich in dem Film sonst mitspielte, vor einem Kinoplakat stand, auf dem in eigenartigen Lettern, einer Mischung aus lateinischer, kyrillischer und griechischer Schrift der Film *Westside-Story* angekündigt wurde. *Des Teufels nackte Tochter* war für mich ein sehr unheimlicher Film.

Der Film *Sexy Gang*, eine französische Produktion, erinnerte mich deswegen an *Des Teufels nackte Tochter,* weil auch hier die Szenen, die am Anfang fast nur draußen in der Natur, an der Côte d'Azur, vor sich gegangen waren, immer mehr in Innenräume verlegt wurden, so daß die Darsteller schließlich nur noch vor weißen Wänden spielten. Damit nicht genug, verloren sich immer mehr Darsteller, ohne daß dies durch die Handlung geklärt worden wäre, spurlos aus dem Film. Am Anfang war das Haus mit Swimmingpool noch voll von jungen Leuten gewesen, am Ende sah man nur ab und zu einen in einem ziemlich leeren Raum hocken; Leute, die am Anfang wie Haupthelden agiert hatten, kamen plötzlich gar nicht mehr vor, wurden von den Verbliebenen nicht einmal mehr erwähnt. Selbstverständlich: dem Produzenten ist das Kapital ausgegangen, so daß er im Verlauf der Dreharbeiten immer mehr Leute entlassen mußte; aber das erklärt wiederum nicht die Unheimlichkeit dieses immer unbewohnter erscheinenden Hauses. Seltsam. Vor einigen Tagen habe ich, vor dem Film *Bullitt,* auf einer sehr großen Leinwand Luftaufnahmen von New York gesehen, wobei in einem sehr langsamen, kreisenden Rhythmus eine Einstellung von der anderen überblendet wurde. Da der Film völlig stumm ablief, machte er auf mich, auch infolge der langsamen, ruhigen Überblendungen, einen ziemlich unheimlichen Eindruck. Erst am Schluß stellte sich heraus, daß es sich um einen neuen Peter-Stuyvesant-Film handelte, bei dem nur, offenbar durch ein Mißgeschick des Vorführers, die bekannte Sprecherstimme und die bekannte Musik ausgeblieben waren. Im nachhinein freilich kommt es einem so vor, als ob es sich gar nicht um ein Mißgeschick des Vorführers gehandelt haben kann.

Samstag:

Mitten in dem japanischen Film *Der Mörder mit den Mandelaugen* fiel mir endlich ein, woher ich die ganze Geschichte schon kannte: man hatte, ohne es im Vorspann zu erwähnen, das Drehbuch nach dem großen ersten Kriminalroman von James Hadley Chase *Orchideen für Miß Blandish* verfertigt. Aus diesem ungeheuren Roman kamen in dem Film freilich nur noch die Aktionen, die Endhandlungen und Effekte, vor; dazu stammte der Titel von dem deutschen Verleih, der damit nicht etwa andeuten wollte, daß es sich bei dem Mörder in dem Film um einen Japaner handelte, sondern um einen japanischen Film, in dem alle Personen Mandelaugen haben, und so auch der Mörder. Gesetzt den Fall, es käme einmal ein russischer Kriminalfilm, wenn es dieses Genre gäbe, nach Deutschland, so würde sich sicher auch ein Verleih finden, der diesem Film den Titel verpaßte: *Der Mörder mit dem russischen Akzent.* Die Aktionen in dem Film *Der Mörder mit den Mandelaugen* waren bemerkenswert genug: der Gangster, der den andern Gangster davon abhält, die entführte Millionärstochter zu vergewaltigen, indem er von draußen die Lampe über dem Bett zerschießt, tritt darauf zur Tür herein und bläst dabei den Rauch von der Mündung der Pistole. Der Besitzer der Bar legt in der Garderobe den Arm um die Nackttänzerin und spricht von »Nachher«! Als die Besitzerin der Bar in der Nacht geweckt wird, hat sie einen Mann bei sich! Der Auto fahrende Gangster, während draußen die bunte Landschaft vorbeirast, dreht die ganze Zeit, wie in den lieblosesten amerikanischen Polizeifilmen, sinnlos das Lenkrad hin und her! (So macht's übrigens auch Frank Sinatra in Gordon Douglas' *Die Lady in Zement,* aber wenigstens variiert er ein wenig das Drehen des Lenkrads, wenn er eine Kurve andeutet.) Dem Auto, in dem die zwei Gangster mit der Millionärstochter flüchten, folgt ein Polizeiauto, in dem dichtgedrängt fünf (!) japanische Polizeibeamte in Zivil sitzen. Der Polizeikommissar, bevor er von dem Gangster umgebracht wird, ruft diesem zu, das Verbrechen zahle sich schließlich doch nicht aus, am Ende siege doch die Gerechtigkeit! Und das Seltsamste: während in anderen japanischen Filmen, infolge der anderen Technik des Dialogs und der Handlungen, in manchen Synchronisationen ein Widerspruch deutlich wird zwischen Sprechen und daraus sich ergebender Aktion und umgekehrt, erschien einem bei diesem Film jede Handbewegung, jedes Mienenspiel ganz widerspruchslos mit dem synchronisierten Sprecher übereinzustimmen. Dabei gibt es Beispiele des japanischen Gangsterfilms, in denen die Brutalität der Verzweifelten, Gejagten ebenso verzweifelt genau beschrieben wird wie in den besten alten amerikanischen Gangsterfilmen; in denen Sterbende, von Maschinenpistolen zerfetzt, noch minutenlang töten können.

Nachtvorstellung:
In der Nacht habe ich mir in der »Lupe« am Kurfürstendamm wieder Peckinpahs *Sacramento (Ride the high country)* angeschaut. Auf diesen unendlich schönen, ruhigen und traurigen Film, in dem man aufatmen und schauen konnte, reagierten die linken Nachtvorstellungsbesucher, die blind mit ihren elendblöden, lauten Zicken in die Nachtvorstellung geraten waren, mit besoffenem Grölen, Brüllen und Schreien. Sie waren gar nicht mehr fähig, was zu SEHEN, sie reagierten nur dumpf auf Reizwörter, wie die Meerschweinchen. Mein Wunsch: daß man sie zusammentun würde, die linke Scheiße und die rechte Scheiße, die liberale Scheiße dazu, und eine Bombe drauf schmeißen.

Sonntag:
Das Bild oben zeigt Burt Lancaster und Janet Landgard in dem Film *Der Schwimmer (The Swimmer)* von Frank Perry. Im Zeitlupentempo sind die beiden gerade über einen Zaun gesprungen.

Das Bild unten zeigt Burt Lancaster einige Zeit später beim Überqueren der Straße; an seinem Gang ist erkennbar, daß er sich den Fuß verknackst hat. Das Auto ganz rechts im Bild stammt, laut Vorspann, von der Firma Pontiac.

Man hat nirgendwo so oft das Gefühl der Unendlichkeit wie im Kino. (1969)

Politische Versuche

Bemerkung zu einem Gerichtsurteil

Vorgelesen anläßlich der Verleihung des
Gerhart-Hauptmann-Preises

Vor einigen Tagen ist in Berlin der Polizeibeamte Kurras von der Anklage der fahrlässigen Tötung, begangen an dem Studenten Benno Ohnesorg, freigesprochen worden. Wie bei anderen war auch meine Reaktion auf dieses Urteil Traurigkeit und Wut, Wut und Traurigkeit. Aber diese Emotionen sollen zum Nachdenken darüber führen, welcher Sachverhalt genau diese Wut und Traurigkeit bewirkt. Das Urteil über Kurras (man könnte sagen: das Urteil für Kurras) zeigt die ganze fatale Lage eines Rechtspositivismus, der, so gesetzestreu er sich gibt, sich doch gerade die Gesetze auswählen darf, nach denen er dann, nach der Auswahl, leicht gesetzestreu sein kann. Die scheinbare Rechtstreue des Richters ist nur eine Variante der Willkür: so kann er Sachverhalte ausklammern und erklären, sie gingen das Gericht nichts an, weil sie politische Vorgänge seien, wobei er verkennt, daß auch politische Vorgänge in den rechtlichen Vorgang der Wahrheitsfindung einbezogen werden müssen.

Das Urteil macht aufmerksam auf die bedenkliche Haltung von Richtern, die die Gesetze als rein formale Normen über Handlungen und Unterlassungen sehen, die das Recht von gesellschaftlichen Vorgängen isolieren wollen, die das Recht rein bewahren wollen und es auf diese Weise nur schmalspurig, statisch, absolut und absolutistisch machen.

»Im Zweifel für den Angeklagten«: nach diesem Grundsatz hat sich das Gericht trotz wahrhaft »erdrückender« Beweise gerichtet. Nicht einmal Fahrlässigkeit im Umgang mit der Waffe oder zumindest Überschreitung einer Notwehr konnte dem Beamten nachgewiesen werden. Wer sich freilich öfter in Gerichtssälen aufhält, weiß, daß in keinem Gerichtssaal der Welt ein Bürger, gegen den diese Schuldbeweise vorgelegen hätten, freigesprochen worden wäre,

161

gesetzt den Fall freilich, der Prozeß wäre als Strafprozeß ohne politische Implikation geführt worden. Der Richter im Kurras-Prozeß, der jede politische Relevanz des Prozesses leugnete, hat gerade durch sein Urteil diese politische Relevanz mißbraucht: wieder einmal war zu beobachten, daß, je politischer ein Fall ist, die Richter desto emotionaler und kindischer auf das sogenannte reine »vernünftige« positive Recht zurückgreifen. Auf diese Weise wird aus dem Prozeß der Wahrheitsfindung, der dem Urteil vorausgehen sollte, das Politische zwar ausgeklammert, ist aber dann in dem Urteilsspruch wieder zu finden. Gerade die Ausklammerung des Politischen ist das im schlechten Sinn Unrechtliche, Politische an diesem Urteil. Der Rückzug auf das Recht in politischen Prozessen ist die Politik der Richter.

Aber man hat uns gelehrt, noch im Schlimmsten auch das Positive zu sehen. So will ich auch hier das Gute suchen: Wir alle wissen, daß kein Angeklagter restlos der Schuld überführt werden kann. Der jüngste Fall der sogenannten Enzianmörder beweist das. Ja sogar wenn der Angeklagte gesteht, bleiben immer noch Zweifel, ob das die Wahrheit oder nur Selbstbezichtigung ist. Keinen Angeklagten der Welt kann man mit wirklicher Sicherheit schuldig sprechen. Ein letzter Zweifel zeugt immer für ihn. Das ist gut so. Auf diese Weise müssen von jetzt an, das möchte ich sozusagen fordern, nur noch Freisprüche gefällt werden, und ich möchte noch weiter gehen und Steuergelder sparen helfen, indem ich fordere, daß die Gerichte, wenn sie ohnedies nur Freisprüche mehr fällen, abgeschafft werden, daß die Gefängnisse abgeschafft werden, daß überhaupt alle Rechtseinrichtungen abgeschafft werden, daß überhaupt alle dem einzelnen übergeordneten Institutionen des Staates abgeschafft werden!

Im Hinblick auf eine solche utopische, noch nicht verwirklichte Welt (aber auch nur im Hinblick auf diese) möchte ich das Urteil für den Polizeibeamten Kurras begrüßen!

(1967)

Der Monopol-Sozialismus

In seinen Thesen zur sozialistischen Revolution und dem Selbstbestimmungsrecht der Nationen schreibt Lenin, der siegreiche Sozialismus müsse die volle Demokratie verwirklichen, folglich nicht nur vollständige Gleichberechtigung der Nationen realisieren, sondern auch das Selbstbestimmungsrecht der unterdrückten Nationen durchführen, das heißt das Recht auf freie politische Abtrennung anerkennen.

Und Lenin in seiner Studie *Der Imperialismus als höchstes Stadium des Kapitalismus:* »Wäre eine möglichst kurze Definition des Imperialismus erforderlich, so müßte man sagen, daß der Imperialismus das monopolistische Stadium des Kapitalismus ist.«

Nach der Intervention der Sowjetunion und der fünf anderen Staaten des Warschauer Paktes in der ČSSR scheint es sich nun mit dem »siegreichen Sozialismus« so zu verhalten, daß er endgültig das monopolistische Stadium erreicht hat.

Wie sich der Kapitalismus der freien Konkurrenz durch immer größere Konzentration wirtschaftlich zu einem Kapitalismus entwickelt hat, so hat sich der Sozialismus der freien Konkurrenz der Nationen durch immer größere Konzentration der Macht ideologisch zu einem Monopolsozialismus entwickelt, der eine Konkurrenz nicht mehr zuläßt. Und wie, nach Lenin, jedes Monopol in der Wirtschaft »die Tendenz zur Stagnation und Zersetzung« habe, so daß der Antrieb zu jedem anderen Fortschritt, überhaupt zur Vorwärtsbewegung »verschwinde«, so hemmt auch das Sozialismus-Monopol der Sowjetunion, welches dieser die Macht zu jeder Art von wirtschaftlicher und militärischer Sanktion gegen einen Konkurrenz-Sozialismus gibt, jeden Widerspruch, der zur Veränderung und zum Fortschritt führt. Wie auch die Lage in der Tschechoslowakei sich entwickeln wird – die Intervention der Sowjetunion muß ein Anlaß sein, die Grundsätze des Sozialismus, einen nach dem andern, neu zu überprüfen, weil sie die Möglichkeit *gelassen* haben, und das heißt: für die Möglichkeit *gesorgt* haben, daß menschenunsinnige Handlungen, durch diese Grundsätze erst ermöglicht, gar nicht erst *gesetzt* werden mußten, sondern schon wie selbstverständlich einfach schamlos *geschahen*. Lenin kritisiert, daß die meisten den Kapitalismus für ein »Naturgesetz« halten: ebenso müssen endlich die Grundsätze des Sozialismus, die als »Natursätze« behandelt werden, überprüft werden.

Freilich kommt man nicht umhin, den Reformsozialisten in Prag in manchem mangelnde List vorzuhalten, mögen diese Vorhaltungen jetzt auch ein wenig fehl am Platz erscheinen. So sind etwa die Informationsmittel in Prag gerade in der kritischen Zeit zumindest unvorsichtig gebraucht worden: das *Manifest der 2000 Worte* etwa, das soviel Publizität erhielt, ist so naiv, individuelle Moral der politischen Moral vorzurechnen (»Zur Anständigkeit reichte es einfach nicht mehr ...«) und die Kommunistische Partei als eine Machtorganisation zu bezeichnen, »die eine gewaltige Anziehungskraft auf herrschsüchtige Egoisten ausübte, auf skrupellose Feiglinge und Leute mit schlechtem Gewissen«. Sosehr diese recht mechanischen Vorwürfe individuell stimmen mögen, politisch sind sie nicht nur unklug, sondern falsch. Und ebenso ist die Forderung, man müßte mit dem Entschluß, »das alte Regime zu vernichten, bis zum Ende gehen*«, zumindest mißverständlich (auch die

---

* Am 15. November 1968, 2^1/^{2} Monate nach dem Erscheinen des Beitrags *Der Monopol-Sozialismus,* ist, gleichfalls in der Wochenzeitung *Die Zeit,* eine Anmerkung von Karl Frankl, einem Redakteur der Prager *Volkszeitung,* veröffentlicht worden. In dieser Anmerkung wird klargemacht, daß das Wort »vernichten« aus dem Manifest der 2 000 Worte ein Übersetzungsfehler ist; vielmehr muß es heißen: »vermenschlichen«. Es ist also nicht unmöglich, daß der Wunsch des Übersetzers, des ehemaligen Korrespondenten der *Frankfurter Allgemeinen Zeitung* in Prag, Andreas Razumovsky, der Vater des Wortsinns gewesen ist. Die falsche Übersetzung hatte jedenfalls Folgen, einmal im obenstehenden Beitrag, dann in einem DDR-Kommentar, der das falsche Zitat in dem Beitrag zum Anlaß nahm, bewiesene »Konterrevolution« in der Tschechoslowakei zu deklarieren und also Selbstrechtfertigung vorzunehmen.

Struktur des Regimes?) und jedenfalls, als publizierter Satz, ein Hindernis für die Reformer.

Auch hat diese Reform noch nicht in allem, das ist nicht abzustreiten, zu Veränderungen nach vorn geführt: in einigem haben sich vorübergehend Rückfälle gezeigt: mit Genuß berichteten westdeutsche Zeitungen von separatistischen Bestrebungen der Slowaken; mit Rührung konnten westdeutsche Fernseher altersschwache Weihbischöfe, Bischöfe und Erzbischöfe besichtigen, die sich in allen ihren klerikalen Funktionen schon wieder installiert hatten, lebende Reliquien ihrer selbst, und mit Genugtuung und Schadenfreude konnten die westdeutschen Kommunikationsmittel den Eindruck vermitteln, daß die Bürger der Tschechoslowakei »im Grunde« mit »uns« kommunizieren wollten und »eigentlich« in der Mehrheit eine Demokratie »im westlichen Sinne des Wortes« (Peter Weiss) wünschten.

So konnte es auch dahin kommen, daß etwa *Die Welt* (gern würde ich eine andre Zeitung zitieren) noch am 24. August, nach der Besetzung der ČSSR, einen feuilletonistischen Genrebericht aus Bratislava aus der Zeit *vor* der Besetzung abdrucken konnte, in dem vor allem ein Preßburger zu Wort kam, der sich, wie es schien, fast wehmütig der Zeit von 1939 bis 1945 erinnerte, als die Slowakei, von Hitlers Gnaden, unter dem Präsidenten Tiso, von den Tschechen getrennt, ein »selbständiger« Staat war.

Auch der Kult, der um die Funktionäre der Neuerungen, um Dubcek, Smrkovsky und Svoboda entstand, ist zwar begreiflich, mußte aber, unkontrolliert, sicher nur noch mehr Argwohn bei den Monopolsozialisten der Sowjetunion und ihren Verbündeten bewirken und für Vorwände und Ausreden für die Intervention sorgen.

Aber: so naiv und unvorsichtig auch manche Äußerungen sein mochten, die Funktionäre der neuen Bewegung zeigten, daß sie damit fertig werden konnten: sie konnten damit fertig werden, ohne jemanden fertig und mundtot machen zu müssen; und daß sie niemanden mundtot machen mußten, war wieder ein Zeichen, daß eine Veränderung des Sozialismus nicht nur möglich, sondern auch notwendig war.

Jetzt, auf die Tatsache, daß unter den Interventionstruppen auch Truppen der DDR sind, hat man in der Bundesrepublik reagiert mit Beteuerungen der Scham, darüber, daß wiederum Deutsche... usw. Diese immer wieder geäußerte Scham aber erweist sich bei genauerem Hinhören geradezu als aggressive Scheinheiligkeit, Erleichterung und Schadenfreude, als zureichender Grund, wieder verachten zu können. Die Bundesrepublik wäscht ihre Hände in..., während doch gerade sie, wenn auch sicher nicht böswillig, so doch wohl ein bißchen leichtfertig, durch ihre Art der Berichterstattung und ungeheure Anteilnahme nicht nur privater Personen, sondern auch der Vertreter des Staates und der Wirtschaft für Vorwände zur Intervention geradezu gesorgt hat.

Die westdeutsche Informationsauswahl über die Tschechoslowakei hat auch die Bewohner der Tschechoslowakei selber betroffen. Und müssen nicht auch wir ähnlichen Ekel, den wir vor den Rechtfertigungssätzen des DDR-Fernsehkommentators von Schnitzler empfinden, auch vor den Sätzen des bundesrepublikanischen Politikers Helmut Schmidt empfinden, der es mit gedämpfter Stimme bedauert, daß die ČSSR ja leider nicht »unserem« Beistandbündnis angehört, so daß man ihr, außer moralisch, nicht beistehen kann, und vor allen jenen Politikern, die jetzt vor antikommunistischen Reflexen zucken, und vor allen jenen Fernsehkommentatoren wie etwa dem Professor Otto B. Roegele, die wieder stumpfsinnig behaupten können, daß alle Friedensbemühungen der Sowjetunion sich nun als Heuchelei herausgestellt haben und daß die NATO gestärkt werden müsse, und vor allen anderen, die nun ungeniert statt »Marxismus« »Verbrechertum« sagen können.

Aber es ist klar:

Der Marxismus als offizielle Institution hat sich nach diesem Ereignis verächtlich gemacht; er ist »in dem Maße ausgedörrt, wie er offiziell wurde und sich institutionalisierte« (Henri Lefèbvre). In den Staaten des Warschauer Pakts zumindest ist der Marxismus zum Monopolismus einer einzig möglichen Ideologie geworden. Im Staate praktiziert, produziert er aus dessen Bürgern bloße Produktionsidioten. Den Dingen zwar, denen sie entfremdet waren, sind die Leute befreundet worden, zumindest in *sportlichem* Sinn, ihren eigenen Handlungen aber, wie sich gezeigt hat, sind sie nach wie vor, wie im schlimmsten Kapitalismus, entfremdet. Da nützt es auch nichts, stupide Aufrechnung zwischen der Tschechoslowakei und Vietnam zu betreiben. Es herrscht Entfremdung von Information und damit Entfremdung vom vorwärtsbewegenden Widerspruch, eine Entfremdung von den Grundsätzen des Sozialismus, von den Sätzen, von der Sprache überhaupt. Der Materialismus ist, als Materialismus, ein starrsinniger, menschenunsinniger Idealismus geworden. »Jedem nach seinen Fähigkeiten, jedem nach seinen Bedürfnissen?« – Schon lang setzt der Staat Fähigkeiten und Bedürfnisse von vornherein fest.

Der Marxismus hat sich in der Praxis, im Staat, auf einen dumpf-statistischen, fröhlich-optimistischen Ökonomismus reduziert und wurde in der Philosophie des Staates zu einem simplen Erziehungssystem zur Erhöhung der Produktionsraten. »Im Namen des Marxismus als Politik haben die Marxisten Entfremdungen hingenommen, die der Marxismus als Philosophie verwerfen mußte und verwirft« (Lefèbvre).

Ein Ergebnis dieser Entfremdung von den eigenen Aktionen scheint jener ganz unsinnige, unbegreifliche Einmarsch der Truppen des Warschauer Pakts in die Tschechoslowakei zu sein.

Es ist nun wichtig, daß die Angehörigen meiner Generation, die, wie ich, das ökonomische Modell des Marxismus als das einzige noch mögliche Modell einer halbwegs annehmlichen Ordnung ansehen, redend, schreibend und praktizierend dafür sorgen, daß dieses Modell, sollte es die Praxis ihres Staates werden, nicht sich selber sogleich wieder für alle Zeit unmöglich macht, indem es jedem verändernden Widerspruch, jeder neuen Möglichkeit, statt mit weiterveränderndem Widerspruch und andrer Möglichkeit, mit brutaler Sanktion begegnet. In der Theorie nur die Möglichkeit offenzulassen für Sanktionen, das bedeutet schon, in der Praxis für diese Möglichkeit zu sorgen. Von meiner Generation (für die ich freilich nicht sprechen möchte) erwarte ich, daß sie den Gegensatz zwischen dem Marxismus als Bewegung, als Philosophie, als Handlungsantrieb und dem Marxismus als Statik, als Politik, als so oft schändlichem und schändlich erstarrtem Staat endlich beseitigt.

(1968)

Zu Hans Dieter Müller, »Der Springer Konzern«*

> Germanische Schriftzeichen
> Stifterfigur im Naumburger Dom
> Autokennzeichen von Neuß
> Germanische Gottheit
> *(Kreuzworträtsel der BILD-Zeitung)*

Heute ist der 30. April 1968, und die *Bild*-Zeitung macht
für den Wahlerfolg der NPD in Baden-Württemberg vor
allem die Osterdemonstrationen der Studenten *verantwortlich*. Im Minenfeld an der »Zonengrenze« läßt die Zeitung
»wieder einen Flüchtling verbluten«. In der Spalte für das
Fernsehprogramm ist nur *Assaf Dajan* abgebildet, »Sohn
des weltbekannten israelischen Verteidigungsministers«: er
führt durch die Musiksendung »Sommer in Israel«. In einer
Anzeige gibt der Präsident der Bundesvereinigung der deutschen Arbeitgeberverbände die Parole für den 1. Mai aus:
sie lautet: *Arbeitsplätze sichern* – und das Erfordernis dazu
ist unter anderem: »Keine erweiterte Gewerkschaftsmitbe-
stimmung«. Im Sportteil zischt Karl-Heinz Schnellinger,
deutscher Fußballgastarbeiter in Italien, dem anderen deutschen Fußballgastarbeiter in Italien, Helmut Haller, der
der deutschen Mannschaft Bayern München Tips für das
Europacupspiel gegen AC Mailand gegeben hat, zu: »Du
Verräter!« – worauf Haller trocken erwidert: »Was willst
du, ich bin doch ein Deutscher . . .« Eine weitere Anzeige
gilt der neuen Nummer der Zeitschrift *twen*, die, wie
die *Bild*-Zeitung, *Die Welt, Die Welt am Sonntag,
Hör zu, etc.* ebenfalls vom Springerkonzern herausgegeben
wird.
Solche Anekdoten führen zu nichts als zu einer Bekräftigung des Bildes, das man sich von den Blättern des Springerkonzerns schon seit langem gemacht hat: sie sind kom-
munistenallergisch, israelfreundlich, arbeitgeberfreundlich,

---

* Hans Dieter Müller, *Der Springer Konzern. Eine kritische Studie*,
München 1968.

»gesund« national, studentenallergisch, machen Eigenwerbung usw. usf. Ich frage mich: Sind diese Satzreihen über die Springerzeitungen nicht selber schon etwas, das man in einer Metapher »Bildzeitungen der Diskussion« nennen könnte? Ist es nicht so, daß Sätze wie: »Die *Bild*-Zeitung verdummt das Volk« oder: »Der Springerkonzern ist eine Gefahr für die Demokratie«, dadurch, daß sie mechanisch verwendbar sind – und auch von anderen Sätzen isolierbar und selbständig anwendbar sind –, ähnlich unwirklich erscheinen wie etwa in der *Bild*-Zeitung jede Wiederholung des Satzes von dem an der »Zonengrenze verbluteten Flüchtling«, der durch die regelmäßige Verwendung des Wortes »verblutet«, je öfter dieses Wort in der *Bild*-Zeitung wiederholt wird, seltsamerweise immer mehr zu einer Märchenfigur, zu etwas Fingiertem, ja, etwas ganz Fiktivem, Erfundenem, gar nicht Gemeintem wird, obwohl es durchaus möglich ist, daß auch in der *Wirklichkeit* ein »richtiger« Flüchtling »richtig« verblutet ist: wie eine Nachricht in der *Bild*-Zeitung, ja sogar eine in der *Bild*-Zeitung vertretene Meinung oder abgedruckte Anzeige, indem sie in der *Bild*-Zeitung steht, auf beklemmend groteske Weise un*wirklich,* man könnte fast sagen: poetisch wird, so erscheint mir auch einer der beliebigen, isolierten Sätze gegen den Springerkonzern, je öfter wiederholt, desto unwirklicher zu werden (freilich auch desto weniger poetisch): isolierte Sätze kann man nicht *gegen* etwas richten.

Gibt es eine Möglichkeit, von dieser ohnmächtigen Idiotie der Sätze loszukommen und dennoch redend gegen die übermächtige Idiotie des Springerkonzern anzukommen? Was für eine Möglichkeit etwa gibt es, jenem Bundestagsabgeordneten, der gerade in der Debatte über die »Unruhe in der Jugend« ausruft: »Jeder soll doch die Zeitung lesen können, die er lesen will!« – was für eine Möglichkeit gibt es, diesem Blindsatz etwas zu antworten?

Hans Dieter Müller hat eine wichtige Studie über den Springerkonzern veröffentlicht. Im sechsten Kapitel des Bandes ist von der Marktorganisation des Konzerns die Rede. Müller belegt, daß die Zeitungsgroßhändler, die Grossisten, faktisch »Springers Hilfskaufleute« sind. Ein

Grossist kann es sich nicht leisten, sich dem Konzentrationswillen des Springerverlages zu entziehen, weil er aus der Verteilung von Springerobjekten an die Einzelhändler den größten Teil seines Einkommens gewinnt. Die Einzelhändler wiederum sind am Ende eines Marktvorgangs, der von ihnen nicht im geringsten beeinflußt werden kann, bloße Erfüllungsgehilfen des Konzerns geworden. Springer, der den Markt *macht*, kann es sich leisten, diesem Markt die von ihm gewollten – sich keineswegs, wie der Liberalismus meint, im freien Spiel der Kräfte ergebenden – Marktgesetze aufzuoktroyieren: so setzte etwa der Springerverlag für seine Produkte jeweils die Preise auf allen Verkaufsstufen fest – und alle anderen Marktbeteiligten folgten ihm sogleich. Als im Oktober 1962 die satirische Zeitschrift *Pardon* eine Polemik gegen den Springerkonzern richtete, geschah es, daß die meisten Großhändler in Deutschland sich plötzlich weigerten, die Zeitschrift überhaupt auszuliefern: sie gaben, wie in diesen Fällen üblich, vor, aus Gewissensgründen zu handeln (nicht zu handeln). Mit Recht sagt Müller dazu, daß man bis jetzt wohl kaum von einem Großhändler gehört habe, der die Auslieferung der rechtsradikalen *Deutschen Nationalzeitung und Soldatenzeitung* aus Gewissensgründen verweigert hat.

Den Konkurrenzkampf führt das Haus Springer mit den bewährten Methoden des Monopolkapitalismus, wobei freilich diese Methoden mit außerwirtschaftlichen Argumenten gestützt werden: oder besser: der Patriotismus als Argument dient als Methode des Springerschen Monopolkapitalismus. So strich das Haus Springer 1961, nach dem Bau der Berliner Mauer, aus der Programmzeitschrift *Hör zu,* die ohnedies den Markt beherrschte, das Fernsehprogramm der DDR; damit aber nicht genug, setzte das Haus Springer in einer Art Rundschreiben alle Einzelhandler unter Druck, indem es ihnen riet, Programmzeitschriften mit dem DDR-Fernsehprogramm nicht mehr zu verkaufen, andernfalls man sich gezwungen sehe, »die Geschäftsbeziehungen zu überprüfen«. Die Herausgeber kleinerer Programmzeitschriften sind auf diese Weise schwer geschädigt worden; ein Verleger in Düsseldorf mußte aufgeben. Im Jahr darauf nahm freilich auch Springer das Fernsehprogramm der DDR wieder in das *Hör zu* auf.

Denjenigen, die sich gegen die Marktmethoden Springers wenden, nun vorzuhalten, jeder solle doch die Zeitung lesen können, die er wolle, ist also entweder elendste Bewußtlosigkeit oder elendste Verhöhnung jedes zweiten Gedankens. Die Springerzeitungen haben es ja gerade durch ihre Marktmethoden in der Hand, daß die Leute, die sie lesen, diese Zeitungen zwar, das sei zugegeben, lesen wollen, aber auch nichts anderes mehr lesen wollen *können*. Oder ist es etwa als Wille zu bezeichnen, daß jemand nur immer von neuem das wiederholen will, was zu wollen man ihm einmal beigebracht hat? Kann man einen leerlaufenden Wiederholungswillen als Willen bezeichnen? Kann man einen vor-gewollten Willen als Willen bezeichnen? Oder ist es nicht so, daß nur jener Impuls als Willen bezeichnet werden kann, der jedesmal etwas *anderes* will? Die Springerzeitungen haben bewirkt, daß die meisten in ihrem Staat nichts *anderes* mehr lesen wollen können.

Hans Dieter Müllers Buch ist wichtig, weil es für die langweiligen blinden Sätze gegen den Springerkonzern augenöffnende Daten beschafft, und nicht nur Daten, sondern scharfe Analysen der Daten. Das Buch wird freilich jedesmal läppisch, wenn der Historiker Müller den Gestus eines Geschichtsschreibers annimmt und mit den romantischen Geschichtsschreibungsmethoden des 19. Jahrhunderts sich an den Konzern heranmacht. Müller meint, Machtkonzentration, Marktgesetzmäßigkeiten, Hierarchien viel zu oft mit Modellen einer komisch individualisierenden, psychologisierenden, theatralisierenden Geschichtsschreibung klären zu können. Das Buch macht sich oft lächerlich, indem es die handelnden Personen im Konzern wie das Inventar eines Romans von Gustav Freytag benennt und diese Garderobenbeschreibungen und Theatercharakteristiken zu Argumenten für eine Analyye verwendet. Axel Springer ist der »schlank dandyhafte, eher stattlich aussehende Mann mit den angenehmen Gesichtszügen«; von August Scherl, dem Begründer der deutschen Massenpresse, heißt es, daß der deutschen Presse der Anpassungsjournalismus vielleicht

erspart geblieben wäre, »hätte die Schauspielerin Flora
Rosner ihren Anbeter erhört«; man liest von Springers
»sympathischem Dandytum«, von Eduard Rhein, dem
Chefredaktuer des *Hör zu,* »der schöne Hunde, schöne
Autos mit Chauffeuren . . . liebte«, wieder von Springer:
»früh zu Bett und früh auf, charmant und gewinnend . . .
sichtlich belebt in Gegenwart von Frauen, ein Mann, der
auf eine Frage antwortete, er liebe Hellblau und die Musik
Tschaikowskis«, und von »wohlgestutzten Kinnbärten«, von
»hartköpfigen Friesen«, von »zähen alten Füchsen«, von
»bohèmehaften Kamelhaarmänteln« und schließlich von
dem CDU-Abgeordneten Blumenfeld als von »einem ele-
ganten Mann, der mit unbekümmertem Machtsinn auftritt
und nicht einmal unsympathisch wäre, wenn er nicht . . .«:
solche Stellen sind nicht stilistische Fehler, die anzuführen
hier ja nur rechthaberisch wäre – sie verraten im Modell
des Beschreibens oft ein eigenartiges, springerähnliches Bild
von der Geschichte: Müller kommt hier über die pointilli-
stische Sentimentalität Golo Manns nicht weg. Leopold von
Ranke beschrieb im neunzehnten Jahrhundert Geschichte
ungemütlich und klüger – machte die Geschichte erst be-
schreibend als Geschichte klar. Freilich muß der letzte Ab-
schnitt in Müllers Buch, das Kapitel über den »Nationa-
lismus als Markt«, ganz besonders von diesem widerwillig
gemachten Vorbehalt ausgenommen werden: hier stellt
Müller, scharfsinnig montierend und mit jedem Wort endlich wirklich bei der *Sache* und nicht bei den *nebensäch-*
lichen Personen, eine ungeheuerliche Menagerie von ge-
meingefährlichen Sätzen vor, die von den Mitarbeitern der
Welt und vor allem der *Welt am Sonntag* produziert werden, von William S. Schlamm über Günther Zehm zu
Wilfried Hertz-Eichenrode und Matthias Walden. Allen
gemeinsam ist wohl die berühmte *Weder-Noch-Haltung* in
bezug auf das Gesellschaftssystem, wodurch jedesmal entweder eingangs oder abschließend beteuert wird, daß man
weder *das* sei noch das *andere* sei: also weder rechtsextrem
noch etc. An den Sätzen danach oder davor aber erweist
es sich, daß gerade die *Weder-Noch-Haltung* jene Haltung
ist, die, in dem Willen, kein Extrem zu wollen, auf die

schlimmste Weise extremistisch wird: Springer spricht ja
auch von seiner radikalen Mitte. Das *Weder-Noch* und
seine Propagierung sind, weil sie in der offensichtlichen,
quälenden Unordnung der bestehenden Gesellschaftsordnung immer nur zu Ordnungsrufreflexen führen, die elend-
sten Haltungen zur Gesellschaft, die sich denken lassen,
ja, sie sind Haltungen zur Gesellschaft, die so elend, so
opportunistisch, so rein reflexhaft um Ordnung besorgt
sind, daß sie sich *gar* nicht denken lassen. »Rechts*außen*«
werden von der *Welt* noch immer die Anhänger der NPD
genannt – womit ausgedrückt werden soll, daß diese Leute
*außer*halb der bestehenden Staatsform argumentieren: und
es wird dabei nicht bedacht, daß jeder, der sich mit dem
pur formalistischen Niemandslandstandpunkt des *Weder-*
Noch nach allen Seiten als die breite Mitte absichert, sich
schon seit langem ganz außen, außerhalb des dialektischen
Denkens im Niemandsland der breiten Mitte befindet: die
Weder-Noch-Sager, sprechend nur in Reflexen und in Reflexen, Ordnungsreflexen vegetierend statt existierend, sind
die eigentlich gefährlich extremistische Gruppe durch den
blindwütigen Unwillen zum zweiten Gedanken, noch gefährlicher durch die alten nationalistischen Rede- und Sing-
weisen und vor allem die Sucht, jeden mit dem *Weder-*
Noch als mit einem Marktprodukt beliefern zu müssen,
und zwar »radikal«.
Die Springerblätter sind der Gesellschaftsordnung loyal, die
es ihnen ermöglicht, Loyalität von dieser Gesellschaftsordnung zurückzufordern, weil sie das *Weder-Noch* dieser
Gesellschaftsordnung propagieren. Es ist ja nicht verwunderlich, daß die Mitglieder des Deutschen Bundestages nur
deklamatorisch und mit »Mag sein, ja« von der Macht
des Springerkonzerns sprechen, aber dann sofort ablenken
und von der Macht des Fernsehens wettern. Und warum?
Das deutsche Fernsehen, vergleichsweise wohl eins der auf-
gewecktesten auf der Welt, kritisiert die Funktionäre des
Staates unablässig, nimmt nicht jede Ordnung als gegeben
hin, nur weil sie einmal gegeben ist: die Springerblätter
aber sind »ihrem« Staat hündisch loyal, und der Staat ist
»seinen« Springerblättern hündisch loyal: und eigentlich

174

sind sie einander nicht einmal loyal, sondern einfach nur einer Meinung: *Weder-Noch*. Es ist klar, daß die Parole »Enteignet Springer« unsinnig ist, und zwar deswegen, weil der Staat, der Springer enteignen wollte, zugleich sich selber enteignen müßte, und damit alle ähnlichen monopolistischen Gebilde in seinem Bereich: es geht eher darum, daß eine Gesellschaftsordnung, die eine hemmungslose Produktion von Wörtern ermöglicht und sogar braucht, an denen sich die meisten bewußtlos lesen und zu einer Mitte breitgelesen *werden*, entfernt wird. Dann erst – ich wandle einen Satz von Thomas Bernhard ab – werden die alten Nummern der *Bild*-Zeitung richtig poetisch werden, und alte Nummern der *Welt* wird man nur noch in Flugzeugen nach Athen, Madrid und Lissabon serviert bekommen, und *Die Welt* wird nicht nur *Am Sonntag* bewohnbarer sein. Heute muß ich mich freilich noch damit begnügen, daß die *Bild*-Zeitung zwar morgen, am 1. Mai, nicht erscheint, aber, wie die Ankündigung lautet, am 2. Mai wieder überall zur gewohnten Stunde zu haben sein wird.

(1968)

Die Tautologien der Justiz

Eineinhalb Jahre sind vergangen, seit Josef Bachmann das Attentat auf Dutschke verübte und seit diejenigen, die mit der Staatsform und dem ökonomischen System der Bundesrepublik nicht einverstanden sind, zum letztenmal darauf überregional, im ganzen Bundesgebiet, mit Aktionen antworteten, die von Rechts wegen als Straftatbestände, wie sie im geltenden Strafgesetzbuch beschrieben sind, behandelt werden konnten. Nach diesen Unruhen, die sich zu Ostern 1968 gegen die Erzeugnisse des Springer-Konzerns richteten, änderte die außerparlamentarische Opposition, bis auf einige kriminalisierbare Aktionen in West-Berlin, ihre Strategie, indem sie sich entweder auf die Universitäten zurückzog oder Basisgruppen bildete, die in den Betrieben auf rechtskonforme Weise die Lehrlinge und Jungarbeiter dazu bringen sollen, sich mit den Zielen der außerparlamentarischen Opposition zu solidarisieren. Zu möglicherweise strafbaren Massenhandlungen kommt es nur noch selten, wie etwa bei den Demonstrationen gegen den Abtransport der Bundeswehrdeserteure aus West-Berlin im Juli 1969. Fortschritte versucht man zu erzielen mit Hilfe der üblichen demokratischen Mittel, mit Streiks und Diskussionen nach außen, mit Reflexion und Analyse der eigenen Möglichkeiten nach innen.

Wie aber hat die Staatsgewalt auf die Aktionen von damals reagiert? Was weiß die Öffentlichkeit davon, was erfährt die Öffentlichkeit davon? Ab und zu hört man noch von einem Urteil, aber auch nur deswegen, weil in ihm eine vergleichsweise hohe Strafe ausgesprochen wird, wie in dem Prozeß gegen den Münchner Rechtsreferendar Pohle oder gegen den Hamburger Arbeiter Schmiedel. Und sonst? Wer erinnert sich noch an den Kommunarden Pawla, der im Gerichtssaal seine Notdurft verrichtete? Wer weiß, daß sein Urteil rechtskräftig geworden ist und daß er seine Strafe schon vor einiger Zeit angetreten hat? Pawla ist im Gefängnis verschollen, andere, wie Teufel und Kunzelmann, sind rechtskräftig verurteilte Kriminelle, anderen, wie Langhans und Schlotterer, wurden ihre mehrmonatigen unbedingten Gefängnisstrafen in der Berufungsverhandlung bestätigt, so daß sie nur noch die Revision erwarten, anderen, mehreren, wird gerade der Prozeß gemacht, für viele, sehr viele, wird der Prozeß vorbereitet, und einer, ja einer, der Münchner Reinhard Wetter, hat seine Gefängnisstrafe inzwischen verbüßt und ist wieder frei. Alle diese Prozesse gehen öffentlich vor sich, aber die Öffentlichkeit, sofern nicht gegen prominente Antiautoritäre verhandelt wird, erfährt kaum etwas davon. Wenn die Strafen nicht gerade sportlich hoch sind, besteht kein öffentliches Interesse an den Prozessen.

Still folgt eine Verhandlung der anderen, still ergehen parallel in den Gerichtssälen die Urteile. Die Pressebänke sind leer. In den Zuschauerbänken sitzt manchmal ein Freund oder eine Freundin des oder der Angeklagten, manchmal sind auch die Zuschauerbänke leer, nicht einmal Rentner interessieren sich für die Vorgänge da vorn, weil diese ja einander so gleichen: Nicht einmal theatralische Mißachtungen des Gerichts kommen mehr vor, die früher wenigstens für eine Story in der Presse sorgten; und wenn einmal ein Angeklagter die Zeitung liest, bemerkt das der Richter gar nicht. Man schaut dem Lauf der Dinge zu. Draußen scheint die Sonne; und drinnen ergehen die Urteile: beides ist ganz natürlich. Was da geschieht, erscheint so selbstverständlich, daß es einem richtig vorkommt. Was aber geschieht da?

Es geschieht nichts anderes, als daß in den Gerichtssälen die Vorgänge bei den Demonstrationen systematisch auf Straftatbestände reduziert werden; eine Demonstration stellt sich dar als eine Addition von zahlreichen Straftaten. Die Motivationen für die Straftaten werden zwar keineswegs ausgeklammert, spielen aber nicht bei der Frage »Schuldig oder nicht Schuldig?« eine Rolle, sondern erst bei der Frage »Wie sehr schuldig?«, das heißt bei der Zumessung der Strafe: Geldstrafe oder Gefängnisstrafe, bedingte oder unbedingte Gefängnisstrafe. Von vornherein kann also die Justiz, da die betreffenden Strafgesetze me-

177

chanisch nur motivlose Aktionen für sich beschreiben, jede Motivation vorerst einmal dadurch wegabstrahieren, daß sie diese Aktionen reduziert auf die Frage: Was ist geschehen? »Indem sie gegen den Willen des Hausherrn eingedrungen sind, haben sie sich des Hausfriedensbruchs schuldig gemacht.« Warum es aber geschehen ist, das interessiert nur, um die Schuld festzustellen und dann zu vergrößern.

Was ist geschehen? muß man also analog fragen: Was ist in den Gerichtssälen geschehen? Was tun die Richter dort? Was sagen sie? Was schreiben sie in den Urteilsbegründungen? Wie beschreiben sie die Aktionen, damit diese als Straftatbestände unter die Obersätze der bestehenden Normen subsumiert werden können? Gilt hier der Satz des Richters Schwalbe, der die dafür übliche Methode mit dem Satz erklärte: »Es ist so, weil ich es sage!«? Die strukturellen Gemeinsamkeiten in den Demonstrantenprozessen herauszufinden, ohne allzu anekdotisch, genremalerisch zu werden, soll hier versucht werden.

In der Regel beginnen die Urteilsbegründungen mit der Schilderung des Vorlebens des Angeklagten. Bei den Demonstrantenprozessen ist nun aber zu beobachten, daß schon diese sonst neutralen Schilderungen die Staats- und Rechtsfeindlichkeit des jeweiligen Angeklagten anzeigen sollen. Familienverhältnisse, soziale Umwelt und Berufsausbildung werden derart beschrieben, daß sie die später aufgezählten Beweise für die Schuld des Angeklagten unterstützen. So heißt es etwa in einer Lebensbeschreibung: »Der Vater wurde wegen Linksabweichung aus der Sozialistischen Studentenschaft ausgeschlossen.« Auch die Tatsache, daß Angeklagte früher in der DDR gewohnt haben, spielt in den Urteilsbegründungen offensichtlich eine große Rolle, nur daß die Bezeichnung »DDR« den Beamten der Justiz noch immer fremd zu sein scheint: »Ostzone«, heißt es da; oder es ist die Rede vom »Sowjetzonalen Verlag Volk und Wissen«, oder gar von der »sowjetischbesetzten Zone«. Besonders wichtig ist die Erwähnung der Einkommens- und Wohnverhältnisse schon an *dieser* Stelle der Urteilsbegründungen: Später, bei der Strafzumessung, würden sie der Strafmilderung und -verschärfung dienen, hier aber, vor den Schuldbeweisen, wirken sie selber wie Schuldbeweise: »Erhält ein Stipendium«, »Lebt von seinen Eltern«, »Konnte kein Einkommen nachweisen...« Daß ein des Diebstahls angeklagter Arbeiter in SDS-Kreisen verkehrt, genügt im Prozeß dem Staatsanwalt für die Bemerkung, die Eigentumsbegriffe schienen ja dort von den üblichen etwas abzuweichen: Das sei ein Beweis mehr dafür, daß der Angeklagte den Diebstahl wirklich begangen habe...

Und aus der Tatsache, daß das sozialistische Anwaltskollektiv jemanden verteidigt, wird in der Regel auf den politischen Hintergrund des Falls geschlossen, freilich nur, um den Diebstahl um so strafbarer erscheinen zu lassen. Die neutrale Beschreibung der Lebensumstände ist nicht neutral, sondern schon versteckt normativ: »Der Angeklagte ist in Sevilla geboren, in Berlin ansässig, mit einer deutschen Frau verheiratet.« Da ist es im Rechtssinn logisch, wenn der Richter dann bei der Erwägung der Milderungsgründe von demselben Angeklagten sagt: »Ihm konnte auch nicht strafmildernd angerechnet werden, daß er ideeller Verfechter einer Idee ist. Ihm muß vorgehalten werden, daß man in einem fremden Gastlande sich nicht so benehmen darf.« Seiner Mitangeklagten, einer deutschen Frau, aber müsse man zugute halten, »daß sie eine geistig hochstehende Vertreterin ihrer Ideen ist, was sie auch durch ihre Arbeit in einem israelischen Kibbuz zum Ausdruck gebracht hat«.

Auch die eigentlichen Tathergänge werden in den Urteilsbegründungen nach dem Prinzip beschrieben: »Es ist so, weil ich es sage.« Gefühle und Empfindungen werden immer nur zitiert, wenn es sich um Gefühle und Empfindungen entweder des Volkes oder der Polizei handelt. Nicht die Demonstranten können empört sein, wohl aber die Bevölkerung: »Die Empörung der Bevölkerung über die geteilte Lage der Stadt«; und wohl kann »der Großteil der Bevölkerung« »Anstoß nehmen« an einer Demonstration gegen die amerikanische Schutzmacht, nicht aber konnten vorher die Demonstranten Anstoß nehmen an dieser

Schutzmacht. Bevölkerung, die eingreift, wird abstrakt beschrieben: ». . . will die Ruhe wiederherstellen.« Geraten Demonstranten und Polizisten zusammen, so kann das nach den Urteilsbegründungen, wohl für die Polizisten *Schmerzen* mit sich bringen, nicht aber für die Demonstranten. Mit diesen »befaßt« man sich, sie »fallen hin«, »werden über den Zaun gezogen«, »werden am Oberarm genommen«, »von der Kanzel gezogen«, »an der Hand genommen und hinausgeführt«, »liegen plötzlich auf dem Boden», »werden entfernt«, während die Polizisten »*schmerzhaft* hinfallen«, »*schmerzhaft* gegen das Schienbein getreten werden« und »in die Nierengegend getreten werden, was ihnen erhebliche *Schmerzen* bereitet, so daß sie sich anschließend für etwa fünf Minuten hinsetzen müssen«. Wörtlich heißt es einmal: »Der Angeklagte schlug mit Armen und Beinen um sich; dabei traf er den Polizisten, der ihn hochheben wollte, am linken Außenknöchel, was eine schmerzhafte Prellung zur Folge hatte.« Polizisten wollen Demonstranten »hochheben«: diese »schlagen um sich«. Der Polizist erleidet eine »schmerzhafte Prellung«: das Delikt ist eine Folge der Festnahme. Erst nachdem der Angeklagte festgenommen ist, begeht er das Delikt, das berechtigt, ihn festzunehmen und anzuklagen. Woanders wird ein Geschehnisablauf dermaßen beschrieben: »Der Polizist fiel schmerzhaft auf das Pflaster, aber er richtete sich schnell auf und versetzte nun seinerseits dem Angeklagten einen Fausthieb, so daß dieser hinfiel.« Wenn aber, als Ausnahme, einmal Polizisten die Angeklagten sind, werden auch in dieser Rolle ihre Empfindungen und Gefühle sorgfältig aufgezählt: Die Polizisten seien in einer besonderen psychologischen Situation gewesen, sie hätten in der Nacht zuvor kaum geschlafen, viele ihrer Kollegen seien verletzt worden, dazu seien die beleidigenden Schmährufe der Demonstranten gekommen und der »besonders große Lärm unter dem überdachten Parkplatz . . .«. Auch die Aussagen der Polizisten als Zeugen werden in den Urteilsbegründungen anders beschrieben als die Aussagen der zivilen Zeugen und der Angeklagten. Von Polizisten heißt es meist: »gibt an«, »bestätigt«, vom Ange-

180

klagten oder Entlastungszeugen in der Regel aber: »Behauptet«. Die Polizeibeamten bekunden ihre Aussagen immer »klar und sicher«, »durchaus glaubwürdig«, »übereinstimmend«. Wenn sich Widersprüche zwischen den Einlassungen des Angeklagten und den Aussagen der Polizisten ergeben, so lassen sich diese »unschwer durch die verschiedene Betrachtungsweise des Geschehensablaufes erklären«: Polizeibeamte, die »dazu berufen sind, die öffentliche Sicherheit wiederherzustellen, sehen die Dinge eben anders«. In einem Urteil heißt es: »Das Gericht hat keinen Anlaß gehabt, die Aussagen des Zeugen in Zweifel zu ziehen. Es handelt sich bei diesem Zeugen um einen 52-jährigen Polizeioffizier, der auf das Gericht einen ruhigen und besonnenen Eindruck gemacht hat.« Und in einem anderen Urteil: »Die Einlassung des Angeklagten, er sei grundlos mit dem Polizeiknüppel auf die Hand geschlagen worden, ist sehr wenig glaubhaft. Es ist nämlich kein Grund ersichtlich, weshalb ein Polizeibeamter ohne Grund auf den Angeklagten eingeschlagen haben soll.« Widersprechen sich aber einmal die Aussagen von Polizeibeamten, so sind sie trotzdem glaubwürdig, »weil diese Widersprüche nur beweisen, daß die Polizisten ihre Ausagen nicht vorher abgesprochen haben«.

Auch werden die einzelnen Tatsachen von vornherein so beschrieben, daß die dabei gebrauchten Begriffe die späteren Urteile gleichsam vorwegnehmen. Die Angeklagten »behelligen« amerikanische Soldaten mit ihren Flugblättern; sie »stürmen« zur Kanzel vor; man »brüllt« antiamerikanische Parolen und singt »Kampflieder«. Die Tatsachenbeschreibungen aber, welche die Widersacher der Demonstranten betreffen, begünstigen oder verharmlosen diese wieder durch die dabei gebrauchten Begriffe und Begriffsverbindungen: Die Polizeibeamten »stoßen«, als sie Demonstranten in die Menge hinein nachsetzen, mit Frauen »zusammen«; als die Demonstranten, ohne daß erwähnt wird, wie sie dahin kamen, »auf dem Boden liegen«, »legen ihnen die Polizeibeamten die Knebelketten an«; die Parade der US-Truppen wird durch die Demonstranten, die sich vor sie hinsetzen, zum Halten veranlaßt, und die Soldaten treten auf der Stelle, »ohne jedoch aus dem Takt zu kommen . . .«

Ebenso werden Kausalverbindungen, die den Demonstranten schaden würden, schon in den sich neutral gebenden Tatbeschreibungen suggeriert und Kausalverbindungen, die sie entlasten könnten, allein durch die Wahl der Satzkonstruktion der späteren Berücksichtigung ganz einfach entzogen. Im ersten Fall verhalten sich die Angeklagten renitent *und müssen* mehrmals durch die Polizisten vorwärtsgestoßen werden (das Vorwärtsstoßen wird als notwendige *Folge* der Renitenz dargestellt, nicht umgekehrt); im zweiten Fall ist etwa auf Bildern »klar zu erkennen, daß sich der Angeklagte mit verbissenem Gesicht von den Beamten wegdrehn will *und* nur unter Anwendung körperlicher Gewalt von mehreren Beamten abgeführt werden kann«: hier wird schon in der scheinneutralen Schilderung erst gar nicht diskutiert, ob das »verbissene« Gesicht und das »Sichwegdrücken« nicht die Folge der körperlichen Gewalt sein könnten, sie gelten von vornherein als die Ursachen dieser Gewaltanwendung und machen so eine Frage nach deren Berechtigung unnötig.

So kommt es, daß die Tatsachen, wenn sie später, bei den Fragen »Recht oder Unrecht« und »schuldig oder unschuldig«, beurteilt werden sollen, gar nicht mehr beurteilt zu werden brauchen, weil sie schon vorher derart beschrieben wurden, daß sie die Urteile vorwegnehmen: sie selber sind schon die Urteile. Die Justiz geht selbst bei den Tatsachenfeststellungen mit *verdeckt normativen* Begriffen vor, gibt diese aber als *Tatsachenbezeichnungen* aus. Demonstranten setzen sich bei einer Parade vor die Marschformation: Den Soldaten ist es *unmöglich,* auszuweichen, weil bei einer Parade ein Abweichen aus der geraden Richtung *unzulässig* ist. Die Demonstranten wollen sich auf der Zuhörertribüne nicht auf das Zuhören beschränken, sondern eine allgemeine politische Diskussion erzwingen, die die Einhaltung der Tagesordnung *unmöglich* machen würde . . .

Werden nun von den angeklagten Demonstranten Rechtfertigungsgründe, wie das Notwehrrecht, und Schuldausschließungsgründe, wie der Irrtum über die Rechtslage, vorgebracht, so ist es für die Justiz nach dieser Art der Tatsachenbeschreibung ein leichtes, sämtliche derartigen Einwände gleich auszuschließen. »Wer in einer Gemeinschaft lebt, muß das Recht, das in ihr gilt, auch gegen sich gelten lassen.« Eine Parade ist eine Parade, die Tagesordnung ist eine Tagesordnung, die Zuhörertribüne ist eine Tribüne, auf der Zuhörer zuhören – jedes einzelne Verhalten der Justizbeamten in den Demonstrationsprozessen läßt sich auf solche Tautologien reduzieren. Grob kann also gesagt werden, daß gerade auf politische Aktionen, die eine Aufklärung über den Unterdrückungscharakter der staatlichen Tautologien (eine Kirche ist eine Kirche, ein Gehweg ist ein Gehweg, Eigentum bleibt Eigentum) erreichen wollen, die Justiz als der Reflex der Staatsgewalt mit einer Bekräftigung dieser Tautologien antwortet: Recht muß Recht bleiben! Ganz deutlich wird das, wenn Aktionen gegen die Justiz selber beurteilt werden sollen: Leute, die glauben, daß diese Justiz nicht in Ordnung sei, dürfen das der Allgemeinheit nicht in einer Weise zeigen, die von dieser Justiz nicht zugelassen ist. Denn Recht muß Recht bleiben! Auf diese, je länger man darüber nachdenkt, desto heftigeren Schwindel erregende Tautologie laufen nun fast alle Urteile in den Demonstrantenprozessen hinaus. Die Vertreter des Rechts sagen, was Recht ist; andere Meinungen und Aktionen, die diesen anderen Meinungen notwendig folgen, können also sofort als »fremd« im Sinn von »volksfremd« und »staatsfremd« bezeichnet werden.

In einem solchen vor kurzem ergangenen Urteil heißt es: »Der Täter darf nicht solche Wertvorstellungen von Recht und Unrecht zugrunde legen, die einen fremden Lebenskreis angehören, sondern nur diejenigen, die seine Rechtsgemeinschaft anerkennt, also die Gemeinschaft vertritt, in der er lebt«; als ob andere Wertvorstellungen von Recht und Unrecht von vornherein einem *fremden Lebenskreis* angehörten. »Aber das ist eben eine ganz andere Welt«, schrieb vor langer Zeit der Richter Freisler in einem seiner Todesurteile, »eine Welt, die wir nicht verstehen. Und bei uns im Großdeutschen Reich kann jeder nur nach den

Grundsätzen verurteilt werden, die bei uns gelten.« Und heute formuliert ein Richter namens Pahl in einer Urteilsbegründung: »Der Angeklagte sagte, er lebe in einer ganz anderen Welt. Daraus folgt, daß sich der Angeklagte eine eigene Rechtsordnung gegeben hat, nach der er von sich aus bestimmen will, welche Gesetze er übertreten darf.« Und auf eine Aktion, die der Allgemeinheit die zynischen Tautologien der Justiz bewußt machen will, reagiert die Justiz mit einem Urteil, an dessen Kopf steht: Delikt: Landfriedensbruch; Geschädigter: die Allgemeinheit.

Diese tautologischen Bedingungen, unter denen eine Verurteilung ganz selbstverständlich, um nicht zu sagen: gerechtfertigt erscheint – »dieses Gericht ist dem Gesetz nun einmal unterworfen« –, versuchen viele Richter undeutlich zu machen, indem sie die Tautologie umformulieren und sie ersetzen durch Vergleiche und Analogien. »Eine Parade ist eine Parade« wird dann etwa übersetzt in »eine Parade ist eine Freundschaftsgeste«, und daraus wird im folgenden eine Analogie entwickelt, die bei der unverstellten Tautologie »eine Parade ist eine Parade« unstatthaft gewesen wäre: »Ausgerechnet eine Freundschaftsgeste zu stören«, heißt es dann, »ist ebenso verwerflich, wie bei einem Familienfest alte Streitigkeiten auszugraben.« Mit Hilfe der Analogie kann also auch die Störung der Parade für verwerflich erklärt werden. In demselben Urteil heißt es noch weiter: »Wenn man im üblichen Leben jemandem die Tür vor der Nase zuschlägt, so ist das eine Kränkung. Ebenso ist es eine Kränkung, wenn Menschen wie die Angeklagten es ihrerseits unternehmen, eine Parade zu stören...« Die Justiz übersetzt einfach objektive Bezeichnungen in subjektive Wertbegriffe und kann, indem sie von den letzteren ausgeht, durchaus logisch verurteilen: »Demonstration« wird zu »Gesinnungsterror«, »Sich auf die Straße setzen« wird zu »Gewalt«, »Straßensperren gegen die Auslieferung der Springer-Zeitungen« werden übersetzt in »Unduldsamkeit gegen andere Meinungen«. Exemplarisch formulierte der Richter im Frankfurter Kaufhausprozeß: »Dieser Terror beschwört im eigenen Land eine Situation herauf, gegen die gerade die Angeklagten protestieren wollten.«

Wie leicht es für die Justiz ist, die Strafen, hat sie sich erst einmal auf die unumstößliche Tautologie zurückgezogen, daraus ganz schlüssig abzuleiten, zeigten viele selbstsicher als Schlüsse formulierte Sätze in den Urteilsbegründungen. Die Angeklagten haben gegen die Staatsordnung, das heißt gegen die Rechtsordnung demonstriert, weil sie überzeugt sind, daß diese Rechtsordnung nicht richtig ist. Deswegen sind sie, nach dieser Rechtsordnung, »Überzeugungstäter«. »*Daraus folgt,* daß ihre Taten einer nachhaltigen Ahndung bedürfen, damit die Angeklagten zur Beachtung der gesetzlichen Ordnung angehalten werden.« Oder, wie schon erwähnt: »Der Angeklagte sagte, er lebe in einer ganz anderen Welt. *Daraus folgt,* daß sich der Angeklagte eine eigene Rechtsordnung gegeben hat ...«
Diese Schlüsse ermöglichen der Justiz die Annäherung an ein Verdachtsstrafrecht sogar in der Beweiswürdigung. Jemand, von dem nur feststeht, daß er eine Demonstration beobachtet hat, sagt später, als er dem Vorgesetzten von der Demonstration erzählt, nicht, daß er *nicht* daran teilgenommen hat. »Das ist ein Beweis, daß er demonstriert hat.«
Kann man nach alldem behaupten, die Justiz beachte nicht die politischen Motivationen der Demonstranten? Im Gegenteil, sie beachtet vor allem diese, wertet sie aber nicht als Entschuldigungs- oder gar Rechtfertigungsgründe, sondern benutzt sie, wie schon anfangs gesagt, um die Strafen noch zu verschärfen. Die Einstellung des Angeklagten zur Rechtsordnung ist der Ausgangspunkt für »die Bemessung der Schuld«. Politischen »Überzeugungstätern« kann die Strafe »nicht zur Bewährung ausgesetzt werden, weil sie keine Gewähr für künftiges Wohlverhalten bieten«: Von der Tatbeschreibung (es ist kein Grund ersichtlich, warum Polizisten grundlos schlagen sollen) bis in die Art des Strafausspruchs am Schluß wird das Prinzip der Tautologie strikt durchgehalten. »Strafmildernd wird dem Angeklagten angerechnet«, heißt es in einem anderen Urteil, »daß er sich von den Zielen und Vorstellungen linksradikaler Organisationen distanziert hat.« Man kann sagen, daß die Justiz in den Demonstrantenprozessen in der Regel folgende Poli-

tik betreibt: »Was ist geschehen?« – »Indem sie gegen den Willen des Hausherrn eingedrungen sind, haben sie sich des Hausfriedensbruchs schuldig gemacht.« – »Und Warum ist es geschehen?« – »Aus politischen Motiven.« – »Das beweist, daß es geschehen ist.«

Dabei ist es vielleicht sogar falsch, von einer Klassenjustiz im Sinn von Karl Liebknecht zu sprechen, da die angeklagten Demonstranten meist der gleichen Klasse entstammen wie ihre Richter: Eher könnte man von einer Justiz gegen Leute reden, die noch nicht in die staatliche Produktion und Reproduktion von Gütern und Ideen eingegliedert sind, zumal so oft in den Urteilsbegründungen die »Lebenserfahrung« zitiert wird, die die Aussagen der Angeklagten unglaubwürdig, die der Polizisten und der Bevölkerung aber glaubwürdig erscheinen lasse. Darum geht es auch nicht in diesem Artikel der sicher, juristisch betrachtet, »sachfremd« ist.

Worum könnte es aber gehen? Daß es sinnlos ist, die Vertreter der Justiz, zumindest die Mehrzahl, zur Reflexion ihrer Rechtsprechungsbedingungen aufzufordern, braucht nach dem Vorhergehenden nicht lange erklärt zu werden. Notwendig würden sie, sogar gutwillig, antworten: »Es ist so, weil es so ist«; denn, wie Otto Kirchheimer sagt, wird es die Funktion der Justiz in politischen Prozessen, gegen Systemfeinde das politisch Legitime zu vertreten. Deshalb würden die Juristen eine solche Aufforderung zur Sinnesänderung auch »unsachlich« nennen, mit jenem Begriff von Sachlichkeit, den der Richter Oske im Freispruch für den Freisler-Beisitzer Rehse verwendete: »Der sachlich denkende Oberstaatsanwalt war mit den schriftlichen Urteilsgründen Freislers oft nicht einverstanden. Er sah jedoch keinen Anlaß, allein wegen ihres Stils dagegen vorzugehen, wenn er die Entscheidung als solche für materiellrechtlich richtig hielt.«

Es geht also darum, die Vertreter der Legislative, die allein ein solches Bewußtsein von Sachlichkeit steuern können, um Aufmerksamkeit für das zu ersuchen, was in den Gerichtssälen jetzt still und sachlich Tag für Tag abgehandelt wird. Ist es möglich, bevor noch mehr Demonstranten in den Gefängnissen verschwinden, das Demonstrationsrecht zu reformieren, damit möglichst bald ein Amnestiegesetz erlassen werden kann? Welche Möglichkeit, einzelne Verfahren niederzuschlagen, wollen die Länderregierungen ausnutzen? Oder wird man zulassen, daß immer mehr und mehr Demonstranten kriminalisiert werden mit Urteilen, in denen es ganz selten heißt. » . . . mußte freigesprochen werden« und viel häufiger: » . . . konnte verurteilt werden«?

(1969)

In der Rolle des Kritikers

Zu dem Sammelbande »Wochenende«*

Am Wochenende ist in der Literatur das Wetter schön.
In der Regel ist es Sommer, und die Leute waschen ihre
Automobile oder putzen in ihren Gärten herum. Vor der
Tür glimmt die Hitze (Peter Opitz). Ein Sonnenstreifen
läuft durch das Stichlingsbecken (Anne Dorn). Geruch von
Sonnenöl und gelüfteten Kleidern füllt die Zugabteile
(Renate Rasp). Die Hemden sind blendend weiß (Martin
Kurbjuhn). Es herrscht sonntägliche Ruhe (Kurt Sigel).
Dieses Wettergesetz der Literatur für das Wochenende tritt
nur zurück, wenn es in der Geschichte um eine Art von
Abschied geht. Fährt also die Frau von ihrem Mann fort,
dann stricheln Regenspuren das Gesicht des Mannes (Sigrid
Brunk). Und wenn die Wohnung nach überstürzter Flucht
der Ehefrau aussieht, läßt die Erwähnung des diffusen
Lichts nicht lange auf sich warten (Kurt Sigel).
Ebenso geht ein Begräbnis einem Wochenende vor, so daß
es also in der Literatur bei einem Begräbnis in der Regel
regnet. Der Geruch der Kränze kann sich so mit dem Geruch feuchter Kleidung vermischen (Martin Kurbjuhn).
An dem Band *Wochenende* sind alle Muster der zeitge-
nössischen Trivialliteratur zu erkennen. Das Wettersymbol
ist dabei noch das einfachste. Daneben sind auch noch Zu-
standssymbole zu entdecken. Wie die Hitze ein Zeichen
für Wochenende ist, so ist das Wochenende ein Zeichen
für Langeweile, Nervosität. Es ist Wochenende, also ist
es den Leuten langweilig. Nach dem Muster der Langeweile
am Wochenende entstehen nun die Geschichten über das
Wochenende.
Es ist auch noch zu beobachten, daß bestimmte Gegenstände Mustergegenstände für Geschichten über das Wochenende sind. So kommt in drei Geschichten des Bandes das
Schwimmbad vor. Sehr oft gehören zum Wochenende auch
Vorstädte, Gärten, Eisenbahnen (freilich nur auf Kurz-
strecken), lachende Frauen, Sitzbänke. Die Leute sind in

* *Wochenende,* hrsg. von Dieter Wellershoff. Köln 1967.

der Literatur am Wochenende träge, manchmal gereizt, Konflikte brechen aus. Sie sind aus der Organisation der Arbeitswelt entlassen und privat geworden (Herausgeber Dieter Wellershoff).

Das ist die Mustervorstellung vom Wochenende, und die Geschichten des Bandes sind die Programm-Musik zu dieser Mustervorstellung. Nichts Überraschendes geschieht da, auf nichts wird aufmerksam gemacht, vielmehr werden alle Vorurteile bestätigt. So ändern diese Geschichten nichts am Bewußtsein des Lesers, sondern kommen diesem entgegen, bekräftigen seine Muster, lassen alles beim alten.

Wie kommt das? Was läßt diese in Einzelheiten doch recht sensiblen Autoren auf literarische Schemata hereinfallen? Es ist die Schreibmethode, die diese Arbeiten so unergiebig macht. Ergebnisse bleiben deswegen aus, weil die literarische Methode verbraucht ist. Die Methoden des Schreibens in diesem Buch sind unreflektiert. Was so als Beschreibung der Wirklichkeit ausgegeben wird, wird unwirklich und unwirksam durch die gedankenlose Methode.

Diese Methode ist die Methode des naiven Geschichtenerzählens, des naiven Berichtens, des »handfesten« Erzählens. Kein Autor des Bandes setzt die Methode als Widerstand, keiner macht sie bewußt, alle tun so, als sei das Geschichtenerzählen die gegebene, natürliche Art der Vermittlung von Wirklichkeit. Dabei fallen sie nur wieder auf tote Muster herein. Einige der Muster lassen sich kurz aufzählen:

So bringt es die Methode mit sich, daß die meisten Sätze als bloße Füllsel dienen, um die Geschichte weiterzubringen. Ein scheinbares Idyll von logisch aufeinander aufeinanderfolgenden Sätzen wird vorgeführt, von denen fast jeder nur ein impressionistischer Füllsatz ist, beliebig austauschbar, beliebig einsetzbar.

Zur Not riecht oder schmeckt es immer im rechten Moment nach etwas, damit das Idyll der zusammenhängenden Geschichte erhalten bleibt. Bei Opitz duftet der Garten, und im Schwimmbad riecht es nach nassem Holz, Kork und so weiter. Bei Sigrid Brunk riecht es unter der Brücke nach Urin, und die Morgenluft ist voll Eisenbahngeruch.

Bei Kurt Sigel riecht es zwar weniger, aber Musik vermischt sich mit Straßenlärm. Bei Renate Rasp dringt Geruch von Gebratenem und Gurkensalat aus offenen Küchenfenstern, Speichel schmeckt nach Huhn und Kräutersalz. Und der Erzähler Martin Kurbjuhn riecht in der Erinnerung das Rasierwasser des Vaters.

Überhaupt die Erinnerung! Das Wochenende ist in der Literatur auch eine Zeit der Erinnerung. Sie besonders zeigt den Leerlauf der Methode. Immer wenn eine Person in der Geschichte sich erinnert, müssen plumpe Kniffe für die Übergänge von sinnlicher Gegenwart zur Erinnerung angewendet werden. In der Regel gehen die Autoren einfach von der Vergangenheit in die Vorvergangenheit über. So wird zwar mitgeteilt, an was sich die Person erinnert, aber der viel spannendere Vorgang des Sich-Erinnerns bleibt ganz unbewältigt.

Die Rückkehr vom Innen zum Außen geschieht dann etwa wie bei Opitz durch den banalen Tricksatz: »Das Klicken der Ringe (an der Schaukel) *war* schärfer *geworden*.« Anne Dorn beendet eine Vorwegnahme in der Erzählung mit dem ebenso banalen: »Aber so weit ist es jetzt noch nicht.« Martin Kurbjuhn leitet die Erinnerung gern mit dem verbrauchten »Ich sehe« ein, während Sigrid Brunk das »Ich sehe« für ihre Zukunftsschauen verwendet.

Die Methoden sind also märchenhaft. So wirken auch die Geschichten märchenhaft unwahr. Die Autoren freilich haben die Verbrauchtheit ihrer Methoden zwar nicht erkannt, aber gespürt. In Einzelheiten haben sie aus der leerlaufenden Methode ausbrechen wollen. Das ist zu erkennen an den Stellen, an denen sie sich der Sprache bewußt werden, was aber nur zu einer verkrampften Poesie führt:

Ein Flugzeug quirlt dann die Stille auf (Opitz). Ein leerer Fensterrahmen ist mit Luft gefüllt, und jemand steigt in den Rest des Tages (Dorn). Ein Bagger reißt vor dem rotstrahlenden Himmel seine Greifer auf (Brunk). Das Licht der Stehlampe drängt weiß gegen Lider an (Sigel). Wie zwei gefüllte Gummischläuche drehen sich Beine unter einem Rock heraus (Rasp).

Die naive Methode führt weiter zu kabarettistischen Wortbildern wie Brautbildgesicht (Opitz), Zweiuhrnachtsmut (Brunk); zu schlechten Zynismen wie bei Renate Rasp, wo die Gattin für den Tod des Mannes »eine passende Verzweiflung bereithält«; zu Aphorismen wie Sigrid Brunks Spruch »Schlechtes Gewissen schlägt sich in Zärtlichkeit und Mitleid um«; schließlich zu so unsterblichen Formulierungen wie »die dunkle Masse des Waldes« (Kurbjuhn), »die schwarze Masse der Lokomotive« (Brunk), »die Knöchel, die weiß aus der Haut springen« (Sigel), »Schlitz der Augen« (Dorn).

Und woran liegt es, daß die Autoren ihre längst überholten Methoden nicht erkennen? Zwar distanzieren sie sich häufig von längst als überholt erkannten sogenannten bürgerlichen Lebensformen: Bei Kurbjuhn ist die Gestik des Pfarrers »sparsam«; vom klavierspielenden Pastor distanziert sich Opitz mit dem Satz »Mit Vorliebe bedient er sich des rechten Pedals«; Renate Rasp ironisiert Ausflügler; Anne Dorn schildert im Kino das Happy-End und distanziert sich so von den Kinobesuchern; die Heldin der Sigrid Brunk verbringt »viele Stunden am Schreibtisch und an der Staffelei«; der Held Kurt Sigels sagt »Scheiße« und »schlendert durch die Straßen«.

Aber dann gebraucht derselbe Autor für einen Geschlechtsverkehr den nahezu klassischen Trivialsatz: »Später lagen wir stumm beieinander«; und bei Sigrid Brunk heißt es: »Die Tochter war dick und gewöhnlich, aber (!) sie trug viel echten Schmuck.«

So richtet sich die Distanzierung von gedankenlosen Lebensformen in den gedankenlosen Satzformen schließlich gegen die Autoren selber.

(1967)

Zu Wolfgang Bauer, »Magic Afternoon«

»Es ist ein großes Unbehagen!« heißt es in Oswald Wieners *Die Verbesserung von Mitteleuropa.*
In Wolfgang Bauers Stück *Magic Afternoon* ist die Bühne, die ein Wohnzimmer so genau abbildet, daß sie es mehr vorstellt als darstellt, nicht in »genialer, nicht in angenehmer, sondern in nervöser Unordnung«. Die handelnden Personen handeln nicht, sie lassen ihre Nerven agieren. Das Stück handelt von Nervenschwankungen.
Vor einigen Jahren habe ich auf einer ziemlich großen Bühne, einer Opernbühne, das Stück »Die Physiker« von Friedrich Dürrenmatt gesehen. Was ich von dem Stück behalten habe: Eine Frau ist erwürgt oder erdrosselt worden und liegt nun während eines ganzen Aktes oder einer ganzen Szene auf der Bühne unter dem Vorhang, mit dem sie wohl erdrosselt worden ist: Was geht in der Schauspielerin, die unter dem Vorhang liegt, vor sich?
Und dann: in einer Szene verläßt die Irrenärztin den Raum, das heißt, die Bühne, nachdem sie irgendwie gehandelt hat und irgendwas gesagt hat; nun aber, wie erwähnt, ist die Bühne sehr groß, und die Schauspielerin hat ihr letztes Wort regie- oder stückgemäß ziemlich weit weg vom Ausgang der Bühne gesagt: Jetzt geht sie ab, und nichts geschieht als das Abgehen, das ziemlich lang dauert: Was geht in der Frau, die über diese große Bühne abgeht, vor sich? Kann ihr Bewußtsein bei den letzten Worten bleiben, die sie gesagt hat?
Welche Schwankungen ihres Bewußtseins treten bei diesem langen Abgang ein? Welche Störungen ihrer Nerven machen sie bei diesem langen Gehen verwirrt? – Von ähnlichen Störungen und Sprüngen handelt Wolfgang Bauers Stück.
Wolfgang Bauers Stück ist der Fall einer derart genauen Abbildung nicht realer, aber doch möglicher Vorgänge in der Wirklichkeit, daß sich gerade kein photographisches Idyll ergibt, sondern eine Art von Halluzination des Zu-

schauers vor lauter Übergenauigkeit: Die Abbildung erweist sich als Ausdruck der Verwirrtheit und Verstörtheit.

In anderen Stücken, wie etwa in dem weit überschätzten *Gerettet* von Edward Bond, dient die Genauigkeit der Vorgänge nur der Verdeutlichung des theatralischen Modells, bei Bond etwa der Verdeutlichung eines Bildes von Verhaltensweisen Jugendlicher, die unter diesen und jenen gesellschaftlichen Bedingungen existieren – eine Handbewegung eines Jugendlichen gehört zur alten realistischen Typologie, die Musik ist pure Stimmungsmusik, nicht anders als bei Hollywoodfilmen, die stumme Szene am Schluß, in der ein Stuhl repariert wird, hat etwas aufdringlich Theatralisches, verläßt sich auf theatralische Bedeutungen: Wir wissen, so ein Vorgang jetzt hat, in diesem realistischen Stück, etwas vage, wenn auch nicht eindeutig Versöhnliches, bedeutet ein Vielleicht – aber dieses »nicht eindeutig Versöhnliche, aber vielleicht doch Raum für irgendeine Hoffnung Lassende« ist schlimm eindeutig genug.

Bei Wolfgang Bauer dienen solche Vorgänge nicht der Theatergeschichte, sie sind die Theatergeschichte; und das, was im handelsüblichen Realismus die Geschichte ist, auf die es ankommt – der Ernst des Lebens und was sich daraus für Probleme ergeben –, ist in *Magic Afternoon* nur noch Spiel, Requisit zum Spiel.

Der Ernst des Lebens wird in Bauers Stück auch nur in Hochdeutsch erwähnt, während das übliche Stück in leicht österreichischem Dialekt vor sich geht. »Bei dir verblöde ich immer mehr«, sagt ein Mädchen zu ihrem Freund in gespreiztem Schriftdeutsch. Ähnlich wie die Figuren Nestroys können die Figuren Bauers den Ernst des Lebens nur noch in Hochdeutsch fassen.

Auch Qualtingers »Herr Karl«, wenn er vorgibt, ernsthaft zu werden, spricht in allgemeinen reichsdeutschen Wendungen, während er doch nur ernsthaft und ehrlich ist (ehrlich hinterhältig), wenn er im Dialekt redet. »Das Leben ist wie das Zigarettenrauchen«, formuliert plötzlich mitten im schönsten Reden eine Figur Bauers, es wirkt wie eine Flucht aus der Ernsthaftigkeit und Schwierigkeit der Nervenschwankungen, des Stotterns, der Aggressionen in ein höhnisches Theaterformulieren, in verzweifelt dumme Gemeinplätze.

In der Regel sind die Pausen bei Bauer keine Bedeutungspausen, sondern »Schnaufpausen«; an einer Stelle in *Magic Afternoon* ist dieses Wort auch verwendet. Die Akteure verschnaufen, die Nerven werden plötzlich still. Dann heißt es wieder von einem Akteur: »Er kriegt plötzlich einen Aufschwung« – Nervenbewegungen.

Die Vorgänge auf der Bühne bilden die Geschichte dieses Stückes, das, wenn es sorgfältig und geradezu parodistisch genau inszeniert wird, den Zuschauer halluzinieren muß: der Vorgang des Telephonbuchblätterns dient nicht der Geschichte, sondern ist für sich selber theatralisch wie sonst nur in guten Boulevardstücken, es ist Thema. An einer Stelle steht die Anweisung: »Die Zigarette fällt ihm zweimal aus der Hand« – aus solchen Vorgängen besteht das Stück, und es ist zum Glück so langsam, daß wir endlich auf diese Vorgänge im Theater aufmerksam werden.

Jemand ruft an, er hat falsch gewählt: In jedem anderen Stück hätte das eine Bedeutung, vielleicht etwas Metaphysisches, in Bauers Stück aber ist das möglich, es ist selbstverständlich, es hat keine Bedeutung über sich hinaus, es ist für sich allein spannend. Das zu bemerken, kann im Theater aufregend sein.

Und dann die Musik: Ich habe noch kein Theaterstück und keinen Film gesehen, wo Musikstücke ähnlich wichtig waren. Daß der Akteur gerade an dieser Stelle die Platte auflegt, das ist geradeso wichtig wie das zweimalige Herunterfallen der Zigarette, und auch, daß es gerade diese Platte ist, mit diesem Anfang.

Unvergeßlich ist mir die Szene von der Uraufführung des Stückes in Hannover, als die zwei männlichen Akteure mitten im »ernsthaften« Reden aufhören und auf die Platte horchen, die gerade läuft. Und dann warten sie beide auf die gleiche Stelle in der Nummer, auf den Übergang; sie strecken beide den Arm aus und werden so immer stiller: – jetzt kommt die Stelle, sie seufzen, lassen die Arme sinken.

Schon lang nicht mehr habe ich einen theatralischen Vor-

197

gang von ähnlicher Schönheit gesehen. Wer das liest, möge zum Beispiel von den Rolling Stones *Their Satanic Majesties Request* auflegen, Seite 1, jetzt gleich, die erste Nummer, »Sing this all together«. Haben Sie die Platte aufgelegt? So, und jetzt warten Sie auf den Übergang zur zweiten Nummer, »citadel« ...

Haben Sie das gehört?

(1968)

Zu G. F. Jonke, »Geometrischer Heimatroman«*

Über John Fords Film *Lost Patrol* schrieb ein Kritiker, sehr gute Filme könne man nur beschreiben. Das Buch, das ich gerade gelesen habe, ist kein sehr gutes Buch, auch kein wertvolles Buch, mit dem Zeitungen um Abonnenten werben – aber man kann so viele Erfahrungen damit machen, daß man Lust hat, die Erfahrungen zu beschreiben.

Zwei Personen, zueinander sprechende Personen, »Figuren«, haben sich in einer Schmiede versteckt, »die Wangen eng an die Mauern gepreßt«, und wollen, wie sie es in wiederkehrenden Sätzen formulieren, über den einmal leeren, dann bevölkerten, einmal trockenen, dann überschwemmten, einmal mit Bäumen bewachsenen, dann wieder baumlosen Dorfplatz gehen.

Zwei Personen sprechen, aus dem Sprechen ergibt sich ein beliebiges Wort, das Reizwort »Schmiede«, das Reizwort »Dorfplatz«, aus den Wörtern »Schmiede« und »Dorfplatz« ergeben sich beliebige Sätze mit diesen Wörtern, aus den Sätzen ergeben sich Geschichten, dem Dorfplatz folgt das Wort »Dorf«, dem Dorf folgen die Wörter »Bürgermeister«, »Lehrer«, »Pfarrer« – »die Welt der Dinge schreibt der Welt der Personen das Muster vor«, besser noch: Die Welt der Sätze schreibt der Welt der Personen und Dinge Muster vor.

Zu den Wörtern, die das Wort »Dorf« nach sich zieht, werden aber die Geschichten nicht herbeiphantasiert, sondern in automatischen Sätzen herbeizitiert. Im Wort »Bürgermeister« stecken schon automatische Sätze mit diesem Wort: »Der Bürgermeister ist der erste Mann im Dorf, er regelt alles zum Wohl des Dorfes, er muß sehr viel schreiben. Gott sei Dank aber hat er eine hübsche Sekretärin, die Tochter des Bauern Huber, die ihm sehr viel Arbeit abnimmt . . .«

Auch Schulaufsätzen kann man nachprüfen, daß den Wör-

* G. F. Jonke, Geometrischer Heimatroman. Frankfurt 1969.

tern als Reflexe fertige Sätze entsprechen – ein Weltbild, in dem vorgegeben wird, daß Sätze gerade gebildet werden, in dem aber diese Sätze schon lange vorgebildet sind: Das ist das Modell des »Geometrischen Heimatromans«, die Geometrie der Sätze sorgt für den geometrischen Ort der sprechenden Personen.

Zu jedem Wort gibt es eine fertige Geschichte: Das wird in dem Buch deutlich gemacht, indem diese fertigen Geschichten enervierend ausführlich, mit Wiederholungen, Übertreibungen, Abweichungen vorgeführt werden – die Sätze erweisen sich als Repertoirevorstellung: »Die Brunnenwinde trägt das Seil... dreht man nach rechts, wird das Seil hochgezogen, und der Kübel voll Wasser kommt von unten herauf; dreht man nach links wird... der Kübel hinunterbefördert, um neues Wasser aus der Tiefe zu schöpfen...«

Die Sätze repetieren Selbstverständliches, aber gerade, indem sie es repetieren – möglichst umständlich, in einer möglichst komplizierten Syntax –, machen sie das immer Selbstverständliche lächerlich. Zu dem Buch gehören auch Zeichnungen, die das, was schon mit den beschreibenden Sätzen ganz sinnfällig war (ein Zelt, ein Boot), dadurch, daß sie es »unnötigerweise« auch noch darstellen, wieder der Sinnfälligkeit entziehen: Schriftsprache und Zeichnung, beide erweisen sich seltsam als einander widersprechende (nicht einander illustrierende) semantische Systeme.

Werden ausnahmsweise einmal nicht die aus Wörtern sich von selber ergebenden Sätze repetiert, so werden sie doch ausführlich negiert: »Die Leute sagen, der Mann (ein Artist) sei weder auf einem Pferd noch auf einem Esel, noch auf einem... irgendwie anders gearteten Tragtier... geritten, er soll auch auf keinem von irgendwelchen Tieren gezogenen Wagen gefahren sein, noch sei er in einer Sänfte getragen worden, sondern...«

Ein ähnliches »Entkräftungs«-Prinzip findet sich im *Warren-Report* über die Ermordung John F. Kennedys, der seitenlang aus Sätzen besteht, in denen niemand jemanden über einen Zaun springen sah, in denen kein Mann sich auf der Überführung versteckt hielt, in denen niemand jemanden sah, der über die Schienen lief, in denen niemand Pulverdampf zwischen den Büschen sah, in denen niemand jemanden sah, der jemandem ein Zeichen gab: So wird Übliches, indem es in Sätzen zitiert, aber verneint wird, unheimlich. Noch ein Beispiel bei Jonke: »nein die klinke der pfarrhaustür ist nicht niedergedrückt worden der türflügel ist nicht aufgegangen der pfarrer ist nicht mit wehenden gewändern herbeigelaufen gekommen...« Die Automatik der Vorstellungen, die Automatik des in fertigen Sätzen stagnierenden Bewußtseins wird in Spielsätzen deutlich.

Wenn Jonke nicht Spielsätze wiedergibt, wenn er nicht Sätze vor den Lesenden zitiert, dann wird auch sogleich seine Geschichte, indem sie zu »seiner« Geschichte wird, beliebig: Die Episode mit den Vögeln, die das Dorf überfallen und den Verputz von den Häusern fressen, wirkt ärgerlich erfunden; wenn der Autor Phantasie beweisen will, wirken seine Sätze (weil sie nicht sich selber vorzeigen, sondern über sich hinaus etwas aussagen wollen) metaphorisch; mit einer bekannten Metapher gesagt: *In ein volles Glas wird Wasser gegossen.*

Sonst aber machen die Sätze immer deutlich, daß das, was man bis jetzt als Leser für die unschuldige Wirklichkeit gehalten hat, von Syntax Vorgeformtes ist. Wenn der Autor über Gegenstände redet, merkt er, daß er, redend, der Gegenstand von Sätzen ist. Und deutlich wird, daß Sätze obrigkeitliche Sätze sind, daß die Welt der Sätze eine hierarchische Ordnung normiert. Jonke zeigt das, indem er einen Satz erst einmal wie einen unschuldigen Abbildsatz vorstellt, der scheinbar zeigt, *wie es ist,* dann aber mit einem einfachen syntaktischen Dreh vorführt, daß an diesen Satz Bedingungen geknüpft sind, daß diesen Bedingungen wieder andere Bedingungen vorausgehen usw. Seine Sätze verwandeln sich dabei von sonnigen Aussagesätzen in immer kompliziertere Bedingungssätze:

1. Die Stierweide ist umzäunt. Der Wanderer kann seinen Weg ins Dorf ruhig fortsetzen. 2. Sollte aber der Stier im Zaun eine schwache Stelle ausfindig machen... so soll der Wanderer sich nicht aus der Ruhe bringen lassen.

3. Gelingt es dem Wanderer, Säbel und Pistole rechtzeitig aus dem Rucksack zu bekommen, wird er leichtes Spiel haben. 4. Wenn er den Stier ins Hirn trifft, braucht er nicht weiter zu schießen. 5. Wenn aber . . .

Man kann sich denken, wie die Bedingungssätze weiterlaufen. Die Sprache erweist sich als ein System von Verhaltensregeln. Jonke greift nun diese Verhaltensregeln nicht in der »gesellschaftskritischen« Weise an – wobei er sich doch diesen Regeln der linken Kitsch-Literatur unterwerfen müßte –, sondern er spielt diese Sätze gegeneinander aus, er läßt sie sich selber vorzeigen, verwendet sie als Spielmaterial. In den Schnitten zwischen den Sätzen zeigt sich die Arbeit des Autors, lohnt sich die Arbeit des Lesenden. Die Sätze werden offen, man kann sie anschauen, gebannt wie die Kinder im Dorf von der für sie dämonischen Bewegung des Mörtels im Sandkasten.

Mit diesem Buch kann man also Erfahrungen machen. Erfahrungen zu machen, bereitet Vergnügen: Es ist ein vergnügliches Buch. Kein neuer Film von Godard, kein neuer Film von Straub im Kino – man könnte wieder zu lesen anfangen. Unverständlich, daß der Verlag nur 3000 Stück gedruckt hat: Liegt das an den zum Großteil versteinerten Buchhändlern, die den Leuten nur abstumpfende Sachbücher andrehen? Ein mögliches Publikum für dieses Buch ist da. (Der Rowohlt Verlag gar hat von dem Buch, das von allen Büchern der letzten Jahre vielleicht am meisten in Bewegung setzen wird, von Oswald Wieners *Die Verbesserung von Mitteleuropa,* nur 2500 Exemplare gedruckt! Ein jämmerliches Alibi!)

Eine Chance also, nicht nur *beim* Lesen, sondern auch *am* Lesen Vergnügen zu haben! Es könnte einem mit dem Buch ergehen, wie es in einer der *Drei Erzählungen* Flauberts dem Tyrannen ergeht, der nach den Mühen und Plagen des Tages vor dem Palast verstockt auf der Terrasse sitzt: »Der Mond ging auf. Besänftigung zog in sein Herz.«

(1969)

Marcel Reich-Ranicki und die Natürlichkeit*

Es ist schwierig, über die Arbeiten des Literaturkritikers Marcel Reich-Ranicki keine Satire zu schreiben; und es wäre unterhaltsam, Sätze aus seinen gesammelten Buchbesprechungen zu montieren. Aber diese Satire hätte, wie jede Satire, den Nachteil, daß sie ihren Gegenstand zwar lächerlich machen, ihn aber nicht in Frage stellen könnte; oder sie würde ihn zwar in Frage stellen können, ohne daß aber klar würde, warum denn der Gegenstand plötzlich fragwürdig sei.

Deswegen kann es nicht darum gehen, lächerlich zu machen oder zu beschimpfen, sondern auf die kritischen Modelle Reich-Ranickis aufmerksam zu machen. Zu seinen wohl wichtigsten Kritikschablonen gehören die normativen Sätze über die Wirklichkeit: die Prüfungsfrage für den Schriftsteller lautet: »Nun sag, wie hast du's mit der Wirklichkeit?« In der Literatur, so meint Reich-Ranicki »fordert das Leben wieder sein Recht«. »Die nachprüfbare Wirklichkeit«, so meint er, »läßt sich auf die Dauer nicht ignorieren.« »Greift nur hinein ins volle Menschenleben . . .« das ist auch *sein* Satz. Über die Art dieses Greifens gibt es für Reich-Ranicki nichts zu fragen. Jener Schriftsteller ist in Ordnung, meint er, der schreibt, »wie ihm der Schnabel gewachsen ist«. Die Wörter »Natürlichkeit«, »Durchsichtigkeit«, »Klarheit« sind seine heftigstgebrauchten Lobeswörter. Literatur ist für ihn nicht etwas *Gemachtes*, sondern etwas *Entstandenes*. Literatur *soll natürlich* sein. Da freilich Literatur nicht natürlich sein kann, soll sie wenigstens natürlich *wirken*. Reich-Ranicki betrachtet die gemachte Literatur als ein Stück Natur. Ähnlich wie die Vögel in jener antiken Anekdote pickt er nach den ganz naturgetreu gemalten Trauben auf dem Bild von den Trauben. (Sein kritisches Wortrepertoire diente in Schulaufsätzen zu Bildbeschreibungen.) Reich-Ranicki pickt nach

---

* Eine Bemerkung zu Marcel Reich-Ranicki, *Literatur der kleinen Schritte*. München 1967.

Wörtern wie nach der Wirklichkeit. Formalistische Methoden beim Schreiben läßt er nicht gelten. Er hält sie nicht für Probleme der Literatur, sondern für private Schwierigkeiten des Literaten, mit denen »der Leser« nicht behelligt werden möchte. Das erkennbare Machen von Literatur verniedlicht Reich-Ranicki, indem er dafür das beliebte Wort »Basteln« verwendet; auch »Laborkunst« ist ein gängiges Automatenwort; Argumenten, die ihm entgegenhalten, daß das Basteln nur eine Suche nach noch nicht eingängig, das heißt, natürlich gewordenen Methoden ist, der Wirklichkeit des jeweils Schreibenden habhaft zu werden, begegnet er mit dem einfachen Hinweis auf bestimmte Autoren, die schreiben, wie ihnen der Schnabel gewachsen ist: diese Autoren strafen, so meint er, die Pseudoavantgardisten, die Totengräber der Literatur, mit ihren gutgewachsenen Schnäbeln Lügen. Daß auch die realistische Methode nicht Natur, sondern gemachtes Modell ist, daß sie am Beginn ihrer Verwendung gekünstelt und gebastelt gewirkt hat und nur durch den Gebrauch und die Gewöhnung natürlich erscheint, will er nicht merken. Er will auch nicht merken, daß auch schon viele der gegenwärtigen Bastelmethoden natürlich geworden sind: daß sie durch Wiederholung und Verbrauch für die verrotteten realistischen Methoden verwendbar geworden sind: daß sogar die Illustriertenautoren Sprachspiele verwenden und sich die einstmals ganz formalistisch und künstlich wirkende Methode des inneren Monologs als »natürlich« und »realistisch« angeeignet haben: der Formalismus, das Künstliche von heute, gehört immer schon zum Natürlichen, zum Realismus, von morgen. Reich-Ranicki will es nicht merken, daß jede literarische Methode, solange sie noch etwas taugt, künstlich erscheint, indem sie sowohl den Vorgang des Schreibens als auch das Geschriebene als Gemachtes, Nicht-Natürliches, als Gegenwirklichkeit, in jedem Moment kenntlich macht: er hält einen richtigen erzählenden Satz, niedergeschrieben, für das natürlichste Ding auf der Welt; aber einen Satz, der, niedergeschrieben, kenntlich macht, daß ein richtiger erzählender Satz, kaum niedergeschrieben, das künstlichste Ding auf der Welt ist, beschimpft er als

»modernistisch«, obwohl doch gerade dieser Satz vom natürlichsten Ding auf der Welt redet.

Die realistische Literatur hat wie das realistische Theater eine automatisierte Dramaturgie; während aber die Dramaturgie des Realismus auf dem Theater, die Vortäuschung von Wirklichkeit durch Bilder, immer mehr Zuschauern bewußt wird, so daß sie die erlogene *Natur* auf der Bühne nicht mehr aushalten, ist die genauer erlogene Dramaturgie der realistischen Literatur, die nicht durch *Bilder*, sondern durch *Sätze* die Wirklichkeit vortäuscht, in ihrem Automatismus und in ihrer angewöhnten Natürlichkeit bis jetzt erst wenigen bewußt geworden. Aneinandergedruckte Sätze überreden eben intensiver zu einer Vorstellung der damit suggerierten Wirklichkeit als die unechten Türen auf der Bühne, als überhaupt die peinlich sichtbare Dreidimensionalität der Bühne, die eine andere Wirklichkeit bedeuten will, aber dadurch nur um so beklemmender die weggeleugnete Wirklichkeit der Zuschauer diese spüren läßt, freilich unfreiwillig.

So geht es auch mit der sogenannten natürlichen, realistischen Literatur, von der Reich-Ranicki meint, daß sie, gleichsam durch die Sätze hindurch, eine Wirklichkeit »sieht und sichtbar macht«: nicht diese Wirklichkeit wird als Bild sichtbar, sondern beklemmend zeigt sich dabei die Verlogenheit einer sich als natürlich gebenden Literatur, die blind macht für die Wirklichkeit der Sätze, einer Literatur, die jeden Satz als naturgegeben hinnimmt, als Bezeichnetes und nicht als Bezeichnendes, einer Literatur, die die Schwierigkeiten beim Bezeichnen der Wirklichkeit mit keinem Wort überpüft. Aber es ist klar: Reich-Ranicki kann man mit Einwänden nicht kommen: er kennt die alte List, sich dumm zu stellen, weil er nicht argumentieren kann (und er ist nie fähig zu argumentieren, er äußert sich nur mit kräftigem rhetorischem Gestus). »Ich gestehe«, leitet er dann in der Regel seine Sätze ein. Nachdem er aber seine Verständnislosigkeit eingestanden hat, zieht er über das Nichtverstandene her.

»Warum erklärt die Kritik von Zeit zu Zeit ihre Ohnmacht oder Verständnislosigkeit?« schreibt Roland Barthes in den

Mythen des Alltags: » ... es geschieht gewiß nicht aus Bescheidenheit; niemand fühlt sich wohler als jemand, der bekennt, daß er nichts vom Existenzialismus begreift, und niemand ist selbstsicherer als ein anderer, der verschämt eingesteht, daß er nicht das Glück habe, in die Philosophie des Außerordentlichen eingeweiht zu sein...«: das trifft, mit veränderten Themen, auf Reich-Ranicki zu. Er fühlt sich sicher, weil er auf das Einverständnis vieler hoffen kann: umfassend gebraucht er auch oft das Wort »Wir« oder das Wort »Der Leser« oder gar »Der arme Leser«: Reich-Ranicki fühlt sich als Sprecher *des* Lesers, so wie etwa das Bürgerliche Gesetzbuch der Sprecher des ordentlichen Durchschnittsmenschen ist. Bei diesem Leser ist Reich-Ranicki sicher: wenn er etwa schreibt (in fast jeder Besprechung), es gehe in der Literatur nicht darum, Wirklichkeit mitzuteilen, sondern sie zu »vergegenwärtigen«; wenn er (in fast jeder Besprechung) zur Beurteilung eines Autors Sätze dieses Autors entweder über eine seiner Personen oder über einen anderen Autor auf den Autor selber anwendet, dann kann er der Zustimmung des ordentlichen Durchschnittslesers sicher sein: »Das habe ich mir auch schon gedacht!« sagt dieser. Richtiger würde er freilich sagen: »Das habe ich mir auch schon nicht gedacht!« Reich-Ranicki verläßt sich auf den Leser mit dem »unbestimmten Gefühl«, der dann »Aha!« sagen kann: da er selber, auf Grund eines völlig indiskutablen, schon seit langem mechanischen Vokabulars statt mit Urteilen nur mit Vorurteilen arbeitet, kann er sich auf die Vorurteile aller Welt getrost verlassen. In seiner Manier: er vergegenwärtigt nicht das Ergebnis seiner kritischen Arbeit, er teilt es mit, zumindest temperamentvoll. Jeder seiner Sätze ist schon fertig da, beliebig verfügbar, ist ein Kernsatz, der am Kern seines Gegenstandes vorbeigeht. Kein Satz argumentiert, etwa um zu einem Kommuniqué als Endsatz zu kommen: seine Sätze sind alle schon Endsätze, sind Kommuniqués.

Reich-Ranicki stellt sich schon lange keine Fragen über sich selbst mehr. Er, der unwichtigste, am wenigsten anregende, dabei am meisten selbstgerechte deutsche Literaturkritiker seit langem, kann freilich alle Angriffe mit seinem Kommuniquésatz abwehren: »Ein Literaturkritiker, der etwas taugt, ist immer eine umstrittene Figur.« Von mir aus ist Reich-Ranicki unumstritten.

(1968)

Beschreibungen

Als ich »Verstörung« von Thomas Bernhard las

Nachdem ich auf dem Hauptbahnhof in Hannover angekommen war, rief ich die Nummer des Bekannten an, den ich aufsuchen wollte. Es meldete sich niemand. Weil ich aber auf jeden Fall über Nacht in Hannover bleiben wollte, beschloß ich, zu warten und später dieselbe Nummer noch einmal anzurufen. Dann kaufte ich eine Zeitung und ging mit meinem kleinen Gepäck die Treppe hinauf in das Bahnhofscafé von Hannover. Ich bestellte etwas zu trinken und las ein wenig in der Zeitung. Ich war recht müde, aber das Buch ließ mir keine Ruhe.

Die Krankenbesuche des Arztes, bei denen ihn sein Sohn begleitet, hatte ich schon hinter mir, nur der Besuch bei dem Fürsten von Saurau auf der Burg Hochgobernitz stand noch aus. Vater und Sohn gingen unten von der Schlucht, wo sie kurz in der Mühle gewesen waren, auf dem gefährlichen Steig zur Burg hinauf. Es war nicht ratsam, sich umzuschauen. Was sie vorher gesehen hatten, waren *Vor*zeichen gewesen: ein Totschläger, noch nicht eingefangen, trieb sich in der Gegend herum, in allen Häusern, in denen die beiden bisher gewesen waren, lagen oder liefen elend Sterbende herum, in einem Nebenbau der Mühle waren tote Vögel aufgereiht, der Hund des Müllers rannte, gefährlich in seiner Verstörung, zwischen den verfaulenden Müllersleuten hin und her, alle lebenden Wesen schienen vollkommen ihrem Nervensystem unterworfen. Dem Erzähler, dem jungen Studenten der Montanistik in Leoben, erschien, an der Seite seines Vaters, Leoben allmählich schon als die Außenwelt, alle wurden immer mehr voneinander abgeschieden, ein Kranker, kurz vor seinem Tod, zeichnete »im Gehen Erstickte«. Alle Personen gestanden etwas: der Vater gab zu, hieß es.

Kurz bevor die beiden die Burg des Fürsten erreichten, besuchten sie noch in einem Vorhaus den verrückten jungen Krainer, dem sein Kopf viel zu eng war und der daran war, durch die Veränderungen an seinem Körper die

Sprache gänzlich zu verlieren. Früher hatte er harmonische Musik komponiert, jetzt, so sagte seine Schwester, sei seine Musik entsetzlich.

Als die beiden auf der Burg ankamen, ging der Blick tatsächlich Hunderte von Kilometern weit.

Sie sahen den Fürsten auf der äußeren Burgmauer, sie trafen ihn auf der innern. Er begrüßte sie, ohne stehenzubleiben. Sie schlossen sich ihm an. Er setzte sein Selbstgespräch, das er schon den ganzen Tag lang führte, sogleich mit ihnen fort. Dem Fürsten war es in jedem Augenblick natürlich, daß die Welt auseinanderbricht. Er redete immer von sich selber wie von der ganzen Welt und von der ganzen Welt wie von sich selber. Der Vater hatte dem Studenten schon gesagt, der Fürst sei total wahnsinnig, auch die Müllersburschen unten hatten erzählt, daß der Fürst Unglaubliches rede.

Der Fürst redete wie zur Lebensrettung. Er wiederholte viele Sätze wieder und wieder, wobei er nur immer die Worte umstellte. Seinen endlosen Verallgemeinerungen schloß er plötzlich den Satz an: Diese riesige Mure! Diese riesige Mure! Der Fürst sagte nicht, daß er verzweifelt sei, er sagte: Diese riesige Mure! Alle Namen, selbst die Ortsnamen, waren für den Fürsten Verzweiflungsnamen.

Schon am Vormittag hatte er drei Bewerber um den Verwalterposten zu Besuch gehabt, von denen er wieder den einen mit Wörtern quälen konnte. Er fand im Gespräch heraus, welche Wörter der Bewerber nicht ertragen konnte, und verwendete diese Wörter immer wieder, etwa Maulwurf, Leinwand, Bergmann, Strafanstalt. Qualvoll reagierte der Bewerber auf diese Wörter.

Welche Wörter auch der Fürst gegenüber seinen Zuhörern gebrauchte, es waren Empfindlichkeitswörter, Qualwörter. Ich las, wie der Fürst seinen Besuchern stundenlang von den Bewerbern erzählte, wobei er immerfort vom Anschaulichen der konkreten Angaben über die Personen – einer lebte in einer Landschaft, die so finster war, daß sie Selbstmorde schon wieder ausschloß, und seine Kleidung war so adrett, daß sie wohl immer an einer Tür hing, nicht in einem Kasten – zu den sich immer wiederholenden abstrahierenden Unanschaulichkeiten übersprang, die aber gerade den redenden Fürsten anschaulich machten. Der Fürst war besessen vom Reden, er sprach, so sagte er, aus Angst zu ersticken.

Er redete viel in Gemeinplätzen, aber gerade die Häufung der Gemeinplätze zeigte seine hellhörige Verfinsterung. Er kümmerte sich nicht um eine Logik der grammatikalischen Modelle, er konnte sagen, daß Selbstgespräche genauso sinnlos seien wie Gespräche, wenn auch viel weniger sinnlos, er konnte sagen: er ist durchaus vernünftig, aber ohne die geringste Vernunft, er konnte den Satz sagen: »Moser sagte, aber er getraute sich nicht zu sagen...« – ich las, wie der Fürst die eigenen Satzmodelle immerfort umkehrte, wie er, sprechend, die Auflösung aller Begriffe möglich machte.

Was er von der Außenwelt erwähnte, war nur ein Zeichen seiner Innenwelt. Der Fürst sprach nicht in Metaphern, sondern in Zeichen. Das Hochwasser, von dem er sprach, ver*glich* er nicht mit seinem Innern, sondern das Hochwasser, das es tatsächlich gegeben hatte, vor einigen Wochen, *war* sein Inneres, und das Lusthaus, in dem einst sein toter Vater aufgebahrt worden war und das sonst zu Theateraufführungen diente, *war* das, was in seinem Kopf vor sich ging, und selbst, wenn der Fürst über die Postzustellung in der Landschaft Bundau sprach, die katastrophal sei, meinte er damit sein katastrophales Inneres. Die Namen für die Dinge und Vorgänge, so erkannte ich, waren nur Zeichen für seine Zustände. Die Ortsnamen Köflach und Stiwoll standen für Verstörtheit und Verzweiflung. Die Landwirtschaft, sagte zum Beispiel der Fürst, ist ein Irrtum: er sprach, als ob die Landwirtschaft eine Lebenshaltung wäre.

Jeder Mensch hat seine Ache, sagt der Fürst mit der Banalität der Verstörten, Wahnsinnigen, und schon ist die Ache, die *wirklich* durch die Schlucht fließt, nur ein anderes Wort für Irrsinn geworden. Ich erinnerte mich beim Lesen, daß schon vorher ein anderer Kranker zu dem Arzt gesagt hatte, nur seine Besuche hinderten ihn, die »Konsequenz Hauenstein« zu ziehen: der Kranke hauste in der Ortschaft

Hauenstein, er gebrauchte aber das Wort Hauenstein für das Wort Selbstmord.

Der Fürst sprach mit einem grammatikalischen Irrsinn, er bildete neue Wörter, wie es bei Schizophrenen üblich ist, und er fügte manierierte Fremdwörter ein: auch deren Gebrauch war wie der Gebrauch der ständig wechselnden Phrasen über die Menschen ein Zeichen seiner Verstörung. Der Fürst dachte in Selbstmordmöglichkeiten. Es interessierte ihn nicht, wer als erster auf dem Mond sein, sondern wer als erster die Erde durchqueren würde. Auf der Burg herrschten die Naturgesetze des Saurauschen Denkens.

Es ist immer deine Geschichte, die dir erzählt wird, sagt der Fürst. Nichts auf der Welt war ihm erträglich. Wenn ihm etwas doch beinahe erträglich war, sagte er: am wenigsten *un*erträglich, oder er sagte: das Lesen ist noch das erträglichste Ekel. Wenn er von einem Normalzustand berichtete, mußte er erst das Schlimme, das für *ihn* der Normalzustand ist, verneinen. Wenn sein Kopf einmal ruhig war, sagt der Fürst: ohne den geringsten Schwächezustand. Sein Sprechen war ein Krankheitsbericht.

Nachdem die drei auf der inneren Burgmauer zu gehen angefangen hatten, setzten sie ihren Rundgang auf der äußeren Burgmauer fort. Sie gingen immer schneller, und es wurde dunkler. Der Fürst redete weiter, um die Geräusche in seinem Kopf zu übertönen. Er unterstrich gleichsam jedes Wort, er gebrauchte jedes Wort, nicht nur die Eigenschaftswörter, in den Superlativen: sein Sohn, der nach seinem Tod die Burg übernehmen sollte, würde ALLES GANZ VERFAULEN lassen.

Wie viele Wahnsinnige verglich der Fürst die Vorgänge oft mit Theatervorgängen. Er geriet von einer Sprechweise in die andre, von einer philosophischen etwa in eine juristische: alle Handlungen sind strafbare Handlungen, sagte er. Dann gebrauchte er, der nur noch Zeitungen las, freilich nur alte, auf einmal Zeitungswendungen: von seinem tot aufgefundenen Vater sagte er, der »Unglückliche« sei mit durchschossenem Kopf aufgefunden worden. Der Fürst sprach in fremden Sprechweisen, die aber insgesamt seine eigne Sprechweise waren: selbst die fremden, Sprechzustände waren Verstörungszeichen.

Auf den Burgmauern ertrug er noch am besten sein Alleinsein.

Zwischendurch fragte er ganz schnell und achtlos den Arzt: Haben Sie meine Pillen mit? Ist es sehr anstrengend für Sie, heraufzukommen? Was macht Ihr Sohn? und fuhr dann, ohne eine Antwort abzuwarten, in seinem Selbstgespräch fort. Der Sohn hörte zu.

Der Fürst wollte jeden durch sein eigenes Gehirn führen, »bis ihm übel wird«.

Folgendes erzählte er dazu von einem Gespräch, das er vor kurzem mit dem Arzt geführt hatte: der Fürst hatte vom Hochwasser reden wollen, der Arzt aber vom kürzlich aufgeführten Schauspiel:»Je intensiver ich über das Hochwasser redete, sagte der Fürst zum Studenten, desto mehr war Ihr Herr Vater vom Hochwasser abgelenkt, und zwar durch das Schauspiel... in dem Augenblick, in welchem ich angefangen habe, von dem Hochwasser zu reden, hat Ihr Herr Vater vom Schauspiel zu reden angefangen. Ihr Herr Vater war, je mehr ich mich mit dem Hochwasser beschäftigte, mehr und mehr mit dem Schauspiel beschäftigt. Ich redete vom Hochwasser und er redete vom Schauspiel. Mein Vater sagte: Ich habe immer gedacht, du mußt vom Hochwasser reden, habe aber vom Schauspiel geredet. Der Saurau sagte: Ich habe aber vom Hochwasser und nicht vom Schauspiel geredet, denn von was sonst hätte *ich* an diesem Tag reden sollen, wenn nicht vom Hochwasser! Und Ihr Herr Vater hat an nichts anderes als an das Schauspiel *gedacht*. Wie ich mehr und mehr mit dem Hochwasser beschäftigt gewesen bin, war Ihr Herr Vater mehr und mehr mit dem Schauspiel beschäftigt, und in dem Grade, in welchem ich, vom Hochwasser sprechend, von Ihrem Vater, der vom Schauspiel sprach, irritiert gewesen bin, ist Ihr Herr Vater, vom Schauspiel sprechend, von mir, der ich nur vom Hochwasser sprach, irritiert gewesen... Immer wieder hörte ich Ihren Herrn Vater, in meine endlose Hochwasserrederei hinein, das Schauspiel kommentieren. Das ist die unglaubliche Auffälligkeit gewesen, sagte der Fürst, daß ich nämlich mit dem Fortschreiten der Zeit immer mehr und von nichts anderem mehr als vom Hochwasser gesprochen habe, Ihr Herr Vater von nichts anderem mehr als vom Schauspiel. Und immer lauter hat Ihr Herr Vater vom Schauspiel gesprochen, und immer lauter ich vom Hochwasser. Laut, gleich laut, gleichzeitig gleich laut, haben wir beide, Ihr Herr Vater von einem ungeheuerlichen Schauspiel, ich von einem ungeheuerlichen Hochwasser, gesprochen. Und dann, sagte der Fürst, ist eine Periode eingetreten, da haben wir beide nur noch ausschließlich vom Hochwasser gesprochen, und darauf eine, in welcher nur noch vom Schauspiel die Rede gewesen ist. Aber während wir da beide vom Schauspiel redeten, habe ich doch nur an das Hochwasser gedacht, und während wir vom Hochwasser redeten, Ihr Herr Vater nur an das Schauspiel... Redeten wir vom Hochwasser, so dachte ich, daß Ihr Herr Vater vom Schauspiel reden will, redeten wir vom Schauspiel, wollte ich von nichts als vom Hochwasser reden... Wenn wir vom Schauspiel redeten, sagte mein Vater, so riefen Sie, Fürst, andauernd Hohe Kosten! oder Ungeheure Kosten! aus, während ich, wenn wir vom Hochwasser redeten, ununterbrochen solche Wörter wie das Wort Schnürboden, Mimik, Exaltation, Marionettismus sagte. Im Grunde aber, sagt der Fürst, haben wir an dem Tag, gleich wovon, doch nur über das Hochwasser gesprochen.«

Ich war inzwischen aus dem Bahnhofscafé weggegangen und hatte noch einmal angerufen. Wieder meldete sich niemand. Beim Sprechen, sagte der Fürst, könne er wenigstens *miß*verstanden werden. Es war recht dunkel geworden. Ich ging in einen Park in der Nähe der Hannoverschen Oper und las dort beim Laternenschein weiter. Der Fürst konnte die beiden nicht ins Haus führen, weil alles in Unordnung war. Ich war dann aufgestanden und hatte in einer Gaststätte, zur Musik eines Stehgeigers, weitergelesen. Ich hatte noch einige Male vergebens angerufen. Ich hatte etwas getrunken und weitergelesen. Der Fürst war ganz gegen die Wirklichkeit konstruiert. Er erfror von innen heraus. Ich las und las und las...   (1967)

Totenstille beim Heurigen

Versuch einer Analyse mit Hilfe einer Nacherzählung von Ödön von Horváths, *»Geschichten aus dem Wienerwald«*

Draußen in der Wachau, vor einem Häuschen am Fuße einer Burgruine, in der Nähe der schönen blauen Donau, während in der Luft ein Singen und Klingen ist, als verklänge irgendwo immer wieder der Walzer »Geschichten aus dem Wiener Wald« von Johann Strauß, sitzt Alfred, von dem man nur den Vornamen kennt, auf Besuch bei seiner Mutter, die ihm tief in die Augen schaut, und verzehrt mit gesegnetem Appetit Brot, Butter und saure Milch. In einer halben Stunde, sagt er, werde ihn sein Freund, der Hierlinger Ferdinand, abholen. Schon? fragt die Mutter. Leider! antwortet Alfred. »Dann iß bitte nicht die ganze saure Milch zusammen«, sagt die Mutter.
Alfred ist nicht mehr bei der Bank, weil das keine Entfaltungsmöglichkeiten bietet. Er hat sich selbständig gemacht: Finanzierungsgeschäfte und so –. Als er das sagt, verschluckt er sich und hustet stark. »Jetzt wär ich aber fast erstickt«, sagt er. Stille. »Apropos ersticken: wo steckt denn die liebe Großmutter?« fragt Alfred.
Die Großmutter sitzt in der Küche und betet; denn sie leidet an Angst. Jetzt tritt sie mit einer Schale sauerer Milch aus dem Haus und schreit: »Frieda! Frieda!« Der Enkel hat ihr die saure Milch gestohlen. Er streckt ihr die Zunge heraus. Auch sie streckt ihm die Zunge heraus: »Bäääh!« Stille. Plötzlich schüttet sie die Schale aus, und da kommt auch schon der Hierlinger Ferdinand mit Valerie, einer Fünfzigerin im Autodreß, und Alfred macht die beiden mit seiner Mutter und seiner lieben Großmutter bekannt.
Während die Mutter dem Hierlinger Ferdinand die Burgruine zeigt, haben Alfred und Valerie eine Auseinandersetzung. Er hat sie um Geld betrogen, das sie ihm für Rennwetten gegeben hat. Die Großmutter sitzt daneben und horcht, hört aber nichts. »Du wirst mir jetzt geben, was mir

217

gebührt«, sagt Valerie. »Siebenundzwanzig Schilling. S'il vous plaît!« Alfred gibt ihr das Geld: »Voila!« »Merci!« sagt Valerie und zählt nach.

Sie streiten. Plötzlich küßt Valerie seine Hand. »Nein, nicht so – –«, sagt Alfred. Der Hierlinger Ferdinand schreit vom Turm herunter, es sei wunderschön dort oben. Alfred ruft zurück, fixiert dann Valerie: »Was? Du weinst?« Weinerlich antwortet Valerie: »Aber keine Idee – –«

In einer stillen Straße im achten Bezirk steht Oskar vor seiner gediegenen Fleischhauerei und maniküert sich die Fingernägel, während er ab und zu einer Realschülerin zuhört, die im zweiten Stock auf einem ausgeleierten Klavier die »Geschichten aus dem Wiener Wald« von Johann Strauß spielt. Der Gehilfe Havlitschek tritt aus dem Laden, frißt eine Wurst und ist wütend; ein kleines mageres Mädchen hat nämlich seine Blutwurst getadelt; am liebsten würde er es abstechen. Oskar lächelt: »Wirklich?« Ein pensionierter Rittmeister kommt vorbei und lobt die Blutwurst. Dann geht er nebenan zu Valeries Tabak-Trafik und erkundigt sich nach der Ziehungsliste. Valerie fragt ihn schadenfroh, was er denn gewonnen hätte. »Ich habe überhaupt noch nie was gewonnen, liebe Frau Valerie«, antwortet der Rittmeister.

Nebenan erscheint der Zauberkönig, der mit Scherzartikeln, Totenköpfen usw. handelt, auf seinem Balkon, und ruft zu seiner Tochter Marianne hinunter auf die Straße, wo seine Sockenhalter seien; er will zur Totenmesse für Oskars Mutter; Oskar soll sein Schwiegersohn werden. Marianne geht in den Laden, um die Sockenhalter zu suchen, und jetzt spielt die Realschülerin, die vorher aufgehört hatte zu spielen, wieder weiter: den Walzer: »Über den Wellen«. Marianne findet die Sockenhalter unter der Schmutzwäsche. »Na so was!« sagt der Vater und kneift sie in die Wange.

Oskar sagt zu Marianne: »Ein Bussi, Mariann, ein Vormittagsbussi – –« Marianne gibt ihm einen Kuß, und er beißt sie. »Daß du mir immer weh tun mußt«, sagt Marianne. Stille. »Böse?« fragt Oskar. Stille. »Manchmal glaub ich schon, daß du es dir hersehnst, daß ich ein böser Mensch sein soll – –«, antwortet Marianne. »Ich weiß, daß du mich

218

verachtest«, sagt Oskar. »Was fällt dir ein, du Idiot!«
Stille. Oskar möchte ihr die Gehirnschale herunternehmen
und nachkontrollieren, ob sie ihn liebt. »Aber das kannst
du nicht«, sagt Marianne.
Oskar und der Schwiegervater in spe gehen zur Totenmesse,
und Marianne arrangiert die Auslage. Alfred kommt her-
bei, erblickt Marianne, hält an und betrachtet sie. Sie dreht
sich um, erblickt ihn und ist fast fasziniert. Plötzlich erschrickt sie und läßt rasch den Sonnenvorhang hinter der
Fensterscheibe herab – und der Walzer bricht wieder ab,
mitten im Takt.
Valerie hat von ihrer Trafik aus alles beobachtet. »Und an
so was hängt man sein Leben«, sagt sie, weniger zu
Alfred. Er krault sie am Kinn. Sie schlägt ihn auf die
Hand. Stille. Sie streiten wieder, und er geht weg. Sie
sieht ihm nach: »Außenseiter. Luder. Bestie. Zuhälter.
Mistvieh – –«
Am nächsten Sonntag machen der Zauberkönig und Marianne, Oskar, Valerie, Alfred, einige entfernte Verwandte,
unter ihnen Erich aus Kassel in Preußen, und kleine weiß-
gekleidete häßliche Kinder einen gemeinsamen Ausflug in
den Wiener Wald. Man fotografiert sich mit einem Selbst-
auslöser, stellt sich zu einer malerischen Gruppe zusammen
und löst sich dann allmählich wieder auf. Valerie ist unge-
halten, weil Alfred mitgekommen ist. Oskar fotografiert
die Kinder allein. »Ein Kindernarr!« sagt die Tante zu
Marianne. Alfred wird vom Zauberkönig dem Neffen aus
Kassel vorgestellt: »Herr von Zentner!« sagt der Zauberkönig. Erich, mit Brotbeutel und Feldflasche am Gürtel,
sagt: »Sehr erfreut!«
Marianne erzählt Alfred, sie habe einmal rhythmische
Gymnastik studieren wollen, aber ihr Vater halte die finanzielle Unabhängigkeit der Frau vom Mann für den letzten
Schritt zum Bolschewismus. »Auch die finanzielle Abhän-
gigkeit des Mannes von der Frau führt zu nichts Gutem«,
antwortet Alfred. »Das sind halt so Naturgesetze.« »Das
glaub ich nicht«, antwortet Marianne. Plötzlich sagt sie,
daß es, in bezug auf Oskar, gar nicht das sei, was man
so Liebe nenne. Oskar kommt herzu und führt sie weg

zu einer schönen alten Baumgruppe, wo sich die ganze Gesellschaft bereits zum Picknick gelagert hat.

Der Zauberkönig gibt in einer Rede die Verlobung bekannt. Alle gratulieren. »Heil!« sagt Erich aus Kassel. Dann lagern sich alle im Wald, Oskar singt und summt zur Laute, und alle summen mit, außer Alfred und Marianne; Alfred nähert sich nämlich Marianne. Sie schließt die Augen, und er küßt ihr lang die Hand. Oskar beobachtet das, und Alfred entfernt sich. »Er beneidet mich um dich – – ein geschmackloser Mensch«, sagt Oskar. »Wer ist denn das überhaupt?« »Ein Kunde«, antwortet Marianne.

Es wird ein Pfänderspiel gespielt, und Oskar soll etwas demonstrieren. Er stürzt sich plötzlich auf Marianne und demonstriert an ihr seine Jiu-Jitsu-Griffe. Marianne fällt zu Boden und schreit.

Später gehen alle baden. Während die Trafikantin sich hinter einem Gebüsch das Badetrikot anzieht, riecht vor dem Busch der Zauberkönig an ihrem Korsett. Valerie kommt zurück, und sie reden. Plötzlich wirft sich der Zauberkönig über sie und küßt sie. Valerie ruft: »Halt, da kommt wer!«, und sie kugeln auseinander.

Erich aus Kassel tritt auf mit einem Luftdruckgewehr, und der Zauberkönig geht sich abkühlen in der schönen blauen Donau. Die Trafikantin und Erich kommen einander näher. »Wo wohnen Sie denn?« fragt Valerie. »Ich möchte gerne ausziehen«, antwortet Erich. »Ich hätt' ein möbliertes Zimmer«, sagt Valerie. »Preiswert?« – »Geschenkt!« – »Das trifft sich ja famos!« Er will sie schießen lassen, aber sie läßt das Gewehr sinken. Es dämmert schon. Sie umarmt ihn, und er läßt sich umarmen.

An der schönen blauen Donau steht Alfred und blickt verträumt in der Dämmerung auf das andere Ufer. Marianne steigt aus dem Fluß und erkennt Alfred. Stille. Sie reden über die Natur, dann über die Natur der Menschen. »Keiner darf, wie er will«, sagt Alfred. »Und keiner will, wie er darf«, antwortet sie. Schließlich umarmt sie Alfred mit großer Gebärde, und sie wehrt sich mit keiner Faser. Alfred fragt sie, ob sie ihn vernünftig liebt; denn für Unüberlegtheiten kann er keine Verantwortung übernehmen. Marianne aber weiß jetzt, daß sie Oskar nicht heiraten wird. »Lieben ja«, sagt Alfred darauf, »aber dadurch zwei Menschen auseinanderbringen – – nein!« Jetzt fühlt sich Marianne doppelt zu ihm gehörig.

Der Zauberkönig hat alles mitangehört. Oskar erscheint und überblickt die Situation. Sie wirft ihm den Verlobungsring ins Gesicht. »Das einzige Kind!« sagt der Zauberkönig. »Das werd ich mir merken!« Oskar tritt zu Marianne und sagt: »Ich werde dich auch noch weiter lieben, du entgehst mir nicht, und ich danke dir für alles.«

In der stillen Straße im achten Bezirk scheint die Sonne ein Jahr später wie dazumal, und auch die Realschülerin im zweiten Stock spielt noch immer die »Geschichten aus dem Wiener Wald« von Johann Strauß. Oskar tritt aus seiner Fleischhauerei und sagt zu seinem Gehilfen Havlitschek: »Wir müssen heut noch die Sau abstechen. – – Stichs du, ich hab heut keinen Spaß daran.«

In einem möblierten Zimmer im achtzehnten Bezirk liegt Alfred um sieben Uhr morgens noch im Bett und raucht, während Marianne sich schon die Zähne putzt. In der Ecke steht ein Kinderwagen. Alfred ist Vertreter für eine Hautcreme, die in der wirtschaftlichen Krise niemand kauft. Jetzt sucht er seine Sockenhalter. Marianne schaut ihn groß an und fragt: »Weißt du, was das heut für ein Datum ist?« Heute vor einem Jahr hat sie ihn zum ersten Mal gesehen. Er hatte an die Auslage geklopft, die sie gerade arrangierte, und da ließ sie plötzlich die Rouleaus herunter, weil es ihr plötzlich unheimlich geworden war. »Stimmt«, sagt Alfred. Marianne sagt: »Ich war viel allein – –.« Sie weint.

In einem kleinen Café im zweiten Bezirk spielt Alfred Billard mit dem Hierlinger Ferdinand. Marianne kommt dazu und blättert an einem Tisch in Modejournalen, während Alfred seine Partie zu Ende spielt. Der Hierlinger Ferdinand sagt: »Ich hab sie mir eigentlich anders vorgestellt.« »Wieso?« fragt Alfred. »Etwas molliger«, sagt der Hierlinger Ferdinand. »Noch molliger?« »Ich weiß nicht, warum«, sagt der Hierlinger Ferdinand. »Man macht sich ja unwillkürlich so Vorstellungen.« Er will Alfred helfen und verspricht ihm, da zum Glück das Kind bei der Mutter in der Wachau ist, Marianne mit einer Baronin bekannt zu machen, die Ballette für elegante Etablissements zusammenstellt.

Als er gegangen ist, setzt sich Alfred an Mariannes Tisch. Er bemerkt ein Amulett mit dem heiligen Antonius an ihrem Hals. »Seit wann denn?« fragt er. »Als ich noch klein gewesen bin, und wenn ich etwas verloren hab«, antwortet Marianne, »dann hab ich nur gesagt: Heiliger Antonius, hilf mir doch! – – Und schon hab ich es wiedergefunden.«

»War das jetzt symbolisch?« fragt Alfred. »Es war nur so überhaupt«, antwortet Marianne.

Draußen in der Wachau scheint die Sonne wie dazumal – nur daß nun vor dem Häuschen ein alter Kinderwagen steht. Alfred ist zu Besuch und will von der Großmutter Geld leihen. Sie sagt: »Keinen Kreuzer! Keinen Kreuzer!« »Du alte Hex«, sagt Alfred. Stille. Die Großmutter nähert sich ihm langsam und kneift ihn in den Arm. Alfred lächelt: »Wie bitte?« Sie kneift ihn wieder, und er schüttelt sie ab, da er nun tatsächlich was spürt. Die Großmutter weint vor Wut. Alfred lacht. Sie versetzt ihm einen Hieb mit ihrem Krückstock. »Au!« sagt Alfred. Stille. Die Großmutter grinst befriedigt.

Sie sieht, daß ihm ein Knopf hängt. »Wie kann man sich nur mit so einer schlamperten Weibsperson – –«, sagt sie. Sie näht ihm den Knopf an.

Sie sagt: »Du Alfred. Wenn du dich jetzt von deinem Mariannderl trennst, dann tät ich dir was leihen – –.« Stille. »Wieso?« fragt Alfred.

In der stillen Straße im achten Bezirk will eine gnädige Frau für ihren Sohn beim Zauberkönig eine Schachtel Zinnsoldaten nachbestellen. Dem Zauberkönig ist das zu umständlich, und die gnädige Frau geht verärgert weg. »Küß die Hand! Krepier!« sagt der Zauberkönig.

Nebenan will Erich aus Kassel mit fünf Zigaretten aus der Trafik verschwinden. Valerie stellt ihn zur Rede. Er sagt, er werde seine Schulden rückerstatten, und wenn

er auch hundert Jahre zahlen müßte. »Ehrensache.« Valerie
starrt ihm nach: »Ehrensache. Bestie.«

Alfred erscheint bei Valerie und versucht vergeblich, sich
zu versöhnen. Oskar beobachtet ihn heimlich, bis er verschwindet. Dann sagt er zu Valerie: »Ich hab sie noch
immer lieb – – vielleicht stirbt das Kind – –.« »Herr
Oskar!« sagt Valerie. »Wer weiß!« sagt Oskar: »Gottes
Mühlen mahlen langsam, mahlen aber furchtbar klein. Ich
werd an meine Mariann denken – ich nehme jedes Leid
auf mich, wen Gott liebt, den prüft er – – den straft
er, den züchtigt er. Auf glühendem Rost, in kochendem
Blei – –.« Der Gehilfe Havlitschek kommt aus der Fleischhauerei: »Also, was ist jetzt? Soll ich jetzt die Sau abstechen oder nicht?« »Nein, Havlitschek«, antwortet Oskar.
»Ich werd sie jetzt schon selber abstechen, die Sau.«

Und die ganze Zeit spielt die Realschülerin im zweiten
Stock Walzer auf dem Klavier und bricht immer wieder
ab, mitten im Takt.

Im Stephansdom, vor einem Seitenaltar des heiligen Antonius, will Marianne beichten. Weil sie aber nicht bereut,
daß sie ihr Kind im Zustand der Todsünde empfangen
hat, verweigert ihr der Beichtvater die Absolution. Sie
sagt: »Lieber Gott, ich bin im achten Bezirk geboren und
hab die Bürgerschule besucht, ich bin kein schlechter
Mensch – – hörst du mich? – – Was hast du mit mir
vor, lieber Gott?«

Beim Heurigen, mit Schrammelmusik und Blütenregen,
herrscht große weinselige Stimmung – – und mittendrin
der Zauberkönig, Valerie und Erich. Alles singt:

»Es wird ein Wein sein,
Und wir werden nimmer sein,
Es wird schöne Madeln geben
Und wir werden nimmer leben – –.«

Jetzt wird's einen Augenblick totenstill beim Heurigen –
aber dann singt wieder alles mit verdreifachter Kraft.

Erich bringt ein Heil auf den Heurigen an und verschüttet
seinen Wein auf Valerie. »Hat er dich naß gemacht?« fragt
der Zauberkönig. »Bis auf die Haut«, antwortet Valerie.
»Bis auf deine Haut – –«, sagt der Zauberkönig.

Der Rittmeister erscheint und feiert mit. Mit ihm ist ein Jugendfreund seines in Sibirien vermißten Bruders gekommen, ein Amerikaner, der aus Wien ausgewandert ist. Der Zauberkönig verfällt in wehmütigen Stumpfsinn. »Wo steckt denn die Mariann?« fragt Valerie. Der Rittmeister lächelt geheimnisvoll. Der Mister aus Amerika summt: »Donau so blau, so blau, so blau – –.« Alle summen mit und wiegen sich auf den Sitzgelegenheiten.

Es fängt zu regnen an, und der Mister schlägt vor, ins Moulin-bleu zu gehen. »Halt!« sagt der Rittmeister. »Nicht ins Moulin-bleu, liebe Leute! Dann schon eher ins Maxim!« Und wieder wird es einen Augenblick totenstill.

Im Maxim nehmen alle in aufgeräumtester Stimmung an den Tischen Platz. Das Tischtelephon klingelt. Der Zauberkönig nimmt ab: »Ja, hallo? – – Wie? Wer spricht? – – Was soll ich? A du Schweinderl, du herziges –«

Während er mit dem Rittmeister zur Bar geht, sprechen Valerie und der Mister über ihn. »Diese Sorte stirbt nämlich aus«, sagt Valerie. »Leider«, sagt der Mister. »Heut ist er ja leider besoffen«, sagt Valerie. »Wie Sie das wieder sagen!« sagt der Mister. »Was für ein Charme! Bei uns in Amerika ist halt alles brutaler.« Valerie fragt: »Was wiegen Sie?«

Drei nackte Mädchen stehen auf der Bühne, die erste mit einem Propeller, die zweite mit einem Globus, die dritte mit einem kleinen Zeppelin – das Publikum rast vor Beifall, schnellt von den Sitzen in die Höhe und singt die erste Strophe des Deutschlandliedes, worauf es sich wieder beruhigt.

Eine Gruppe nackter Mädchen, die sich gegenseitig niedertreten, versucht einer goldenen Kugel nachzurennen, auf der Marianne unbekleidet auf einem Bein steht. Valerie schreit gellend im finsteren Zuschauerraum, und Marianne erschrickt auf ihrer Kugel und muß herunter. Valerie schreit weiter: »Marianne!« Der Mister boxt ihr in die Brust und sagt: »Kusch!«

Die Herrschaften räumen allmählich das Lokal. Der Mister ist jetzt allein mit dem Zauberkönig. »Ich bin in einer Untergangsstimmung, Herr Mister«, sagt der Zauberkönig.

»Jetzt möcht ich Ansichtskarten schreiben, damit die Leut vor Neid zerplatzen, wenn sie durch mich selbst erfahren, wie gut daß es mir geht!« Der Mister kauft darauf einer Verkäuferin einen ganzen Stoß Ansichtskarten ab, setzt sich dann abseits und schreibt.

Marianne kommt im Bademantel herein. »Ja schämst du dich denn gar nicht mehr?« sagt der Zauberkönig. »Nein, das kann ich mir nicht leisten, daß ich mich schäm«, sagt Marianne.

Sie sagt, ihr bleibe nur der Zug. »Was für ein Zug?« fragt der Zauberkönig. »Der Zug. Mit dem man wegfahren kann«, antwortet Marianne.

Allein mit dem Mister, fragt sie dieser um Briefmarken und bietet ihr fünfundsechzig Schilling an. »Zeigen Sie«, sagt Marianne. Er reicht ihr die Brieftasche. Sie gibt ihm die Brieftasche zurück und sagt: »Nein. Danke.« Der Mister packt sie plötzlich am Handgelenk und brüllt: »Hand aufmachen – auf!!« Marianne hat hundert Schilling darin.

Draußen in der Wachau sitzt Alfred mit seiner Großmutter vor dem Häuschen in der Abendsonne, und unweit steht der Kinderwagen. Sie sind schon mitten im Reden, und die Großmutter wirft Alfred vor, daß er ihr Geld vertan hat. »Willst mir also nicht verzeihen?« fragt Alfred. »Häng dich auf!« sagt die Großmutter. Beide strecken einander die Zunge heraus. Stille. Alfred lüftet den Strohhut und geht weg.

Die Mutter kommt aus dem Haus und beugt sich über das Kind, das hustet und einen ganz anderen Blick hat. »Für manche wärs schon besser, wenns hin wären«, sagt die Großmutter. »Möchtest du denn schon hin sein?« fragt die Mutter. Die Großmutter kreischt: »Vergleich mich nicht mit dem dort!« und deutet auf den Kinderwagen. Sie spielt wütend auf ihrer Zither ein Menuett.

Die Mutter hat gesehen, daß sie in der Nacht das Bett mit dem Kind in den Zug gestellt hat. Die Großmutter kreischt: »Das hast du geträumt!« Die Mutter sagt: »Nein, das hab ich nicht geträumt. Und wenn du zerspringst!«

In der stillen Straße im achten Bezirk sagen sich Erich aus Kassel und Valerie Lebewohl, während die Real-

225

schülerin wieder den Walzer abbricht, mitten im Takt.
»Altes fünfzigjähriges Stück Scheiße – –«, sagt Erich, als
er allein ist. Nebenan hat sich Alfred mit Oskar versöhnt.
»Ihnen hab ich nie etwas Böses gewünscht«, sagt Oskar,
»– – während die Mariann – –.« Er lächelt.
Der Zauberkönig spricht mit Valerie über den Krieg, während er eine Zeitung durchblättert: »Krieg ist ein Naturgesetz! Akkurat wie die liebe Konkurrenz im geschäftlichen
Leben!«
Valerie will ihn mit Marianne aussöhnen. »Wenn ich Großpapa wäre – – –«, sagt sie. »Ich bin aber kein Großpapa!«
unterbricht sie der Zauberkönig. Er faßt sich ans Herz,
und der Walzer bricht ab. »Versöhn dich doch lieber, du
alter Trottel«, sagt Valerie. Der Zauberkönig will sich versöhnen. Valerie grinst befriedigt und steckt sich eine Zigarette an.
Nun versöhnt Oskar Alfred mit Valerie. »Ich brauch immer
jemand, für den ich sorgen kann und muß«, sagt Alfred
zu ihr, »sonst verkomm ich sofort. Für die Mariann konnt
ich aber nicht sorgen, das war mein spezielles Pech – –«
»Was würdest du denn tun, wenn ich dir jetzt fünfzig
Schilling leihen würde?« fragt ihn Valerie.
Marianne kommt rasch und erschrickt. »Halt! Dageblie-
ben!« sagt Valerie. »Jetzt wird versöhnt und basta!« Oskar
sagt: »Mariann! Ich verzeih dir gern alles, was du mir
angetan hast – – denn lieben bereitet mehr Glück als geliebt
werden – –« »Mariann! Hier wird jetzt versöhnt!« sagt
Valerie. »Aber nicht mit dem!« sagt Marianne und deutet
auf Alfred. »Alles oder nichts!« sagt Valerie. »Auch das
ist doch nur ein Mensch!« »Mich hat man aber eingesperrt«, sagt Marianne. »Die Polizei trägt allerdings keine
Glacéhandschuhe«, antwortet Oskar. »Waren es wenigstens
weibliche Kriminalbeamte?« fragt Valerie. Marianne antwortet: »Teils.« Valerie: »Na also!«
Draußen in der Wachau sitzt die Großmutter in der Sonne,
und die Mutter schält Erdäpfel. Der Kinderwagen ist nirgends zu sehen. Die Großmutter diktiert jetzt der Mutter
einen Brief: »Wertes Fräulein! Leider müssen wir Ihnen
eine für Sie recht traurige Mitteilung machen . . .«

Marianne kommt mit dem Zauberkönig, Valerie, Oskar und Alfred, denen sie etwas vorausgeeilt ist. Marianne wird es plötzlich unheimlich. Die Großmutter reicht ihr den Brief. Marianne nimmt ihr mechanisch den Brief ab und sieht sich scheu um. Sie liest. Der Zauberkönig hält ein Kinderspielzeug in der Hand und läutet damit. »Der Opapa ist da, der Opapa!« Marianne läßt den Brief fallen. Stille. Valerie hebt den Brief auf und liest. Jetzt schreit sie: »Maria! Tot ist er! Hin ist er, der kleine Leopold!« Sie schluchzt. Alfred schließt sie automatisch in seine Arme.

Die Großmutter hebt neugierig das Spielzeug auf, das dem Zauberkönig entfallen ist, und läutet damit. Marianne stürzt sich plötzlich lautlos auf sie und will sie mit der Zither erschlagen. Oskar drückt Marianne die Kehle zu. Marianne röchelt und läßt die Zither fallen.

Marianne sagt: Ich hab mal Gott gefragt, was er mit mir vorhat. – Er hat es mir aber nicht gesagt, sonst wäre ich nämlich nicht mehr da – –. Er hat mir überhaupt nichts gesagt – –. Er hat mich überraschen wollen – –. Pfui!«

Oskar sagt: »Mariann! Ich hab dir mal gesagt, daß ich es dir nie wünsch, daß du das durchmachen sollst, was du mir angetan hast – – und trotzdem hat dir Gott Menschen gelassen – – die dich trotzdem lieben – – und jetzt, nachdem sich alles so eingerenkt hat – –. Ich hab dir mal gesagt, Mariann, du wirst meiner Liebe nicht entgehn – –.«

Oskar gibt ihr einen Kuß auf den Mund und geht langsam mit ihr weg, während in der Luft ein Klingen und Singen ist, als spielte ein himmlisches Streichorchester die »Geschichten aus dem Wiener Wald« von Johann Strauß.

(1970)

Eine wahre Begebenheit

Anneliese Rothenberger & Karl Valentin

Am Abend des 25. Dezember 1971 stellte sich heraus, daß die Kasten, die den Kunden unter der Bezeichnung »Fernsehapparate« verkauft werden, in Wirklichkeit nur Attrappen sind. Es handelt sich um hölzerne Kisten mit einer Glasfläche, auf die, je nach sogenannter »Programmtaste«, verschiedene stehende Bildchen geworfen werden. Daß daraus der Eindruck eines Bewegungs- und Handlungsablaufs entsteht, ist eine optische Täuschung. Die Bilder sind nämlich jeweils so geschickt gewählt, daß in der Regel schon ein einziges als Signal für die endlose Bildwelt im Bewußtsein des Beschauers wirkt.
Bei der Auswahl des Signalbildes für den ersten Weihnachtstag hat nun das sogenannte »Zweite Deutsche Fernsehen« einen Fehler gemacht: Es lieferte unter dem Motto »Anneliese Rothenberger gibt sich die Ehre« ein Bild, das so sehr von jeder Außenwelt abgeschnitten war, daß es vor den Augen des Zuschauers in Dornröschenschlaf versank. Eine Frau stand da, auf einem Parkettboden, neben ihr saß ein Greis am Klavier, im Hintergrund Sängerknaben mit weitaufgerissenen Mündern – aber das Bild lief nicht, verzaubert standen die Figuren, angeleuchtet wie für eine Krippenszene. Aus der Traum! Der Fernsehapparat war also ein Puppenheim, je nach Preis mit einer weißen oder mehreren farbigen Glühbirnen ausgestattet. Und dabei hatten die großen Kaufhäuser im diesjährigen Weihnachtsgeschäft mit dem Verkauf von »Farbfernsehern« den größten Umsatz erzielt! Nun stellte sich also heraus, daß »Fernseher« nur eine Bezeichnung war wie »Liebfrauenmilch« und »bengalisches Feuer«.
Laut der Programmzeitschrift *Hör zu* sollte der Greis am Klavier der Komponist Robert Stolz sein und auf Frau Rothenbergers Wunsch, ihn in einem Jahr wiederzusehen, »wenn Gott will, ich halt still«, sagen. Aber in Wirklichkeit sagte er gar nichts, es handelte sich nicht um ihn, sondern um einen Scherzartikel. Waren die Fernsehzeitschriften,

wie so oft schon vermutet, also doch nur die Innungszeit-schriften der Fernsehindustrie?

Plötzlich eine Bewegung: Ein Mensch mit einer langen Nase schneite ins Bild, und mit jedem seiner traumverlorenen Schritte verwandelte sich der Kasten zurück in ein Fernseh-gerät. Da hämmerte Robert Stolz mit den Ellenbogen ver-gnügt einen Marsch in die Tasten, der Knabenchor lachte mit glockenhellen Stimmen, und auch Frau Rothenberger schaute um sich wie wachgeküßt. »Wer sind Sie? Was wol-len Sie?«, aber das Individuum war schon aus dem Bild verschwunden.

Nun ging alles programmgemäß, und der Gast des Abends trat auf, der Industrielle Theo Albrecht, der kurz vor dem Fest von seinen Entführern gegen ein Lösegeld von 7 Mil-lionen Mark freigelassen worden war.

»Wie haben Sie diese große Summe aufbringen können?«, fragte Frau Rothenberger.

»Erst einmal hoffe ich, daß die Banken für meine Lage Verständnis aufbringen werden«, antwortete Albrecht.

»Ist es eigentlich möglich, Lösegelder von der Steuer abzu-ziehen?«, fragte die Sängerin. »Könnte der Finanzminister die sieben Millionen als Betriebsausgabe anerkennen?«

»Das ist wenig wahrscheinlich«, antwortete der Gast des Abends. »Man hat mich schließlich nicht entführt, weil ich einen bestimmten Betrieb leite, sondern weil man mich für einen reichen Mann hielt.«

»Und die Absetzmöglichkeit als Sonderausgabe«, fragte Rothenberger.

»Auch das ist wenig aussichtsreich«, sagte der Industrielle. »Denn das Einkommensteuergesetz nennt in Paragraph 10 alle Ausgaben, die als Sonderausgaben abzugsfähig sind. Das Lösegeld ist dabei nicht aufgeführt.«

»Also gibt es keine Möglichkeit?« »Doch«, antwortete Al-brecht. »Es müßte als ›außerordentliche Belastung‹ aner-kannt werden. So hat es jedenfalls die *Frankfurter Allge-meine Zeitung* in ihrem Wirtschaftsteil dem Finanzminister empfohlen. Außergewöhnlich sind bekanntlich Belastungen, die einem Steuerpflichtigen aufgezwungen werden und die ihn besonders hart treffen.«

»Mithin hätten die Entführer nicht Sie geschädigt, sondern das Finanzamt? Und mit dem Finanzamt das Publikum?«
Die Show lief.
In diesem Augenblick verirrte sich wieder das Subjekt mit der langen Nase auf die Bühne. Ein Regieeinfall?
»Festhalten!«, rief Albrecht. »Das ist der Entführer!«
Das Subjekt wurde festgehalten und gleich dem Publikum für zweckdienliche Hinweise vorgestellt.
»Wie heißen Sie?«, fragte Frau Rothenberger.
»Karl Valentin.«
»Nein, er ist es doch nicht«, sagte Albrecht. Gehörte das noch zur Show?
»Sie sind unschuldig«, sagte Frau Rothenberger.
Aber das Individuum schien nicht mitspielen zu wollen; es schwieg.
Da komponierte Robert Stolz schnell ein Lied für den Gekränkten: – »Ein Herz genügt nicht, / für dich zu schlagen.«
Der Mensch schwieg noch immer.
»Sie sind unschuldig«, sagten nun alle.
Karl Valentin hob aber nur langsam den Kopf und fragte: »Warum?«

(1971)

Die Aufsätze erschienen zuerst in verschiedenen Zeitungen und Zeitschriften wie *konkret, film, Theater heute, manuskripte* und *Die Zeit.* Einige sind dann in den Band Peter Handke, *Prosa, Gedichte, Theaterstücke, Hörspiel, Aufsätze* aufgenommen worden. – Die Texte dieser Ausgabe wurden zum Teil noch einmal durchgesehen.

Zeittafel

1942 in Griffen/Kärnten geboren.
1944–1948 lebt er in Berlin. Dann Volksschule in Griffen.
1954–1959 als Internatsschüler Besuch des humanistischen Gymnasiums. Die letzten zwei Jahre in Klagenfurt.
1961–1965 Studium der Rechtswissenschaften in Graz.
1963–1964 *Die Hornissen* (Graz, Krk/Jugoslawien, Kärnten).
1964–1965 *Sprechstücke* (Graz). Umzug nach Düsseldorf.
1963–1966 *Begrüßung des Aufsichtsrats* (Graz, Düsseldorf).
1965–1966 *Der Hausierer* (Graz, Düsseldorf).
1967 *Kaspar* (Düsseldorf).
1968 *Das Mündel will Vormund sein* (Düsseldorf).
1965–1968 *Die Innenwelt der Außenwelt der Innenwelt* (Graz, Düsseldorf). Umzug nach Berlin.
1969 *Die Angst des Tormanns beim Elfmeter* (Berlin). *Quodlibet* (Berlin, Basel). Umzug nach Paris.
1968–1970 *Hörspiele* (Düsseldorf, Berlin, Paris).
1970 *Chronik der laufenden Ereignisse* (Paris). *Der Ritt über den Bodensee* (Paris).
1971 *Der kurze Brief zum langen Abschied* (Köln). Umzug nach Kronberg
1972 *Wunschloses Unglück* (Kronberg).
1973 *Die Unvernünftigen sterben aus* (Kronberg). Umzug nach Paris *Falsche Bewegung* (Venedig).
1972–1974 *Als das Wünschen noch geholfen hat* (Kronberg, Paris)
1974 *Die Stunde der wahren Empfindung* (Paris).
1976 *Die linkshändige Frau*. Erzählung (Paris).

Von Peter Handke
erschienen im Suhrkamp Verlag

Die Hornissen. *Roman*
1966. 278 Seiten. Leinen

Der Hausierer. *Roman*
1967. 204 Seiten. Engl. Broschur

Prosa, Gedichte, Theaterstücke, Hörspiel, Aufsätze
(Bücher der Neunzehn) 1969. 352 Seiten. Leinen

Die Angst des Tormanns beim Elfmeter. *Erzählung*
1970. 128 Seiten. Engl. Broschur

Der kurze Brief zum langen Abschied. *Roman*
1972. 195 Seiten. Engl. Broschur

Die Stunde der wahren Empfindung
1975. 167 Seiten. Leinen

Die linkshändige Frau. *Erzählung*
1976. 136 Seiten. Engl. Broschur

edition suhrkamp
Publikumsbeschimpfung und andere Sprechstücke
edition suhrkamp 177

Die Innenwelt der Außenwelt der Innenwelt
edition suhrkamp 307

Kaspar. *Stück*
edition suhrkamp 322

Wind und Meer. *Hörspiele*
edition suhrkamp 431

Der Ritt über den Bodensee. *Stück*
edition suhrkamp 509

suhrkamp taschenbücher
Chronik der laufenden Ereignisse. *Filmbuch*
suhrkamp taschenbuch 3

Die Angst des Tormanns beim Elfmeter. *Erzählung*
suhrkamp taschenbuch 27

Stücke 1
suhrkamp taschenbuch 43

Ich bin ein Bewohner des Elfenbeinturms. *Aufsätze*
suhrkamp taschenbuch 56

Stücke 2
suhrkamp taschenbuch 101

Wunschloses Unglück. *Erzählung*
suhrkamp taschenbuch 146

Die Unvernünftigen sterben aus
suhrkamp taschenbuch 168

Der kurze Brief zum langen Abschied
suhrkamp taschenbuch 172

Als das Wünschen noch geholfen hat. *Mit Abbildungen*
suhrkamp taschenbuch 208

Falsche Bewegung
suhrkamp taschenbuch 258

suhrkamp taschenbücher

st 378 Adolfo Bioy Casares, Fluchtplan. Roman
Aus dem Spanischen von Joachim A. Frank
136 Seiten
In diesem Roman ist die Insel ein Archipel mit Gefängnisanstalten (die Teufels- oder Salutinseln). Der Briefschreiber, der dorthin strafversetzte Leutnant Nevers, soll dem Gouverneur Castel zur Hand gehen. Tage verstreichen, ehe er Castel, über den sonderbare Gerüchte im Umlauf sind, kennenlernt. Eine der Inseln wird Nevers verboten. Er versucht, das Geheimnis zu lüften. Seine Briefe nach Hause, seine Tagebucheintragungen melden seine Erkundungen und Schlüsse, Ergebnisse, die er immer wieder berichtigen muß.

st 379 Christiane Rochefort, Das Ruhekissen. Roman
Aus dem Französischen von Ernst Sander
304 Seiten
Erzählt wird die Geschichte von Liebe und Hörigkeit einer Frau. Sie verfällt einem jungen, süchtigen Intellektuellen, der seine ganze Intelligenz nutzt, um diese Frau immer tiefer zu erniedrigen. Wie dann in der tiefsten Krise, in der beide zugrunde gehen müßten, die Idee des Lebens triumphiert, das gehört zu den erstaunlichen Wendungen dieses erstaunlichen Buches.

st 380 Hermann Hesse, Briefe an Freunde.
Rundbriefe 1946–1962
Zusammengestellt von Volker Michels
272 Seiten
Seit 1946, seit der Verleihung des Nobelpreises an Hermann Hesse, nahm der tägliche Posteingang an Leserbriefen solche Dimensionen an, daß Hesse einen Ausweg finden mußte, der es ihm ermöglichte, seinem Grundsatz treu zu bleiben und den Fragen nicht auszuweichen, ohne ihm doch die schriftstellerische Produktion zu opfern.

So half er sich von 1946 bis zu seinem Lebensende mit einer neuen literarischen Gattung, seinen »Rundbriefen«, die es ihm erlaubten, sowohl auf die am häufigsten wiederkehrenden Leserfragen zu reagieren, zeitgenössische Bücher zu empfehlen als auch seine neuen Erlebnisse und Erfahrungen festzuhalten und zu gestalten.

st 381 Hermann Hesse, Die Gedichte. 2 Bände
Neu eingerichtet und um Gedichte aus dem Nachlaß erweitert von Volker Michels
zus. 842 Seiten
Mit mehr als 680 Gedichten ist dies die bisher vollständigste Ausgabe der Lyrik Hesses. Die Gedichte sind in zeitlicher Folge angeordnet. Beginnend mit dem frühesten Gedicht aus dem Jahre 1892 (Nachlese) und ergänzt um die späten Gedichte, sowie erstmals um die wichtigsten humoristischen und zeitkritischen Gedichte aus dem Nachlaß, ergeben diese Bände eine Art lyrischer Autobiographie.

st 382 Hermann Hesse. Von Wesen und Herkunft des Glasperlenspiels. Die vier Fassungen der Einleitung zum Glasperlenspiel
Herausgegeben und mit einem Essay »Zur Entstehung des Glasperlenspiels« von Volker Michels
134 Seiten
Wie sehr Hesses *Glasperlenspiel* eine Auseinandersetzung und zeitkritische Antwort auf den immer hoffnungsloseren Irrweg Deutschlands in den Nationalsozialismus ist, das wird am deutlichsten in den vier 1932–1934 entstandenen und immer wieder revidierten Versionen der Einführung in sein großes Alterswerk. Bereits der Text von 1932 ist nicht nur eine der dezidiertesten Kritiken des Rassismus und aller »Blut und Boden«-Schwärmerei, sondern darüber hinaus eine unerbittliche Persiflage auf das beamtete und nicht selten lohnabhängig konjunkturorientierte Hochschulsystem.

st 383 Hermann Hesse, Kurgast. Aufzeichnungen von einer Badener Kur
112 Seiten
»Eine Badereise mit ihren tragikomischen Alltäglichkeiten wird dem Dichter zum Anlaß, das Zusammenleben

der Menschen in einer Folge von gutgelaunten, idyllischen philosophisch beschaulichen Szenen zu durchleuchten. Mit Entzücken sieht der Leser durch den lebenschaffenden Blick des Dichters in diesem Mikrokosmos die Formenfülle und Merkwürdigkeit der Welt.«

Oskar Loerke

st 384 Hermann Hesse, Der Europäer.
Gesammelte Erzählungen. Band 3 1909–1918
Zusammengestellt von Volker Michels
372 Seiten
Der dritte Band dieser auf vier Bände angelegten Taschenbuchausgabe enthält Erzählungen aus Hesses letzten beiden Jahren am Bodensee, die mit der Indienreise ihren Abschluß fanden, sowie Erzählungen aus den Jahren bis 1918, der Zeitspanne vor und während des Ersten Weltkriegs, als er in Bern lebte. Die Jahre des Ersten Weltkriegs waren Hesses politische Lehrzeit. Damals sammelte er die Erfahrungen, ohne die sein unbestechlicher Vorausblick für die künftigen politischen Entwicklungen nicht möglich gewesen wäre.

st 385 Hugo Ball, Hermann Hesse. Sein Leben und sein Werk
186 Seiten
»Aus dem Konflikt von Zeit und Kultur gelingt Hugo Ball die Deutung manches großartigen Widerspruchs, den wohl der eine oder andere Leser der Hesseschen Bücher festzustellen meint: ›Wohl kaum hat Hesse ein Erlebnis bis zum Rest erschöpft und gedeutet, so wird ihm gerade dieses Erschöpfen zur Gefahr und wirft ihn in das andere Extrem.‹ Wie diese Deutung durchgeführt wird, das macht die Lektüre dieses eigenwilligen, klugen und lebensnahen Buches zu einem heute seltenen Genuß.«

Hermann Kasack

st 386 Hermann Hesses weltweite Wirkung.
Internationale Rezeptionsgeschichte
Herausgegeben von Martin Pfeifer
364 Seiten
Zum ersten Mal wird hier die Wirkung des Werkes dieses Autors in ihrem weltweiten Ausmaß untersucht und

dargestellt. Es werden Entwicklungen und gegenwärtiger Stand der Hesserezeption unter ihrem verlegerischen und publizistischen Aspekt, die Qualität der Übersetzungen und die wissenschaftliche Auseinandersetzung mit Hesses Werk gezeigt und Antwort zu geben versucht auf die Frage nach den Leserschichten und deren Zusammensetzung, nach der Art des Literaturkonsums und nach den Auswirkungen der Hesselektüre.

st 387 Marie Luise Kaschnitz, Der alte Garten.
Ein Märchen
190 Seiten
»Ein Buch, das nie aufhört Märchen zu sein, und das sich doch auch ganz anders lesen läßt. Dem Menschen wird eindringlich klargemacht, daß die Welt, in der er lebt, ihm nicht einfach zur Verfügung stehen kann, daß sie nicht nach seinem Gutdünken manipulierbar ist.«
Stuttgarter Zeitung

st 388 Robert Walser, Poetenleben
122 Seiten
Poetenleben ist eine Sammlung von 25 Kurzgeschichten, entlarvenden, doch mit schalkhafter Arglosigkeit vorgetragenen Episoden aus dem abenteuerlich unzeitgemäßen Alltag eines »Poeten«. Walser selbst hat das Buch als eines seiner geglücktesten und poesiereichsten bezeichnet und es seinem Verleger listig als eine »romantische Geschichte« empfohlen.

st 389 Bertrand Russell, Eroberung des Glücks.
Neue Wege zu einer besseren Lebensgestaltung
Autorisierte Übersetzung von Magda Kahn
174 Seiten
Russell versammelt hier seine praktischen Überlegungen zu Glück und Unglück, Konkurrenz und Neid, Familie und Arbeit, u. a. Er wagt »zu hoffen, daß einige von den unzähligen Menschen, die ihr Unglück über sich ergehen lassen, ohne ihm etwas Gutes abgewinnen zu können, in den folgenden Blättern eine Diagnose ihres Zustandes finden werden und zugleich eine Anregung, wie sie ihm entrinnen können«.

st 390 Gore Vidal, Messias. Roman
Deutsch von Helga und Peter von Tramin
Phantastische Bibliothek Band 5
298 Seiten
Der Roman *Messias* schildert ganz unter Verzicht auf
futuristische Requisiten eine abstoßende Zukunftswelt, in
der die Menschen so manipuliert werden, daß sie einem
lebensfeindlichen Glauben, zu dessen Opfern sie aus-
erkoren sind, freiwillig ihre Zustimmung geben. Gema-
nagt von skrupellosen Werbeleuten, die die Entwicklung
der neuen Religion so planen wie eine Werbekampagne
für ein Waschmittel, wird der Todeskult zum Fanal, das
die Welt verändert.

st 391 H. P. Lovecraft, Der Fall Charles Dexter Ward
Zwei Horrorgeschichten
Deutsch von Rudolf Hermstein
Mit einem Nachwort von Marek Wydmuch
Phantastische Bibliothek Band 8
246 Seiten
Die beiden Horrorgeschichten dieses Bandes gehören zum
Geschichtenzyklus des Cthulhu-Mythos und haben Neu-
england zum Schauplatz. Beide Geschichten haben einen
gemeinsamen Zug, der jeweilige Held ist – ohne es zu-
nächst zu wissen – Nachkomme von Leuten, die sich mit
vormenschlichen lebensbedrohenden Mächten eingelassen
haben.
»Die vordergründige Erzählung des mit knapper Mühe
gebannten absoluten Grauens liest sich zugleich wie eine
Allegorie . . ., die besagt, daß die Welt vielleicht auf nicht
ganz geheuren Fundamenten ruht, daß die Angst, das
Böse könnte einmal überhandnehmen, gar nicht so unbe-
gründet ist.«   *Jörg Drews*

st 392 Wolfgang Koeppen, Eine unglückliche Liebe
Roman
198 Seiten
»Der Roman eines Schriftstellers, der sich durch die Ori-
ginalität seiner Sprache, die Konsequenz seiner Psycho-
logie und die großartige dichterische Einseitigkeit seiner

Leidenschaft als Werk einer Persönlichkeit über zahllose Neuerscheinungen hinaushebt; das ist Wolfgang Koeppens hinreißendes Buch ›Eine unglückliche Liebe‹.«

Kölnische Zeitung

st 393 Hermann Broch, Die Unbekannte Größe
Roman
Kommentierte Werkausgabe Band 2
Herausgegeben von Paul Michael Lützeler
263 Seiten
Zur Thematik dieses Werkes schreibt Broch selbst: »*Die Unbekannte Größe* ist der Roman des intellektuellen Menschen. Der Mathematiker Richard Hieck, Protagonist des Romans, ist einer der kleinen Kärrner, die an der Gestaltung der Zukunft mitarbeiten, die immer eine Funktion der Erkenntnis ist: In welcher Weise kann ein der Wissenschaft hingegebener Mensch zu jener Gesamterkenntnis gelangen, zu der er seiner Grundlage gemäß hinstrebt?«

st 394 Richard Hughes, Hurrikan im Karibischen Meer
Eine Seegeschichte
Aus dem Englischen übertragen von Richard Möring und Alfred Newman
176 Seiten
Hughes benutzt das Schiff in Seenot, um damit eine menschliche Grundsituation zu zeichnen: der Mensch im Zufall, gegen den dieser sich mit Berechnungen oder mit Gebet, mit angestrengter Ruhe oder Verzweiflung wehrt oder sich in die Meuterei, die Auflehnung zu retten versucht.
»In dieser Geschichte ist alles beisammen: Schlichtheit, Überraschung und kühner Humor.«   *Graham Greene*

st 395 Hans Magnus Enzensberger, Der kurze Sommer der Anarchie
Buenaventura Durrutis Leben und Tod
Roman
304 Seiten
Die zwölf Kapitel des Romans handeln vom Leben und vom Sterben des spanischen Metallarbeiters Buenaven-

tura Durruti, der nach einer militanten und abenteuer-
lichen Jugend zur Schlüsselfigur der spanischen Revolution von 1936 geworden ist. Die literarische Form des
Romans steht zwischen Nacherzählung und Rekonstruk-
tion. Der Widerspruch zwischen Fiktion und Dokument
hält die politischen Widersprüche der spanischen Revolution fest.

st 396 Erich Heller, Die Wiederkehr der Unschuld und
andere Essays
280 Seiten
Aus dem Inhalt: Die Wiederkehr der Unschuld. Zara-
thustras drei Verwandlungen und Nietzsches innere Bio-
graphie; Als der Dichter Yeats zum ersten Mal Nietzsche
las; Modernität und Tradition: T. S. Eliot; Die verant-
wortungslose Literatur; Karl Kraus; Thomas Mann in
Venedig; Improvisation über den Begriff des Klassischen.
Zu Thomas Manns *Lotte in Weimar;* Psychoanalyse und
Literatur, u. a.

st 397 Robert Minder, Kultur und Literatur in Deutschland und Frankreich
Fünf Essays
142 Seiten
Der Band enthält die folgenden Essays; Deutsche und
französische Literatur – inneres Reich und Einbürgerung
des Dichters; Das Bild des Pfarrhauses in der deutschen
Literatur von Jean Paul bis Gottfried Benn; Kadetten-
haus, Gruppendynamik und Stilwandel von Wildenbruch
bis Rilke und Musil; Madame de Staël entdeckt Deutschland; Schiller, Frankreich und die Schwabenväter.

st 398 Das Buch der Nelly Sachs
Herausgegeben von Bengt Holmqvist
452 Seiten
»Eine schlaflose, eine Wächter- und Prophetenstimme
geht überall durch die Dichtungen dieser Frau. Ihre
Arbeiten haben ebensowenig mit lyrischer Avantgarde
wie mit poetischer Tradition zu tun. Sie machen keine
schönen Worte. Der Schrecken ist in ihnen Sprache geworden.«   *Karl Krolow*

st 399 Roberto Arlt, Die sieben Irren
Roman
Aus dem Spanischen übersetzt von Bruno Keller
294 Seiten
»Ein erstaunliches Buch, weil sich hier erzählerische Leidenschaft an einem Thema entzündet, das uns heute auf
den Nägeln brennt. Im Rahmen einer spannenden Handlung vergegenwärtigt Arlt die Triebkräfte einer revolutionären Bewegung, die Verbindungsmechanismen zwischen
Gewalt, Verbrechen und Revolution.«
Hessischer Rundfunk

st 400 Felix Timmermans, Pallieter
Mit Zeichnungen des Dichters
Aus dem Flämischen von Anne Valeton-Hoos
232 Seiten
»Der *Pallieter* von Timmermans ist ein ganz prachtvolles
Buch, voll Sonne, Lachen und innigem Lebensbehagen,
flämisch gesund wie die klassische Malerei dieses reichen
Landes. ... *Pallieter* ist das schönste, liebenswerteste
Gedicht naiv fröhlicher Lebensbejahung, das ich aus
unseren Tagen kenne.« *Hermann Hesse*

st 401 Johan Huizinga
Holländische Kultur im siebzehnten Jahrhundert
Eine Skizze
Deutsch von Werner Kaegi
Fassung letzter Hand. Mit Fragmenten von 1932 und
einem Nachwort von Horst Gerson
176 Seiten
Die Kultur Hollands im siebzehnten Jahrhundert gehört
zu den großen Erscheinungen der Geschichte Europas,
nicht weniger bedeutsam als die Kultur Venedigs oder
der Toscana. Huizinga breitet in dieser Skizze von 1941
den Reichtum des Tatsächlichen aus, wobei er sehr be-
scheiden vorausstellt: Die Kultur ist nicht zu erklären,
nur Voraussetzungen, die Kultur ermöglichen, können
aufgezeigt werden. Der hier erneut vorgelegte Band ist
ein Kulturbild hohen Ranges, wie seit den Tagen Jakob
Burckhardts nur wenige entworfen worden sind.

st 402 August Strindberg, Ein Lesebuch für die niederen Stände
Herausgegeben von Jan Myrdal
Aus dem Schwedischen von Paul Baudisch
184 Seiten
In seinen hier vorgelegten theoretischen, gesellschafts-kritischen Schriften erweist sich Strindberg als – freilich vormarxistischer – Sozialist. Jan Myrdal begründet die unverminderte Aktualität dieser hierzulande bislang unbekannten Strindberg-Arbeiten mit dem Hinweis, daß sie auch heute noch nichts an Wirkungskraft verloren haben.

st 403 Marieluise Fleißer, Ingolstädter Stücke
Fegefeuer in Ingolstadt. Pioniere in Ingolstadt
150 Seiten
» ... begann ich zu lesen: die Theaterstücke vom dumpfen und wirren Leben der kleinen Leute im kleinen Ingolstadt ... immer das gleiche Thema – und immer wieder anders geformt: die fanatische Sucht, in Worte und Geschehen zu fassen, was in jungen Menschen, dumpf und dunkel, an Unheimlichem und Unerklärbarem nach Licht, Liebe, Klarheit, Ausdruck und Gestalt strebt ... Kaum jemals wehte mich so wie hier die überzeugende Stimme einer unter Qualen sich aus sich selbst emporringenden Dichterin an –, der Atem einer Begabung, welche in dieser Art, in unserer Zeit, als Frauendichtung, in dieser Stärke und Ursprünglichkeit sicherlich nicht ihresgleichen hat.«   *Kurt Pinthus*

st 404 Marcel Proust, Briefe zum Werk
Ausgewählt und herausgegeben von Walter Boehlich
Deutsch von Wolfgang A. Peters
534 Seiten
Aus den vielen tausend Seiten der vorliegenden Sammlungen sind für diese Briefauswahl diejenigen Stücke ausgesucht worden, die einen konkreten Bezug zu Prousts Werken haben, sei es, daß sie zum Verständnis ihrer Entstehung oder ihrer Bedeutung beitragen, sei es, daß sie Erlebnisse des Erzählers in direkter, unreflektierter Form schildern.

st 407 Samuel Beckett, Malone stirbt
Roman
Aus dem Französischen von Elmar Tophoven
160 Seiten
»Becketts Romane gehören zu jenen tiefer lotenden Zeitromanen, die ihre magisch aufspürende und abgründig
diagnostische Kraft gerade aus dem Absehen von allem
äußeren Requisit und Detail der Zeit gewinnen; denn sie
bleiben hartnäckig nicht den Menschen, sondern dem
Menschen unserer Zeit auf der Spur . . .«

Frankfurter Allgemeine Zeitung

st 408 Ludwig Börne
Spiegelbild des Lebens.
Aufsätze über Literatur
Ausgewählt und eingeleitet von Marcel Reich-Ranicki
146 Seiten
»Was immer Börne schrieb, es war Zeitkritik im Kampf
um die Demokratie. Das gilt auch, versteht sich, für
seine Auseinandersetzung mit der Literatur, dem Theater . . .« So formuliert Reich-Ranicki in seinem einleitenden Essay Börnes oft unterschätzte Bedeutung, um
dann, in einem repräsentativen Querschnitt der literarkritischen Arbeit Börnes, jene Arbeiten folgen zu lassen,
deren Themen für uns und heute noch von besonderem
Interesse, ja von bisweilen verblüffender Aktualität sind.

st 409 Der Weg der großen Yogis
von Dilip Kumar Roy und Indira Devi
Einzig berechtigte Übertragung aus dem Englischen
von Liselotte Julius
368 Seiten
Die faszinierenden Autobiographien dieser beiden gro
ßen Yogis führen mit beeindruckender Intensität und
Klarheit ein in indische Philosophie. Da beide keine
»reinen« Philosophen sind, sondern Dilip außerdem Musiker und Indira Tänzerin und Dichterin, geriet ihre
Lebenserzählung auch nicht zu einer trockenen Abhandlung über geistige Probleme des Yoga, sondern zu einer
lebendigen Schilderung von Menschen, die mit ihnen
wanderten, und vom Weg, der sie ihrem göttlichen Ziel
immer näher bringt.

st 410 Herbert W. Franke, Zarathustra kehrt zurück
Science-fiction-Erzählungen
Phantastische Bibliothek Band 9
216 Seiten
Der Autor will die Aufmerksamkeit des Lesers auf Probleme lenken, die sich in einer gar nicht so fernen Zukunft der menschlichen Gesellschaft stellen.
»Hinter dieser Art von Literatur steht nicht zuletzt der Wunsch, Bildung auf eine Art und Weise zu vermitteln, die von seiten des Lesers nicht mehr als ein Interesse am Thema fordert und doch Vergnügen bereitet.«

Helmut Eisendle

st 411 Algernon Blackwood, Besuch von Drüben
Gruselgeschichten
Deutsch von Friedrich Polakovics
Phantastische Bibliothek Band 10
248 Seiten
Dieser Band variiert Blackwoods Lieblingsthema, das Gespensterhaus, in immer neuen und originellen Abwandlungen. Betritt ein sensibler Mensch ein solches Gebäude, dessen Atmosphäre vergiftet ist durch die haßerfüllten Gedanken und Taten früherer Bewohner, wird er leicht zum Angriffsobjekt des bösen Willens, der als unheilbringender ›Genius loci‹ auf sein Opfer lauert.

st 412 Werner Koch, Wechseljahre oder See-Leben II
204 Seiten
Dieser Band ist die unmittelbare Fortsetzung von *See-Leben I* (st 132). Wie in *See-Leben I* lebt der Angestellte einer Kölner Firma in seiner Hütte an einem See, und das bleibt weiterhin der Versuch, eine utopische Existenz zu verwirklichen, indem er von seinem Schreibtisch auf der Wiese aus seine berufliche Existenz zu meistern versucht und die Möglichkeiten eines individuellen Lebens durchprobiert.
»Kochs Buch gehört zu jenen geglückten literarischen Erzeugnissen, die eine leicht dahinfließende Feder mit Tiefgang in Bewegung hält ... Den Mann am See kennt wohl jeder, nur spricht er eben aus, was nicht jeder sagen kann noch auszusprechen sich traut.«

Badische Zeitung

st 413 Hermann Hesse, Innen und Außen
Gesammelte Erzählungen. Band 4 1919–1955
Zusammengestellt von Volker Michels
432 Seiten
Der vierte und letzte Band der Erzählungen Hesses setzt
ein nach dem ersten Weltkrieg und enthält alle seitdem
parallel zu den großen erzählerischen Werken, »Siddhartha«, »Der Steppenwolf«, »Narziß und Goldmund«,
»Die Morgenlandfahrt« und »Das Glasperlenspiel« entstandenen kürzeren Erzählungen.

st 415 Hermann Hesse, Die Welt der Bücher
Betrachtungen und Aufsätze zur Literatur
Zusammengestellt von Volker Michels
382 Seiten
Dieser Band versammelt erstmals sämtliche grundsätzlicheren Schriften Hesses zur Literatur, ergänzt um zahlreiche Stücke, die er selbst nicht in die Ausgabe seiner
Gesammelten Schriften von 1957 aufgenommen hat und
die folglich größtenteils auch in der Hesse-Werkausgabe
von 1970 fehlen.
»Bücher sind nicht dazu da, lebensunfähigen Menschen
ein wohlfeiles Trug- und Ersatzleben zu liefern. Im Gegenteil, Bücher haben nur einen Wert, wenn sie zum
Leben führen und dem Leben dienen und nützen, und
jede Lesestunde ist vergeudet, aus der nicht ein Funken
von Kraft, eine Ahnung von Verjüngung, ein Hauch
neuer Frische sich für den Leser ergibt.« *Hermann Hesse*

st 417 Giorgio Strehler, Für ein menschlicheres Theater
Geschriebene, gesprochene und verwirklichte Gedanken
Herausgegeben und aus dem Italienischen übertragen
von Sinah Kessler
284 Seiten
Strehler markiert die Basis seines Theaterkonzepts, in
dem Verstand und Gefühl, Phantasie und dialektisches
Denken, Beherrschung des ›Handwerks‹ und Bekenntnis zur vitalen Spontaneität des Theaters sich koordinieren zu einer unaufhörlichen Auseinandersetzung mit den
menschlichen, politischen, sozialen, geistigen und künstlerischen Problemen unserer Gegenwart.

st 418 Jenseits der Erkenntnis. Fragen statt Antworten
Herausgegeben von Leonhard Reinisch
190 Seiten
Jene Menschen sind zu beneiden, die sagen können: Mit
meinem Tod ist alles vorbei. Den übrigen bleibt die
Frage, ob es so ist. Die Frage nach unserem Leben
stellt sich nur dem gewußten Tod. Nach dem Scheitern
immanent-rationaler Aufklärung und transzendent-emo-
tionaler Gläubigkeit stehen wir da – so klug als wie
zuvor.

st 420 Basis. Jahrbuch für deutsche Gegenwartsliteratur
Band 7
Herausgegeben von Reinhold Grimm und Jost Hermand
242 Seiten
Aus dem Inhalt: G. Sautermeister, Vergangenheitsbewäl-
tigung? Th. Manns *Doktor Faustus* und die Wege der
Forschung; Chr. L. Hart Nibbrig, Sprengkitt zwischen den
Zeilen. Versuch über Günter Eichs poetischen Anarchis-
mus; R. Grimm, Dichter-Helden. *Tasso, Empedokles* und
die Folgen; H. Gnüg, Gespräch über Bäume. Zur Brecht-
Rezeption in der modernen Lyrik; J. Hermand, Zersun-
genes Erbe. Zur Geschichte des *Deutschlandliedes*, u. a.

st 421 Dieter Kühn, Ludwigslust
Erzählungen
104 Seiten
Auch hier greift der Autor zu historischem Material und
führt zur Unterrichtung und zum Entsetzen des Lesers
die Faszination von Wahrem und Möglichem vor.

st 422 Archibald MacLeish, Spiel um Job
Deutsch von Eva Hesse
174 Seiten
Hier wird die barocke Weltbühne erneuert. Die eigentli-
chen Akteure sind Gott und Satan. Drei Ebenen wer-
den fugenlos vereint: die vordergründig-realistische der
Millionärsfamilie und ihrer durchaus modernen Art des
Untergangs; die Ebene des hoffnungslos-verlorenen
Godot-Kommentars und schließlich die barocke Ebene
von Gott und Satan.

st 425 Marie Luise Kaschnitz, Zwischen Immer und Nie
Gestalten und Themen der Dichtung
Mit einem Nachwort von Hans Bender
324 Seiten
Die Arbeiten, in den Jahren 1949 bis 1965 entstanden,
reichen vom Engidu über Sappho, Diotima, Anna Ka-
renina bis hin zu Peer Gynt, Fuhrmann Henschel und
Lucky aus Becketts *Warten auf Godot.* Die subjektive
Sicht dieses Sammelbandes vermittelt überraschende
Einsichten, kann den Leser mitreißen, heraus aus den
verknöcherten Interpretationsschemata der Schullektüre,
und ihm längst vertraute klassische Literatur in neuem
Licht zeigen.

st 440 Philip K. Dick, UBIK
Science-Fiction-Roman
Aus dem Amerikanischen von Renate Laux
Mit einem Nachwort von Stanisław Lem
Phantastische Bibliothek Band 15
222 Seiten
Das Schlüsselwort, das Joe Chip und seine Kollegen
vor einer abscheulichen Verschwörung bewahren kann,
heißt UBIK. Joe hat nie zuvor davon gehört. Er weiß
aber, daß er dem geheimnisvollen UBIK auf die Spur
kommen muß, wenn er seine surreale Existenz ändern
will.
»Dick übertrifft in den Inventionen bei weitem seine
Kollegen; seine sich verzweigende, ungeheure und omi-
nös purzelbaum-schießende Welt ist voller Einfälle –
manchmal mit satirischem Unterton.«

st 449 Herbert Achternbusch, Die Stunde des Todes
Roman
100 Seiten
»Wie dieser Autor aus Querulantentum und Phantasie,
eine bayrisch-bäuerische Kindheit im Rücken, Poetisches
erschafft, das kann man sich mit seinem Roman unter
die Haut lesen.«   *Frankfurter Rundschau*

Alphabetisches Gesamtverzeichnis der suhrkamp taschenbücher

Achternbusch, Alexanderschlacht 61
– Happy oder Der Tag wird kommen 262
– Die Stunde des Todes 449
Adorno, Erziehung zur Mündigkeit 11
– Studien zum autoritären Charakter 107
– Versuch, das ›Endspiel‹ zu verstehen 72
– Zur Dialektik des Engagements 134
– Versuch über Wagner 177
Aitmatow, Der weiße Dampfer 51
Alfvén, M 70 – Die Menschheit der siebziger Jahre 34
– Atome, Mensch und Universum 139
Allerleirauh 19
v. Ardenne, Ein glückliches Leben für Technik und
  Forschung 310
Arendt, Die verborgene Tradition 303
Arlt, Die sieben Irren 399
Artmann, Grünverschlossene Botschaft 82
– How much, schatzi? 136
– The Best of H. C. Artmann 275
– Unter der Bedeckung eines Hutes 337
v. Baeyer, Angst 118
Bahlow, Deutsches Namenlexikon 65
Balint, Fünf Minuten pro Patient 446
Ball, Hermann Hesse 385
Barnet (Hrsg.), Der Cimarrón 346
Basis 5, Jahrbuch für deutsche Gegenwartsliteratur
  276
Basis 6, Jahrbuch für deutsche Gegenwartsliteratur
  340
Basis 7, Jahrbuch für deutsche Gegenwartsliteratur
  420
Beaucamp, Das Dilemma der Avantgarde 329
Becker, Jürgen, Eine Zeit ohne Wörter 20
Becker, Jurek, Irreführung der Behörden 271
Beckett, Warten auf Godot (dreisprachig) 1
– Watt 46
– Endspiel (dreisprachig) 171
– Das letzte Band (dreisprachig) 200
– Molloy 229
– Glückliche Tage (dreisprachig) 248
– Malone stirbt 407
Das Werk von Samuel Beckett. Berliner Colloquium
  225
Materialien zu Becketts »Godot« 104
Materialien zu Becketts Romanen 315
Benjamin, Illuminationen 345
– Über Haschisch 21
– Ursprung des deutschen Trauerspiels 69
– Der Stratege im Literaturkampf 176
Zur Aktualität Walter Benjamins 150
Bernhard, Das Kalkwerk 128
– Frost 47
– Gehen 5
– Der Kulterer 306
– Salzburger Stücke 257
Bierce, Das Spukhaus 365
Bingel, Lied für Zement 287
Bioy Casares, Fluchtplan 378
Blackwood, Besuch von Drüben 411
– Das leere Haus 30
Bloch, Naturrecht und menschliche Würde 49
– Subjekt-Objekt 12
– Vorlesungen zur Philosophie der Renaissance 75
– Atheismus im Christentum 144
Börne, Spiegelbild des Lebens 408
Bond, Die See 160
– Bingo 283

Braun, Stücke 1 198
Brecht, Geschichten vom Herrn Keuner 16
– Schriften zur Gesellschaft 199
– Frühe Stücke 201
– Gedichte 251
Brecht in Augsburg 297
Bertolt Brechts Dreigroschenbuch 87
Broch, Barbara 151
– Die Schuldlosen 209
– Schriften zur Literatur 1 246
– Schriften zur Literatur 2 247
– Der Tod des Vergil 296
– Philosophische Schriften 1 u. 2 2 Bde. 375
– Die Unbekannte Größe 393
– Die Verzauberung 350
Materialien zu »Der Tod des Vergil« 317
Broszat, 200 Jahre deutsche Polenpolitik 74
Brude-Firnau (Hrsg.), Aus den Tagebüchern
  Th. Herzls 374
Buono, Zur Prosa Brechts. Aufsätze 88
Butor, Paris–Rom oder Die Modifikation 89
Carpentier, Explosion in der Kathedrale 370
Celan, Mohn und Gedächtnis 231
– Von Schwelle zu Schwelle 301
Chomsky, Indochina und die amerikanische Krise
  32
– Kambodscha Laos Nordvietnam 103
– Über Erkenntnis und Freiheit 91
Condrau, Angst und Schuld als Grundprobleme in
  der Psychotherapie 305
Conrady, Literatur und Germanistik als Herausfor-
  derung 214
Cortázar, Das Feuer aller Feuer 298
– Ende des Spiels 373
Dedecius, Überall ist Polen 195
Der andere Hölderlin. Materialien zum »Hölderlin«-
  Stück von Peter Weiss 42
Der Friede und die Unruhestifter 145
Dick, UBIK 440
Doctorow, Das Buch Daniel 366
Döblin, Materialien zu »Alexanderplatz« 268
Dolto, Der Fall Dominique 140
Döring, Perspektiven einer Architektur 109
Duddington, Baupläne der Pflanzen 45
Duke, Akupunktur 180
Duras, Hiroshima mon amour 112
Durzak, Gespräche über den Roman 318
Ehrenburg, Das bewegte Leben des Lasik
  Roitschwantz 307
Eich, Fünfzehn Hörspiele 120
Eliot, Die Dramen 191
Zur Aktualität T. S. Eliots 222
Enzensberger, Gedichte 1955–1970 4
– Der kurze Sommer der Anarchie 395
Eschenburg, Über Autorität 178
Ewald, Innere Medizin in Stichworten I 97
– Innere Medizin in Stichworten II 98
Ewen, Bertolt Brecht 141
Fallada/Dorst, Kleiner Mann – was nun? 127
Feuchtwanger (Hrsg.), Deutschland – Wandel und
  Bestand 335
Fischer, Von Grillparzer zu Kafka 284
Fleißer, Eine Zierde für den Verein 294
– Ingolstädter Stücke 403
Fletcher, Die Kunst des Samuel Beckett 272
Franke, Ypsilon minus 358
– Zarathustra kehrt zurück 410

Freisprüche. Revolutionäre vor Gericht 111
Fries, Der Weg nach Oobliadooh 265
Frijling-Schreuder, Was sind das – Kinder? 119
Frisch, Dienstbüchlein 205
– Stiller 105
– Stücke 1 70
– Stücke 2 81
– Wilhelm Tell für die Schule 2
– Mein Name sei Gantenbein 286
– Andorra 277
– Homo faber 354
Frischmuth, Amoralische Kinderklapper 224
Fromm/Suzuki/de Martino, Zen-Buddhismus und
  Psychoanalyse 37
Fuchs, Todesbilder in der modernen Gesellschaft
  102
Fuentes, Nichts als das Leben 343
Fühmann, Erfahrungen und Widersprüche 338
García Lorca, Über Dichtung und Theater 196
Gibson, Lorcas Tod 197
Gilbert, Das Rätsel Ulysses 367
Glozer, Kunstkritiken 193
Goldstein, A. Freud, Solnit, Jenseits des Kindes-
  wohls 212
Goma, Ostinato 138
Gorkij, Unzeitgemäße Gedanken über Kultur und
  Revolution 210
Grossmann, Ossietzky. Ein deutscher Patriot 83
Habermas, Theorie und Praxis 9
– Kultur und Kritik 125
Habermas/Henrich, Zwei Reden 202
Hammel, Unsere Zukunft – die Stadt 59
Han Suyin, Die Morgenflut 234
Handke, Chronik der laufenden Ereignisse 3
– Der kurze Brief 172
– Die Angst des Tormanns beim Elfmeter 27
– Ich bin ein Bewohner des Elfenbeinturms 56
– Stücke 1 43
– Stücke 2 101
– Wunschloses Unglück 146
– Die Unvernünftigen sterben aus 168
– Als das Wünschen noch geholfen hat 208
– Falsche Bewegung 258
Heilbroner, Die Zukunft der Menschheit 280
Heller, Thomas Mann 243
– Nirgends wird Welt sein als innen 288
– Die Wiederkehr der Unschuld 396
Hellman, Eine unfertige Frau 292
Henle, Der neue Nahe Osten 24
v. Hentig, Magier oder Magister? 207
– Die Sache und die Demokratie 245
Hermlin, Lektüre 1960–1971 215
Herzl, Aus den Tagebüchern 374
Hesse, Glasperlenspiel 79
– Aus Kinderzeiten. Erzählungen Bd. 1 347
– Ausgewählte Briefe 211
– Klein und Wagner 116
– Die Kunst des Müßiggangs 100
– Lektüre für Minuten 7
– Unterm Rad 52
– Peter Camenzind 161
– Der Steppenwolf 175
– Siddhartha 182
– Demian 206
– Die Nürnberger Reise 227
– Lektüre für Minuten. Neue Folge 240
– Eine Literaturgeschichte in Rezensionen 252
– Die Märchen 291
– Narziß und Goldmund 274
– Kleine Freuden 360

– Briefe an Freunde 380
– Freude an Büchern 415
– Die Gedichte. 2 Bde. 381
– Kurgast 383
– Der Europäer. Erzählungen Bd. 3 384
– Innen und Außen. Erzählungen Bd. 4 413
– Die Verlobung. Erzählungen Bd. 2 368
– Von Wesen und Herkunft des Glasperlenspiels
  382
– Eine Werkgeschichte von Siegfried Unseld 143
Materialien zu Hesses »Glasperlenspiel« 1 80
Materialien zu Hesses »Glasperlenspiel« 2 108
Materialien zu Hesses »Steppenwolf« 53
Materialien zu Hesses »Siddhartha« 1 129
Materialien zu Hesses »Siddhartha« 2 282
Über Hermann Hesse 1 331
Über Hermann Hesse 2 332
Hermann Hesses weltweite Wirkung 386
Hildesheimer, Paradies der falschen Vögel 295
– Stücke 362
– Hörspiele 363
Hobsbawm, Die Banditen 66
Hofmann (Hrsg.), Schwangerschaftsunterbrechung
  238
Höllerer, Die Elephantenuhr 266
Holmqvist (Hrsg.), Das Buch der Nelly Sachs 398
Hortleder, Fußball 170
Horváth, Der ewige Spießer 131
– Ein Kind unserer Zeit 99
– Jugend ohne Gott 17
– Leben und Werk in Dokumenten und
  Bildern 67
– Sladek 163
– Die stille Revolution 254
Hudelot, Der Lange Marsch 54
Hughes, Hurrikan im Karibischen Meer 394
Huizinga, Holländische Kultur im siebzehnten
  Jahrhundert 401
Innerhofer, Schöne Tage 349
Jakir, Kindheit in Gefangenschaft 152
Johnson, Mutmassungen über Jakob 147
– Das dritte Buch über Achim 169
– Eine Reise nach Klagenfurt 235
– Berliner Sachen 249
– Zwei Ansichten 326
Jonke, Im Inland und im Ausland auch 156
Joyce, Ausgewählte Briefe 253
Joyce, Stanislaus, Meines Bruders Hüter 273
Kappacher, Morgen 339
Kästner, Offener Brief an die Königin von Griechen-
  land. Beschreibungen, Bewunderungen 106
– Der Hund in der Sonne 270
Kardiner/Preble, Wegbereiter der modernen
  Anthropologie 165
Kasack, Fälschungen 264
Kaschnitz, Der alte Garten 387
– Steht noch dahin 57
– Zwischen Immer und Nie 425
Katharina II. in ihren Memoiren 25
Kluge, Lebensläufe. Anwesenheitsliste für eine
  Beerdigung 186
Koch, Anton, Symbiose – Partnerschaft fürs Leben
  304
Koch, Werner, Das Leben I 132
– Wechseljahre oder See-Leben II 412
Koeppen, Das Treibhaus 78
– Eine unglückliche Liebe 392
– Nach Rußland und anderswohin 115
– Romantisches Café 71
– Der Tod in Rom 241

Koestler, Der Yogi und der Kommissar 158
– Die Wurzeln des Zufalls 181
Kolleritsch, Die grüne Seite 323
Kracauer, Die Angestellten 13
– Kino 126
– Das Ornament der Masse 371
Kraus, Magie der Sprache 204
Kroetz, Stücke 259
Krolow, Ein Gedicht entsteht 95
Kücker, Architektur zwischen Kunst und Konsum 309
Kühn, Ludwigslust 421
– N 93
– Siam-Siam 187
Kundera, Das Leben ist anderswo 377
Lagercrantz, China-Report 8
Lander, Ein Sommer in der Woche der Itke K. 155
Laxness, Islandglocke 228
le Fort, Die Tochter Jephthas und andere Erzählungen 351
Lem, Solaris 226
– Die Jagd 302
– Transfer 324
– Nacht und Schimmel 356
Lenz, Hermann, Die Augen eines Dieners 348
Lepenies, Melancholie und Gesellschaft 63
Lévi-Strauss, Rasse und Geschichte 62
– Strukturale Anthropologie 15
Lidz, Das menschliche Leben 162
Lovecraft, Cthulhu 29
– Berge des Wahnsinns 220
– Das Ding auf der Schwelle 357
– Der Fall Charles Dexter Ward 391
MacLeish, Spiel um Job 422
Mächler, Das Leben Robert Walsers 321
Malson, Die wilden Kinder 55
Martinson, Die Nesseln blühen 279
– Der Weg hinaus 281
Mayer, Georg Büchner und seine Zeit 58
McHale, Der ökologische Kontext 90
Melchinger, Geschichte des politischen Theaters 153, 154
Meyer, Eine entfernte Ähnlichkeit 242
Miłosz, Verführtes Denken 278
Minder, Dichter in der Gesellschaft 33
– Kultur und Literatur in Deutschland und Frankreich 397
Mitscherlich, Massenpsychologie ohne Ressentiment 76
– Thesen zur Stadt der Zukunft 10
– Toleranz – Überprüfung eines Begriffs 213
Mitscherlich (Hrsg.), Bis hierher und nicht weiter 239
Moser, Lehrjahre auf der Couch 352
Muschg, Liebesgeschichten 164
– Albissers Grund 334
– Im Sommer des Hasen 263
Myrdal, Politisches Manifest 40
Nachtigall, Völkerkunde 184
Nizon, Canto 319
Norén, Die Bienenväter 117
Nossack, Spirale 50
– Der jüngere Bruder 133
– Die gestohlene Melodie 219
– Um es kurz zu machen 255
– Das kennt man 336
Nossal, Antikörper und Immunität 44
Olvedi, LSD-Report 38
Penzoldts schönste Erzählungen 216
– Die Kunst das Leben zu lieben 267

– Die Powenzbande 372
Plenzdorf, Die Legende von Paul & Paula 173
– Die neuen Leiden des jungen W. 300
Plessner, Diesseits der Utopie 148
– Die Frage nach der Conditio humana 361
Portmann, Biologie und Geist 124
Prangel (Hrsg.), Materialien zu Döblins »Alexanderplatz« 268
Proust, Briefe zum Werk 404
Psychoanalyse und Justiz 167
Puig, Verraten von Rita Hayworth 344
Raddatz, Traditionen und Tendenzen 269
Rathscheck, Konfliktstoff Arzneimittel 189
Regler, Das Ohr des Malchus 293
Reik (Hrsg.), Der eigene und der fremde Gott 221
Reinisch, Jenseits der Erkenntnis 418
Reiwald, Die Gesellschaft und ihre Verbrecher 130
Riedel, Die Kontrolle des Luftverkehrs 203
Riesman, Wohlstand wofür? 113
– Wohlstand für wen? 114
Rilke, Material. zu »Malte« 174
– Materialien zu »Cornet« 190
– Rilke heute 290
– Rilke heute 2 355
Rochefort, Das Ruhekissen 379
Rosei, Landstriche 232
– Wege 311
Roth, die autobiographie des albert einstein. Künstel. Der Wille zur Krankheit 230
– Der große Horizont 327
Rottensteiner (Hrsg.), Blick vom anderen Ufer 359
Rühle, Theater in unserer Zeit 325
Russell, Autobiographie I 22
– Autobiographie II 84
– Autobiographie III 192
– Eroberung des Glücks 389
v. Salis, Rilkes Schweizer Jahre 289
Sames, Die Zukunft der Metalle 157
Sarraute, Zeitalter des Mißtrauens 223
Schickel, Große Mauer, Große Methode 314
Schneider, Macht und Gnade 423
Schultz (Hrsg.), Wer ist das eigentlich – Gott? 135
– Der Friede und die Unruhestifter 145
– Politik ohne Gewalt? 330
Shaw, Die Aussichten des Christentums 18
– Der Sozialismus und die Natur des Menschen 121
– Der Aufstand gegen die Ehe 328
Simpson, Biologie und Mensch 36
Sperr, Bayrische Trilogie 28
Steiner, In Blaubarts Burg 77
– Sprache und Schweigen 123
Sternberger, Panorama oder Ansichten vom 19. Jahrhundert 179
– Gerechtigkeit für das 19. Jahrhundert 244
– Heinrich Heine und die Abschaffung der Sünde 308
Stierlin, Adolf Hitler 236
– Das Tun des Einen ist das Tun des Anderen 313
Strausfeld (Hrsg.), Materialien zur lateinamerikanischen Literatur 341
Strehler, Für ein menschlicheres Theater 417
Strindberg, Ein Lesebuch für die niederen Stände 402
Stuckenschmidt, Schöpfer der neuen Musik 183
– Maurice Ravel 353
Swoboda, Die Qualität des Lebens 188
Szabó, I. Moses 22 142
Terkel, Der Große Krach 23
Timmermans, Pallieter 400

Unseld, Hermann Hesse. Eine Werkgeschichte 143
– Begegnungen mit Hermann Hesse 218
Unseld (Hrsg.), Wie, warum und zu welchem Ende wurde ich Literaturhistoriker? 60
– Bertolt Brechts Dreigroschenbuch 87
– Zur Aktualität Walter Benjamins 150
– Mein erstes Lese-Erlebnis 250
– Peter Suhrkamp 260
Unterbrochene Schulstunde. Schriftsteller und Schule 48
Vargas Llosa, Das grüne Haus 342
Vidal, Messias 390
Waggerl, Brot 299
Waley, Lebensweisheit im Alten China 217
Walser, Das Einhorn 159
– Der Sturz 322
– Gesammelte Stücke 6
– Halbzeit 94
Walser, Robert, Poetenleben 388
– Der »Räuber«-Roman 320

Weber-Kellermann, Die deutsche Familie 185
Über Kurt Weill 237
Weill, Ausgewählte Schriften 285
Weiss, Das Duell 41
– Rekonvaleszenz 31
Materialien zu Weiss' »Hölderlin« 42
Weissberg-Cybulski, Hexensabbat 369
Wendt, Moderne Dramaturgie 149
Wer ist das eigentlich – Gott? 135
Werner, Wortelemente lat.-griech. Fachausdrücke in den biolog. Wissenschaften 64
Werner, Vom Waisenhaus ins Zuchthaus 35
Wiese, Das Gedicht 376
Wilson, Auf dem Weg zum Finnischen Bahnhof 194
Wittgenstein, Philosophische Untersuchungen 14
Wolf, Punkt ist Punkt 122
Zivilmacht Europa – Supermacht oder Partner? 137